현진건 현창 실태

김동인은 현진건을 '기교의 천재'라고 극찬했습니다. 김윤식·김현 《한국문학사》는 현진건을 '한국 단편소설의 아버지', 장덕순 《한국문학사》는 '한국의 모파상'이라 평가했습니다. 김우종과 조연현도 각각 저서에서 '한국 근대소설의 개척자', '한국 근대 사실주의 문학의 선구자'라 했습니다.

현진건은 1936년 '일장기 말소 의거'의 독립유공자이기도 합니다. 그러나 기념관, 생가, 고택, 무덤 아무 것도 없습니다. 게다가 몇 곳 소개문들조차 오류 범벅입니다. 현진건을 제대로 기려야 한다는 뜻에서 '현진건 현창 실태'를 살펴봅니다.

(1) 대구문학관

'현진건, 사실주의 문학의 주춧돌'이라는 제목 아래 연보와 해설문이 게시되어 있습니다.

> 1900 : 음력 8월 9일 대구 계산동2가에서 부 현경운, 모 이정효의 4형제 중 막내로 **출생**

우리나라는 1895년 11월 17일을 1896년 1월 1일로 바꾼 이래 양력을 사용해 왔습니다. 대구문학관은 현진건을 "음력 8월 9일" 출생, "음력 3월 21일(양력 4월 25일)" 사망으로 소개하고 있습니다. 9월 2일과 4월 25일로 통일해야 합니다. 뿐만 아니라, 계산동2가에서 출생했다고 안내했지만 근거는 전혀 없습니다.

> 1916 : 보성고보 자퇴, 동경 세이소쿠 예비학교 입학

'보성고보 자퇴'를 첫 학력으로 소개했지만 그 이전에 서당을 다녔고, 1915년 '사립보성고등보통학교'에 입학했습니다. 이 학교는 1917년 "보성고보"로 개명됩니다.

1917 : 귀국. 대구에서 이상화 이상백 백기만 등과 동인지
       《거화》 발간. 동경 세이죠 중학교 편입
1918 : 중국 상해 후장대학 독일어전문부 입학
1919 : 상해에서 귀국. 서울 종로구 관훈동 52번지 거주
1920 : **처녀작 〈희생화〉**
1921 : 〈빈처〉〈술 권하는 사회〉,《백조》 동인 참여

일본식 표현 '처녀작' 대신 '첫 소설'이나 '등단작'이 바람직합니다.《백조》 창간호는 1922년에 발간되었습니다.

1922 : 단편집《타락자》 간행, **동명사 입사**

조선일보 2020년 1월 28일 〈인물과 사건으로 본 조선일보 100년 ⑦〉에 따르면, 현진건은 1920년 조선일보 기자가 되었습니다. '동명사 입사'를 소개하려면 그보다 더 중요 이력으로 보이는 '조선일보 입사'를 언급해야 합니다.

1923 : 〈우편국에서〉〈지새는 안개〉〈할머니 죽음〉, 시대일보 입사
1924 : 〈운수 좋은 날〉
1925 : 〈불〉〈B사감과 러브레터〉

1926 : 〈사립정신병원장〉〈조선혼과 현대정신의 파악〉,
　　　　단편집 《조선의 얼골》 간행

〈고향〉이 1926년에 발표되었다는 사실을 빠뜨렸습니다.

1929 : 〈신문지와 철창〉〈정조와 약가〉
1933.12~1934.6. : 장편 〈적도〉 연재
1936 : 손기정 일장기 말살 보도 사건으로 1년 실형 복역

"손기정 일장기 말살 보도 사건"은 손기정이 일장기를 말살한(없앤) 일을 보도한 사건으로 읽힙니다. '일장기 말소 의거'는 손기정·남승룡 선수의 수상 장면을 신문에 게재하면서 사진의 일장기를 말소하고(지우고) 보도한 의거입니다. "1년 실형 복역"은 사실과 다릅니다.

1938.7~1939.2. : 장편 〈무영탑〉 연재
1939.10.~12. : 장편 〈흑치상지〉 연재, 《적도》《무영탑》 간행
1940 : 〈흑치상지〉 연재 강제 중단, 평론 〈역사소설 문제〉
1941 : 장편 〈선화공주〉 연재(미완), 단편집 《현진건 단편선》 간행
1943 : 음력 3월 21일(양력 4월 25일) 장결핵으로 사망

벽에는 연보에 이어 현진건의 삶과 문학을 세 가지 주제로 나누어 소개한 게시물이 붙어 있습니다.

〈생활로부터 출발해 시대를 말하다 : 자전적 신변소설 ~ 현실주의 작품 / 천하의 명사회부장, 자존심을 지키다 : 손기정 일장기 말소 사건 / 역사를 통해 현재를 이야기하다 : 장편 역사소설〉

연보에는 "손기정 일장기 말살 보도 사건", 지금은 "손기정 일장기 말소 사건"으로 표현하고 있습니다. 의미가 다른 말살과 말소를 혼용하는 것도 잘못이지만, 근본적으로 '일장기 말소 의거'가 옳습니다.

맨 앞 게시물 〈생활로부터 출발해 시대를 말하다 : 자전적 신변소설 ~ 현실주의 작품〉을 읽어보겠습니다.

"초기에 〈빈처〉〈술 권하는 사회〉〈타락자〉〈지새는 안개〉 등 **신변체험적 색채를 담은** 작품들을 잇달아 발표하여 작가적 지위를 굳혔으며, 〈고향〉〈운수 좋은 날〉 등을 통해 식민지 치하의 비참한 민중들의 삶과 운명을 그렸다."

〈빈처〉〈술 권하는 사회〉〈타락자〉〈지새는 안개〉 등을 현진건 자신의 "생활로부터 출발"한 "신변체험적 색채를 담은 작품"으로 보는 것은 옳지 않습니다. 이 네 편 소설의 주된 서사는 가난한 사람, 무직 술주정뱅이, 기생에 현혹되어 아내를 학대하는 불량인간, 복잡한 남녀 치정에 빠져 정신없이 생활하는 자들의 이야기입니다. 현진건은 그런 사람이 아닙니다.

〈빈처〉와 〈술 권하는 사회〉는 현진건이 "작가적 지위를 굳히"는 데 큰 도움이 되었지만, 〈타락자〉와 〈지새는 안개〉까지 그런 도움을 준 가작은 아닙니다.

"단편집 《조선의 얼골》은 1920년대 한국 사실주의 문학이 거둔 큰 성과였다. 사회적·역사적 현실을 증언하는 리얼리즘의 길을 걸은 그는 민족주의적 자각이 투철했다. 민족의 당면 현실을 외면한 **어떤 문학도 거부**하면서 민족의 고난과 역사를 증언했다."

현창은 좋지만, 그렇다고 사실을 왜곡하거나 지나치게 과장해서는 안 됩니다. "민족의 당면 현실을 외면한 어떤 문학도 거부"했다고 상찬하고 있지만, 현진건의 주요 작품

중 한 편인 〈B사감과 러브레터〉만 해도 민족의 당면 현실과 아무 상관 없는 제재와 주제를 담고 있습니다. 현진건이 괄목할 만한 민족문학 작가임에는 틀림없지만 그가 남긴 모든 작품을 실제와 다르게 "민족의 당면 현실을 외면한 어떤 문학도 거부"한 것으로 소개할 수는 없습니다.

두 번째 게시물 〈천하의 명사회부장, 자존심을 지키다 : 손기정 일장기 말소 사건〉을 읽어봅니다.

"신문기사의 제목을 멋지게 붙였던 현진건은 잉크를 붓에 듬뿍 찍어 이곳저곳에 주옥같은 명제목을 달아 선후배들을 탄복하게 했다. 시비판단을 정확하게 했으며 시대의 부조리에 날카롭게 대응했다. 1936년 손기정 선수가 베를린 올림픽 마라톤에서 우승하자 가슴의 일장기를 말소하고 보도했다. 이 사건으로 구속되어 **1년간 복역**하고, 작품 활동에도 억압을 받았지만 단 한 번도 친일 행각 구설수에 오르지 않았다."

기사 제목을 잘 붙이는 능력과 '일장기 말소 의거'를 일으킨 독립운동의지 사이에는 아무 관련성이 없습니다. 게다가 일장기말소의거는 그 자체가 제목을 잘 붙여서 일으킨 의거도 아닙니다. "1년간 복역"은 사실과 다릅니다.

마지막 꼭지 〈역사를 통해 현재를 이야기하다 : 장편 역사소설〉을 읽어봅니다.

　　"독립운동의 긴 옥살이 후유증으로 죽은 셋째형 정건, 그 때문에 자살한 형수, 일장기 말소 사건의 옥고 등으로 **문학 활동과 사회생활에 전환**이 일어났다. 장편 〈적도〉를 써서 항일투쟁의식을 형상화했고, 역사소설들을 통해서는 민족의식을 고취시켰다. 〈무영탑〉을 통해 신라의 쇠락을 민중과 귀족의 분열에서 찾고 이를 극복하려 했다. 〈흑치상지〉는 당나라에 의해 멸망된 백제의 회복을 추구한 소설이다. '불온한 사상성' 때문에 〈흑치상지〉는 연재가 중단되고, 《조선의 얼굴》은 금서 처분을 받았다."

　　현진건이 신라 쇠락의 원인을 귀족과 민중의 분열에서 찾았다는 것은 사실과 다릅니다. 〈무영탑〉은 "신라의 쇠락" 원인을 "민중과 귀족의 분열"이 아니라, 친외세 사대 세력과 민족주의 세력이 끝없이 분열되어 싸운 끝에 국력이 약해졌다고 조명하는 소설입니다.

　　현정건 순국은 1932년, 일장기 말소 의거는 1936년입니다. 현진건이 이 일들을 겪으며 "문학활동에 전환"을 일으켰고, 그래서 "〈적도〉를 써서 항일투쟁의식을 형상화했다" 식 해설은 현진건의 문학에 대한 오해 탓입니다. 현진건은 〈적도〉의 원작 〈새빨간 웃음〉과 〈해 뜨는 지평선〉을 1925~7년에 이미 발표했습니다. 〈고향〉도 1925년 말에 창작했습니다. 현진건은 형 정건의 1932년 순국에 영향을 받아 민족문학으로 "전환"한 것이 아니라 그보다 적어도 7년 전부터 항일의지를 담은 소설을 써서 발표했습니다.

(2) 대구 중구 계산동 169-40 주차빌딩 입구 안내판
"이곳은 현진건이 유년기와 청소년기를 보낸 곳입니다."

　　현진건은 1900년 9월 2일 대구 중구 계산동2가 169번지 일원(추정)에서 우체국장을 지내던 아버지 현경운과 어머니 이정효 사이에서 4형제 중 넷째 아들로 태어났다.
　　1908년 대구노동학교, 1916년 도쿄 세이쇼쿠 예비학교, 1918년 상하이 후장대학 독일어 전문학부에서 공부했으며, 《개벽》에 〈희생화〉로 등단하여 박종화, 나도향, 이상화 등과 문예 동인지 《백조》의 창간 동인이 되면서 본격적인 문학 활동을 시작했다.
　　그는 80여 편의 소설·수필·평론 등을 썼으며, 김동인과 함께 한국 근대 단편 소설의 시초를 세운 선구자였다. 또한 염상섭과 함께 한국 근대 사실주의 문학의 기초를 확립한 개척자로서, 이 땅의 비애를 문학으로 형상화하여 민족의 슬픈 현실을 고발하였다.

1936년 동아일보사 사회부장으로 재직하던 당시, 손기정 선수가 독일 베를린 올림픽 마라톤에서 세계를 제패하자 손 선수의 사진에서 일장기를 지우고 게재한 '일장기 말소 사건'으로 구속되어 옥고를 치렀다.

소설가이자 언론인이었고, 독립운동가였던 현진건은 식민지 현실을 직시하고 친일 문학에 가담하지 않은 채 청빈과 양심을 지키며 빈곤하게 만년을 보내다가 1943년 4월 25일 결핵으로 동대문구 제기동 자택에서 사망하였다. 고인의 유해는 유언에 따라 화장되어 한강에 뿌려졌다.

현진건의 주요 작품으로는 〈빈처〉〈술 권하는 사회〉〈운수 좋은 날〉〈할머니 죽음〉〈불〉〈B사감과 러브레터〉〈고향〉〈무영탑〉〈불국사 기행〉〈적도〉 등이 있다.

'이곳은 현진건이 유년기와 청소년기를 보낸 곳입니다.'라는 제목은 현진건이 '이곳'에서 유년기와 청소년기를 보냈다는 뜻입니다. 안내판이 세워져 있는 '이곳'은 대구시 중구 계산동 169-40 주차 빌딩 입구 길거리 중 한 지점입니다.

안내판의 문장은 현진건이 계산동 169번지 일대에서 유년기와 청소년기를 보냈다는 의미를 나타내려는 표현으로 짐작되지만, 설명문은 지식이나 정보를 전달하는 글이므로 독자가 자의적 해석 없이 그 뜻을 정확하게 이해할 수 있어야 합니다. 그러므로 이 제목은 잘못된 문장입니다. 가장 조금 고친다면 '계산동 일대는 현진건玄鎭健이 유년기와 청소년기를 보낸 곳입니다' 정도가 되겠습니다.

'현진건 초상' 및 '가까운 문인들과 함께'라는 설명이 붙은 사진 두 장이 안내판 전체 제목 아래에 게시되어 있습니다. 우선 '현진건 초상'에 대해 말하면, 역사유적 등 사실을 설명하는 안내판에는 사진을 사용하는 것이 옳습니다. 초상화는 화가의 작품이므로 설명문과 거리가 멀고 논설문에 해당됩니다. 화가의 주관적 견해를 바탕으로 그려진 작품이기 때문입니다. 현진건의 사진이 없는 경우에는 초상화로 대체할 수도 있겠지만 그때는 화가의 성명을 밝혀주어야 합니다.

'가까운 문인들과 함께'는 사진에 대한 잘못된 설명입니다. 현진건과 '가까운 문인'은 어릴 적부터 벗이자 《백조》 동인인 이상화, 《백조》 동인이자 사돈인 박종화, 《백조》 동인인 소설가 나도향 등, 대체로 《백조》 동인들이라고 할 수 있습니다. 이 사진은 빙허가 가까운 문인들과 나란히 찍은 것이 아니라 동아일보 재직 중이던 당시 '기자 문인들과 함께' 찍은 것입니다. 최서해가 있으므로 그가 타계하는 1932년 7월보다 전에 촬영된 사진입니다. 제목을 바로잡는다면 '기자 문인들과 함께' 정도가 되겠습니다.

'현진건은 1900년 9월 2일 대구 중구 계산동 2가 169번지 일원(추정)에서 우체국장을 지내던 아버지 현경운과 어머니 이정효 사이에서 4형제 중 넷째 아들로 태어났다.' 중, 현진건이 '대구 중구 계산동 2가 169번지 일원'에서 출생했다는 근거는 없습니다(비록 '추정'이라는 단서를 달아 놓았지만). 또 '우체국장을 지내던 아버지'도 사실과 다릅니다. '대구전보사장을 지낸 아버지'가 옳습니다. 안내판의 '(대구)우체국장을 지내던 아버지'는 '대구전보사장으로 재직 중이던 아버지'를 의미하는 듯싶지만 아버지 현경운이 대구전보사장이 되는 해도 1904년이므로 이 또한 옳지 않습니다.'

1908년 대구노동학교, 1916년 도쿄 세이쇼쿠 예비학교, 1918년 상하이 후장대학 독일어 전문학부에서 공부했으며, 《개벽》에 〈희생화〉로 등단하여 박종화, 나도향, 이상화 등과 문예 동인지 《백조》의 창간 동인이 되면서 본격적인 문학 활동을 시작했다.' 에서 '1908년 대구노동학교'는 1900년생 현진건이 1908년 야학夜學에 다녔다는 뜻이 됩니다. 아버지 현경운이 대한협회 대구지회 부설 대구노동야학 교장이었던 것은 사실이지만[1] 8세 현진건이 야학에 다녔다는 것은 그야말로 '소설'이라 하겠습니다. 현진건은

---

1) 대한협회보 12(1910.3.25. 56쪽)에 "十一月 六日 通常評議會에 勞動夜學校長 玄擎運氏 代에 崔時榮 氏가 被選다."라는 기사가 실려 있다. 남상권, 〈玄濱健과 玄鎭健, 大邱와 서울〉, 《현진건 학술 세미나 자료집》, 대구문인협회, 2018.6.29., 57쪽에서 재인용.

야학이 아니라 서당에 다녔습니다. 양진오는 "1908년부터 부친이 설립한 대구노동학교에 나가 신학문을 익혔다는 얘기도 전해진다"2)라고 표현합니다. '전해진다'라고 기술한 까닭은 8세 현진건이 낮에는 서당에 다니고 밤에는 야학에 재학했다는 것은 너무나 비현실적이기 때문입니다.

'1916년 도쿄 세이쇼쿠 예비학교'라는 기술도 옳지 못합니다. 예비학교는 일반 학교에 진학하기 위해 다니는 학원 비슷한 곳입니다. 현진건은 세이쇼쿠 예비학교를 마친 후 세이죠오 중학에 편입하였습니다. 따라서 '1916년 도쿄 세이쇼쿠 예비학교, 1917~1918

2) 양진오, 《조선혼의 발견과 민족의 상상》, 역락, 2008, 38쪽.

년 세이죠오 중학' 또는 '1917~1918년 세이죠오 중학'으로 밝혀두어야 합니다. 중학 이력은 삭제하고 예비학교 이력만 밝힐 이유가 없습니다.

'《개벽》에 〈희생화〉로 등단하여 박종화, 나도향, 이상화 등과 문예 동인지 《백조》의 창간 동인이 되면서 본격적인 문학 활동을 시작했다.'라는 기술도 옳지 않습니다. 현진건은 1920년 11월 〈희생화〉, 1921년 1월 〈빈처〉, 1921년 11월 〈술 권하는 사회〉를 발표했습니다. 《백조》는 그보다 늦은 1922년 1월에 창간되었습니다. 현진건은 《백조》 창간 이전에 이미 〈빈처〉와 〈술 권하는 사회〉를 발표해서 문단에 이름을 떨쳤습니다.

'일장기 말소 사건'은 '일장

현진건 현창 실태 13

기 말소 의거'가 옳습니다. (네이버 '일장기 말소 의거 85주년과 현진건' 참조)

'고인의 유해는 유언에 따라 화장되어 한강에 뿌려졌다'라는 기술도 사실을 오해하게 만듭니다. 사실을 정확하게 말하면 "현진건은 죽거든 화장을 해달라는 유언을 남겼습니다. 유언대로 그의 유해는 화장되었고 그의 화장된 유해는 경기도 시흥군 신동면 서초리에 묻혔습니다. 그러나 서울 개발 관계로 묘소는 없어지고 유골은 한강에 뿌려졌습니다."3) 이를 '고인의 유해는 유언에 따라 화장되어 한강에 뿌려졌다'라고 요약할 수는 없습니다. 그렇게 요약하면 현진건이 자신의 뼛가루를 한강에 뿌려달라고 유언한 것처럼 읽힙니다. '고인의 유해는 유언에 따라 화장되어 경기도 시흥에 묻혔다가 서울 개발 때 파묘되면서 한강에 뿌려졌다'가 사실에 부합되는 요약일 것입니다.

'현진건의 주요 작품으로는〈빈처〉〈술 권하는 사회〉〈운수 좋은 날〉〈할머니의 죽음〉〈불〉〈B사감과 러브레터〉〈고향〉〈무영탑〉〈불국사 기행〉〈적도〉 등이 있다'라는 기술은 분류 및 순서에 원칙이 없습니다. '현진건의 주요 작품으로는 단편소설에〈빈처〉〈술 권하는 사회〉〈할머니의 죽음〉〈불〉〈운수 좋은 날〉〈B사감과 러브레터〉〈고향〉〈신문지와 철창〉 등, 장편소설에〈적도〉〈무영탑〉 등, 기행

---

3) 양진오, 앞의 책, 180쪽.

문에 〈고도 순례-경주〉 등이 있다'가 옳습니다. 이렇게 쓰면 발표 순서와 분류 기준에 부합됩니다. 〈불국사 기행〉은 〈고도 순례-경주〉의 제목을 잘못 표기한 오기입니다.

(3) 대구 두류공원 '현진건 문학비'

현진건은 대구에서 태어난 한국 사실주의 문학의 대표 작가이다.
그가 치욕의 일제 치하에 살면서 극명하게 묘사한 현실은 그대로 '조선의 얼굴'이었다.
생애를 통하여 끝내 불의와 타협하지 않은, 지조와 문학 정신을 기리고자 여기 비를 세운다.

일장기 말소 의거에 관한 언급이 전혀 없습니다. 청렴한 공직자 또는 독재·부패 권력에 맞선 지식인을 가리킬 때 쓰는 "불의와 타협하지 않은"이라는 관용적 표현을 독립운동가에게 부적절하게 적용했습니다. 제국주의의 학살과 수탈을 단순한 "불의"로 규정해서는 안 됩니다. 지사들이 목숨을 걸고 독립운동에 투신한 것은 정의감 발로 수준이 아닙니다.

비문은 현진건의 문학적 업적에 대해서도 "한국 사실주의 문학의 대표 작가"라는 관념적 소개에 그치고 있습니다. 설명은 모르는 것을 알게 만드는 표현 기법이므로, 문학비는 현진건이 어떤 작가인가를 명쾌하게 말해주어야 합니다.

현진건 현창비('문학비'는 독립유공자 현진건을 담지 못한다)의 비문을 새로 쓴다면…;

"〈빈처〉〈운수 좋은 날〉〈고향〉〈신문지와 철창〉〈적도〉〈무영탑〉 등 뛰어난 사실주의 경향 작품을 써서 '한국 근대소설의 개척자'로 추앙받는 걸출한 민족문학가이자, 1936년 일장기 말소 의거로 일본제국주의에 맞섰던 독립유공자 현진건을 기려 여기 비를 세운다"

정도가 적절할 것입니다.

(4) 대구 수성못 '상화 동산' 안내판 '**현진건**'

〈현진건〉이라는 제목의 안내판이 하나 세워져 있습니다.

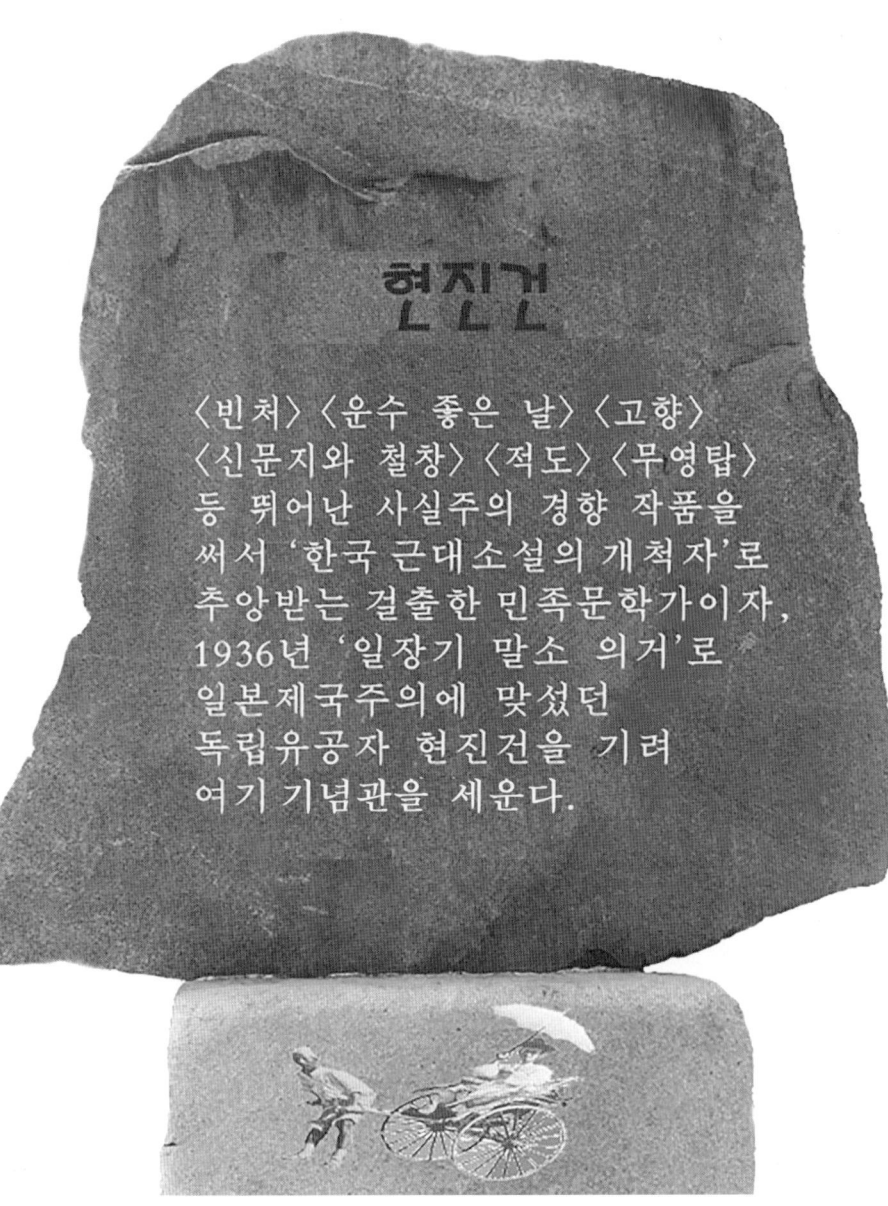

"현진건은 대구 출신으로 이상화와 둘도 없는 벗이었다. 1917년 이상화, 백기만과 함께 습작들을 모아 동인지 《거화》를 발간, 문학 활동을 시작했다. 이후 《백조》 동인으로 활발하게 참여했으며, 시대일보 동아일보 등의 기자로도 일했다. 동아일보사를 사직하고 1937년부터는 소설 창작에만 전념했는데, 체험 소설부터 현실고발소설, 역사소설까지 다양한 장르의 작품을 남겼다. 그리고 기묘하게도 그는 1943년 4월 25일, 절친한 벗 이상화와 같은 해, 같은 날에 세상을 떠났다. 대표작으로는 〈술 권하는 사회〉〈운수 좋은 날〉 등이 있다."

일장기 말소 의거에 관한 언급이 전혀 없습니다. 현진건이 일장기 말소 의거 독립유공자라는 사실은 생략될 까닭이 없습니다. 현진건은 뛰어난 소설가이자 독립유공자입니다. 그 둘을 빠짐없이 말해야 현진건의 정체성에 접근합니다.

"이상화, 백기만과 함께 습작들을 모아 동인지 《거화》를 발간, 문학 활동을 시작했다"는 소개에는 두 가지 오류가 있습니다. 습작 동인지 발간은 "문학 활동 시작"으로 공인되지 않습니다. 또, 이상화와 백기만 외에도 동인이 더 있습니다.

"《백조》 동인으로 활발하게

참여"도 사실과 다릅니다. 현진건은 낭만주의 경향의 《백조》 동인이기는 했으나 자신이 사실주의 계열의 민족문학 작가였던 탓에 소설은 《개벽》 등에 주로 발표했습니다. 《백조》에 게재한 완성작은 〈할머니 죽음〉 한 편뿐인데, 그나마 사실주의 작품이어서 《백조》 성향도 아니었습니다.

"동아일보사를 사직하고 1937년부터는 소설창작에만 전념"했다는 기술은 오해를 불러일으킵니다. 현진건은 동아일보를 사직한 것이 아니라 1936년 일장기말소의거를 일으켰다가 조선총독부에 의해 강제로 쫓겨났습니다.

조선총독부는 현진건이 다른 언론사에 취직하는 것도 막았습니다. 현진건은 생계를 유지하기 위해 닭을 키우는 등 경제적으로 힘들게 살다가 마흔셋 아직 한창 나이에 병사했습니다. 이를 "소설창작에만 전념"했다고 말할 수는 없습니다.

소설을 "체험 소설, 현실고발소설, 역사소설" 식으로 분류하지는 않습니다. 또 〈빈처〉〈술 권하는 사회〉 등 현진건의 초기 작품은 결코 "체험 소설"이 아닙니다. 젊을 때의 현진건 부부는 부유했으니 〈빈처〉 부부와 거리가 멀고, 1921년 〈술 권하는 사회〉 발표 당시 현진건은 조선일보 기자였으니 소설 속 무직 술주정뱅이와 아주 다릅니다.

"대표작으로는 〈술 권하는 사회〉〈운수 좋은 날〉 등이 있다"고 했는데, 이 역시 옳지 않습니다. 모두 24편에 이르는 현진건 소설 완성작 중 대표작을 선정할 때 〈술 권하는 사회〉 〈운수 좋은 날〉 두 편을 지목한 논저는 일찍이 없었습니다. 단편으로는 〈빈처〉 〈술 권하는 사회〉 〈운수 좋은 날〉 〈B사감과 러브레터〉 〈고향〉 〈신문지와 철창〉이 흔히 대표작 중 하나로 거론됩니다. 그 중에서 굳이 두 편을 꼽으라면 〈빈처〉 〈운수 좋은 날〉, 〈빈처〉 〈고향〉, 〈운수 좋은 날〉 〈고향〉, 〈운수 좋은 날〉 〈B사감과 러브레터〉가 일반적입니다. 이 글을 쓴 필자는 〈운수 좋은 날〉과 〈고향〉을 현진건의 대표 단편으로 봅니다.

장편은 〈적도〉와 〈무영탑〉을 제외하면 〈흑치상지〉와 〈선화공주〉 등이 미완성작인 까닭에 별도로 대표작을 손꼽을 일도 없습니다. 다만 두 장편소설이 하나같이 좋은 평가를 받는 가작들이어서 '현진건의 대표작'을 여러 편 거론하는 경우 빠지지 않고 포함되는 것이 일반적입니다.

안내판은 〈운수 좋은 날〉의 마지막 대목 "이 **눈깔**! 이 **눈깔**! 왜 나를 바루 보지 못하고 천정만 바라보느냐, 응?"을 보여줍니다. 하지만 대구 두류공원 '현진건 문학비'처럼 〈고향〉을 소개하는 것이 훨씬 더 바람직합니다. "나는 그 눈물 가운데 음산하고 비참한 조선의 얼굴을 똑똑히 보았다."

(5) 서울 부암동 325-2 '**현진건 집터**' 표지석 안내문

《현진건玄鎭健 집 터家址》
Former Site of Hyeon jin-geon's House

현진건은 근대문학 초기 단편소설의 양식을 개척하고, 사실주의 문학의 기틀을 마련한 소설가이다. 그의 작품은 자전적 소설과 민족적 현실 및 하층민에 대한 소설, 역사소설이 주류를 이루고 있다. 그는 친일문학에 가담하지 않은 채 빈곤한 생활을 하다가 1943년 장결핵으로 세상을 떠났다.

부암동 집터 표지석에는 위의 글이 새겨져 있습니다.

일장기말소의거에 관한 언급이 없습니다. 현진건은 '한국 단편소설의 아버지(김윤식·김현 《한국문학사》)'이자 독립유공자입니다. "친일문학에 가담하지 않은 채 빈곤한 생활"과 '일장기말소의거를 일으켜 고문과 투옥'은 전혀 다릅니다.

현진건의 초기 소설을 '자전적 소설'로 분류하는 것도 타당하지 않습니다. "작품의 중심축(이재선 《한국현대소설사》)"이 작자의 구체적 경험과 일치되어야 자전적 소설입니다. 외부(외교부) 통신원 국장과 대구전보사장을 지낸 현경운의 네 아들은 1900~20년 그 어려운 시대에 모두 외국 유학을 했고, 현진건 본인도 대구 최상류 부호의 사위였을 뿐만 아니라 일찍 타계한 숙부 현영운의 양자로서 19세 이래 가정부와 전기가 있는 큰 와가 주인으로 살았습니다. 결코 가난하지 않았으므로 〈빈처〉 부부와 판이합니다.
　그는 또 20세부터 신문기자를 지냈으므로 직업 없이 매일 술만 마시는 〈술 권하는 사회〉의 주인공과 상반됩니다. 그가 극빈에 빠진 것은 1936년 일장기말소의거 이후 일제의 극심한 탄압 때문입니다.

　소설을 "자전적 소설, 민족적 현실 및 하층민에 대한 소설, 역사소설"로 분류할 수는 없습니다. 조선총독부가 신문 연재를 강제 중단시킨 〈흑치상지〉는 "민족적 현실"을 다룬 "역사소설"입니다. 석가탑 조성을 다룬 〈무영탑〉도 마찬가지입니다. 이는 부암동 표지석의 소설 분류가 잘못되었음을 말해주는 단적인 사례들이라 하겠습니다.

빈처

⟨빼앗긴 고향⟩ 4호

나는 감정을 노골적으로 드러내며 묻는다. "점점 구차한 살림에 싫증이 나서 못 견디겠지?" 아내는 무엇을 생각하는지 모르게 정신을 잃고 섰다가 게슴츠레한 눈이 둥그레지며, "네에? 어째서요?" 〈빈처〉 부분
* 도연명의 '귀거래사'를 이공린, 정선 등이 '귀거래도'로 형상화한 예를 본떠 현진건의 '빈처' 이미지를 시각화하였습니다. 화가 정연지

"당신도 살 도리를 좀 하셔요." 아내의 말이다.

"… …."

나는 또 '시작하는구나' 하는 생각이 번개같이 머리에 번쩍이며 불쾌한 생각이 벌컥 일어난다. 그러나 무어라고 대답할 말이 없이 묵묵히 있었다.

"우리도 남과 같이 살아 보아야지요?" 〈빈처〉 부분

아직 아무도 인정해 주지 않은 무명작가인 나를 다만 아내 혼자만은 깊이깊이 인정해 준다. 그러기에 그 강한 물질에 대한 본능적 요구도 참아가며 오늘날까지 몹시 눈살을 찌푸리지 아니하고 나를 도와 준 것이다.
'아아, 나에게 위안을 주는 천사여!' 〈빈처〉 부분

빈처

〈빼앗긴 고향〉 4호

| 1부 현진건 학교 |

* 그림 빈처
《빈처도圖》· 정연지 · 001
* 낯선 어휘에 풀이를 단
현진건 소설 《빈처》· 074
* 중문판 빈처
《貧妻》· 김미경 · 098
* 영문판 빈처
《A Poor Man's Wife》· 오승민 외 · 115
* 100년 후에 쓴 빈처
《국화 피는 날》· 정만진 · 139
* 현진건 현창 실태 · 001
* '참작가'현진건현창회 이력 · 256

2부 문학 교실

* 물의 도 외 · 권이부 · 52
* 개망초 외 · 박지극 · 54
* 내버려 두세요 · 김규원 · 56
* 새해의 첫 산행 · 차우미 · 58
* 전복죽 끓이는 모습을 보고 · 문해청 · 60
* 그 여름의 우화 · 오규찬 · 62
* 문화교류, 그 단순한 동기 · 이원호 · 65
연재수필 * 산과 나 · 정기숙 · 67

3부 이야기 시간

* 김미경의 중국 이야기 · 184
* 정응택의 통일 이야기 · 192
* 정만진의 우현서루 이야기 · 195
* 현진건학교의 임진왜란 이야기 · 녹동서원 · 032
* 현진건학교의 책 읽는 시간 · 216
* 현진건학교의 세계사 시간 · 221

정기구독 · 투고 안내 · 260
글쓰기 개인지도 안내 · 261

《빼앗긴 고향》을 펴내며

현진건은 "한국 단편소설의 아버지"[1]로 평가받는 작가이자 '일장기 말소 의거'를 일으킨 독립유공자입니다. 많은 문인들이 친일 행각을 벌였지만 현진건은 그 흔한 창씨개명도 하지 않고 끝까지 일제에 맞서 투옥과 고문을 당했습니다. 일제는 현진건 창작집 《조선의 얼골》에 판매 금지 처분을 내렸고, 〈흑치상지〉 연재도 강제로 중단시켰습니다. 현진건은 울화와 가난과 병환으로 어렵게 살다가 끝내 43세에 세상을 떠났습니다.

현진건은 대구 생가도 서울 고택도 남아 있지 않고, 서울 개발 과정에서 묘소마저 없어졌습니다. 물론 '현진건 기념관' 등의 이름을 가진 공간도 없습니다.

사단법인 역사진흥원 산하 '현진건 학교'는 '참작가'[2] 현진건을 현창·추념하기 위해 교육·출판·행사 등을 진행해 왔습니다. 그 중 핵심이 매달 펴내는 《빼앗긴 고향》입니다. 《빼앗긴 고향》은 현진건의 문학과 삶을 널리 알릴 수 있는 글들을 수록하는 데 근본 발간 취지를 둡니다.

제호 《빼앗긴 고향》은 현진건과 이상화가 절친한 벗이었고, 두

---

1) 김윤식·김현, 《한국문학사》(민음사, 1973), 153쪽.
2) 현길언, 《문학과 사랑과 이데올로기》(태학사, 2000), 14쪽.

분 모두 독립유공자이자 민족문학가였으며, 타계일마저 1943년 4월 25일로 같다는 사실을 담은 이름으로, 김은국 〈Lost Names〉를 본떠 이상화 '빼앗긴 들에도 …'와 현진건 '고향'의 심상을 합한 작명입니다. 따라서 《빼앗긴 고향》에는 독립운동·임진왜란·통일 등 민족 관련 내용도 꾸준히 수록됩니다.

매호 책 제목을 따로 붙입니다. 이번 호는 〈빈처〉를 게재하므로 《빈처》, 다음 호는 〈술 권하는 사회〉를 수록하므로 《술 권하는 사회》가 됩니다. 현진건의 주요 소설들을 외국어로 번역해서 싣고, 현진건이 100년 후에 같은 주제 작품을 썼다고 가정해 재창작한 21세기판 소설도 게재합니다. '귀거래도'처럼 그림으로도 형상화합니다. 현진건의 중국 유학 이력을 기려 《현진건 중문 소설집》을 발간, 중국에 수출할 계획입니다.

그 외, 세계사에 무관심한 우리 사회를 심각하게 우려해 '세계사 시간'을 연재하는 등 다양한 글을 실음으로써 교양잡지 기능도 수행합니다. '시민 신문'과 '동인' 개념으로 매달 발간되므로3) 누구나 글을 발표할 수 있는 《빼앗긴 고향》은 독립지사들과 민족문학가들을 추념하고 현창하는 참된 삶의 모습을 독자 여러분께 선사할 것입니다.

2023년 4월 1일

편집위원회 김미경(위원장) 배정옥 오규찬 정응택 차우미

---

3) 260쪽 참조

"나도 어서 출세를 하여 비단신 한 켤레쯤은 사주게 되었으면 좋으련만 ……."

아내가 이런 말을 듣기는 참 처음이다. "네에?"

아내는 제 귀를 못 미더워하는 듯이 의아한 눈으로 나를 보더니 얼굴에 살짝 열기가 오르며, "얼마 안 되어 그렇게 될 것이야요!"라고 힘있게 말하였다.

"정말 그럴 것 같소?" 나는 약간 흥분하여 반문하였다.

아내가 말했다. "그러문요, 그렇고말고요."

〈빈처〉 부분

현진건학교의 '임진왜란 이야기' 3

대구 녹동서원
일본군 선봉장, 조선 장수 되어 왜를 무찔렀다

녹동서원 1

달성군 가창면 우록리 585에 가면 녹동서원과 '달성 한일우호관'이 있다. 우호관 전시실에 게시되어 있는 시 한 편을 읽는다.

임진왜란 중 어느 장군이 쓴 「남풍 유감南風有感」의 일부이다.

　　南風有時吹 남풍이 건듯 불어
　　開戶入房內 문을 열고 방에 드니
　　悠然有聲去 문득 소리는 사라지고
　　消息無人來 소식 전하는 이도 없네

　시를 읽으며 '죽고 죽이는 전쟁판에 장수가 한가롭게 시나 짓고 있었어?'라고 힐난하는 것은 적절하지 않다. 이순신의 '한산섬 달 밝은 밤에 수루에 홀로 앉아'도 전란의 피바람 속에서 태어났다. 하지만 어느 누구도 이순신 장군이 전쟁 중에 일기를 쓰고 시를 지은 사실을 비난하지 않는다.
　「난중일기」를 남긴 이순신처럼 이 시 「남풍 유감」의 장군도 뛰어난 문장가로 이름이 높다. 그를 기려 건립된 달성 한일 우호관 내부에는 '남풍 유감, 술회가述懷歌 등을 보면 장군은 무장이었지만 문인으로서도 뛰어난 재능이 있었음을 알 수 있다.'라는 해설이 게시되어 있다.
　짐작하건대, 이 시를 짓기 직전 장군은 막사 바깥에 머물고 있었을 것이다. 그때 문득 바람이 불어와 장막 안으로 들이친다. 남풍이다. 남풍이라면 남쪽, 즉 장군의 고향에서 불어온 바람이다. 장군은 그 바람소리, 남풍이 문을 열고 장막 안으로 들어가는 기척을 멀리 고향에 떨어져 있는 가족 소식을 가져온 전령傳

슈의 재빠른 몸놀림으로 착각한다. 너무나 반가운 마음에 장군
은 바람을 뒤쫓아 장막 안으로 달려든다. 하지만 아무도 없다.
아! 아무도 없다.

가만히 오는 비가 낙수 져서 소리하니
오마지 않은 이가 일도 없이 기다려져
열릴 듯 닫힌 문으로 눈이 자주 가더라

이 시조의 화자는 빗소리가 떨어지는 마루 끝에 쓸쓸히 앉아
있다. 화자는 "오마!" 하고 언약한 적도 없는 그 사람이 지금 너
무나 사무치게 그립다.
그가 불쑥 대문을 열고 들어오지는 않을까…. 그런 기대를 품
고 응시하면 대문은 홀연 '열릴 듯'도 하다. 하지만 굳게 '닫힌'
문은 미동도 없다. 그저 내 눈만 자꾸 그리로 향할 뿐이다.
「남풍 유감」을 노래한 장군의 애잔한 심정은 최남선의 시조
「혼자 앉아서」를 연상하게 한다. 아니, 「남풍 유감」이 「혼자 앉
아서」보다 300여 년 앞선 작품이니 최남선이 장군의 문집에서
얻은 시흥을 현대적 언어로 형상화했다고 말해야 옳겠다.
장군은 자신에게 가족 소식을 전해줄 사람이 있을 리 없다는
사실을 전쟁 발발 때부터 진작 알고 있었다. 왜냐하면 부모와
아내를 조국 일본에 버려둔 채 적국 조선의 장수가 되었기 때문
이다. 게다가 일본군을 무찌르는 데 앞장선 무공으로 조선 정부

로부터 정2품의 신분까지 부여받았다. 그런 '배신자'에게, 이 전쟁통에 바다까지 건너와 가족 소식을 전해줄 '정신 나간' 일본인은 상식적으로 있을 수 없다.

「남풍 유감」의 장군은 사야가沙也加라는 본명 대신 조선 이름 김충선金忠善을 역사에 남겼다. 명분 없는 전쟁에 온몸으로 항거한 사야가는 부산에 상륙한 즉시 조선에 귀화했고, 그 결과 사야가와 김충선은 한일 양국의 평화를 염원하는 상징으로 두 나라에 차차 각인되어 왔다. 일본에서는 1972년 이래 김충선에 관한 언론 보도, 장편소설 출간 등이 줄을 이었고, 한국에서는 1794년(정조 18) 김충선이 여생을 보낸 가창면 우록리에 녹동서원과 사당을 세우고, 2012년 5월에는 다시 한일 우호관까지 건립했다.

김충선(1571~1642)은 어떤 인물인가? 한일 우호관 내부에 부착되어 있는 게시물「모하당 김충선」을 읽어본다.「모하당 김충선」은 김충선의 초상과 간략한 소개를 담고 있다.1)

> 모하당慕夏堂 김충선은 (1)본래 일본인으로 (2)어릴 때부터 조선의 문물과 인륜 중시 사상을 흠모하였다. 임진전쟁 때 가등청정加藤淸正(가토 기요마사) 휘하의 우선봉장右先鋒將으로 조선에 출병하였다. 그러나 부산항에 (3)도착하자마자

---

1) 귀화 동기와 과정 부분에 매겨진 번호는 인용자가 풀이를 위해 임의로 배치한 것이며, 귀화 이후 활동에 대해서는 이 글 후반부에서 다룸.

조선 침략의 부당함을 지적하면서 부하 3,000명을 이끌고 평소 예의지국으로 흠모하던 조선에 귀화했다.

그 후 김충선은 경주, 울산 등지의 전투에 참가하여 큰 공을 세웠으며, 조총 제작 기술과 사용법을 조선에 전수하였다. 또한 임진전쟁이 끝난 이후 대구 우록동에 거주하다가 자청하여 10년 동안 북쪽 변방을 지키다가 돌아왔으며, 이괄의 난과 병자호란 때에도 큰 공을 세웠다.

이러한 공으로 삼란공신三亂功臣으로 불렸으며, 품계가 정헌대부(정2품)에 올랐다. 또한 김충선이라는 이름을 하사받고 '사성(임금이 내려준 성씨 김씨)'의 시조가 되었다. 노후에는 우록동에서 가훈과 향약을 지어 자손과 주민들에게 가르치다가 1642년(인조 20)에 별세하였다.

한국고전번역원의 《모하당집》 해제는 김충선을 '임진왜란 때 명분 없는 침략 전쟁을 거부하여 귀화한 일본인'으로 정의하고 있다. 김충선에 대해 소상하게 알아보기 위해 「모하당 김충선」의 내용을 낱낱이 풀어가며 읽어본다.

김충선은 (1)본래 일본인이었다. 김충선은 본인 스스로 많은 글을 썼음에도 불구하고 조선에 귀화하기 전 일본에서 어떤 인물로 살았는지에 대한 기록이 남아 있지 않다. 1571년 1월 3일 일곱 형제의 막내로 태어났고, 조선으로 출병하기 전에 이미 결혼하여 부인이 있었으며, 아버지는 익益, 할아버지는 옥국沃國,

증조할아버지는 옥졺이었다는 《사성賜姓 김해 김씨 세보》의 내용이 전해지는 내력의 전부이다.

사야가의 일본 생활에 대한 증언이 남아 있지 않은 까닭은 대략 두 가지로 추정된다. 첫째, 그가 남긴 글들이 집에 보관되어 오다가 전쟁 와중에 대부분 소실되었다는 점이다. 둘째, 본인이 일본에서 살았을 때의 일에 대해 별로 주위에 언급하지 않았을 것이라는 점이다.

두 번째 이유가 성립되는 까닭은 김충선이 본래 가등청정의 선봉장이었기 때문이다. 침략군 선봉장에서 돌연 조선군 장군으로 변신하여 조국 일본군과 맞서 혁혁한 군공을 세웠지만 「술회가」에서 '(그토록 열망했던 조선에서 살게 되었다 하더라도) 친척과 형제와 아내를 다 떠나면서 슬픈 마음 서러운 뜻이 없었다면 거짓'이라고 속마음을 토로했다. 사야가는 조국이자 고향에 남겨둔 가족들이 자기 때문에 처형당하거나 고통받는 경우는 상상조차 하기 싫었을 터이다. 그는 자기 신분이 노출되면 바로 가족에게 피해가 발생할 것을 우려했을 것이고, 일본에서 살 때의 생활에 대해 다른 사람에게 좀처럼 말하지 않았을 것이다.

그 결과 조선에서도 사야가와 김충선이 동일 인물이라는 사실은 1761년(영조 37) 11월 12일에 이르러서야 《승정원일기》에 처음 기록된다. 임진왜란이 끝난 지 무려 164년 뒤, 본인 사망 후 120년이나 지나서야 비로소 사야가와 김충선이 동일 인물이라는 사실을 정부가 공식적으로 인정한 것이다. 그만큼 사야가는 조선이 보호해주어야 마땅한 국제 정치적 인물이었다.

　그런 사정으로 인해 사야가의 실체에 대한 여러 설이 생겨났다. 김충선이 조총과 화약 제조 기술을 조선군에게 가르쳤다는 사실에 주목하여 일본 와카야마현 철포 부대의 영목손일鈴木孫一(스즈키 마고이치)을 사야가로 추정하기도 한다. 일부에서는 '영목손일이 풍신수길과 대립한 반대 세력 인물인데 어떻게 가등청정 군대의 선봉장이 될 수 있었겠느냐?'면서 원전신종原田信種(하라다 노부타네)을 사야가로 보기도 한다.

　또 임진왜란 중 조선에 귀화한 강본월후수岡本越後守(오카모토 에치고노카미)를 사야가로 추정하는 견해도 있다. 그 외에 《한나라 여행》을 써서 임진왜란 참전 일본군 장군의 조선 귀화 사실을 처음으로 일본에 알린 사마요태랑司馬遼太郞(시바 료타로)은 '사야가는 대마도 출신'이라고 주장하기도 했다. 사야가가 누구인가를 두고 논란이 많다는 것은 그만큼 본인 그리고 조선 조정이 실체를 감추려 했던 인물이었다는 사실을 말해준다.

　김충선은 (2)어릴 때부터 조선의 문물과 인륜 중시 사상을 흠모하였다. 이는 사야가가 부산 상륙 직후 조선 백성들에게 뿌린 「효유서曉諭書(알리는 글)」에 명확하게 나타난다. '내 일찍이 조선이 예의의 나라라는 것을 듣고 오랫동안 조선의 문물을 사모하면서 한번 와서 보기가 소원이었고, 이 나라의 교화에 젖고 싶은 한결같은 나의 사모와 동경의 정은 잠시도 떠나본 적이 없

었다.'

이어서 그는 '지금 나는 비록 다른 나라(일본) 사람이고 (가등청정 군대의) 선봉장이지만, 일본을 떠나기 전부터 이미 마음으로 맹세한 바 있었으니, 그것은 나는 너희 나라(조선)를 치지 않을 것과 너희(조선인)들을 괴롭히지 않겠다는 것이었다.'라고 선언했다. 사야가는 어릴 때부터 조선의 문물과 인륜 중시 사상을 흠모했었기 때문에 일본의 침략 전쟁 도발을 자신이 조선인으로 살 수 있는 기회로 삼았던 것이다.

사야가는 (3)**부산항에 도착하자마자** 부하 3,000여 명을 이끌고 귀화했다. 사야가가 조선인들을 살상한 적이 없다는 사실은 그가 경상 병사 박진朴晉에게 보낸 「강화서講和書」에 잘 밝혀져 있다.

'아직 한 번의 싸움도 없었고 승부가 없었으니 어찌 강약에 못 이겨서 강화를 청하는 것이겠습니까? 다만 저의 소원은 예의의 나라에서 성인의 백성이 되고자 할 뿐입니다.' 자신의 귀화가 목숨을 구하기 위한 투항이 아님을 당당하게 강조하고 있다.

'제가 지금 귀화하려 함은 지혜가 모자라서도 아니요, 힘이 모자라서도 아니며, 용기가 없어서도 아니고, 무기가 날카롭지 않아서도 아닙니다. 저의 병사와 무기의 튼튼함은 백 만의 군사를 당할 수 있고 계획의 치밀함은 천 길의 성곽을 무너뜨릴 만합니다.'

사야가의 조선 귀화 이유는 국사편찬위원회의 《신편 한국사》를 새삼 읽어보게 한다. 이 책은 '임진왜란 중 왜군이 조선에 투항한 직접적 동기'를 '왜군 진영의 기근 극심, 조선 정부가 항왜降倭(조선에 항복한 왜군)를 후대한다는 소문이 왜군 진영에 전 파된 것, 일본이 이길 수 없는 전쟁이라는 것을 깨닫고 본국으 로 철수했을 때에 겪어야 할 생활고에 대한 걱정'의 세 가지로 설명한다.

사야가의 귀화는 세 가지 중 어느 경우와도 무관하다. '부산항 에 도착하자마자' 조선에 귀화했으니 굶주림에 시달렸을 리 없 고, 사야가 본인이 최초의 귀화 인물인즉 조선이 항왜를 우대한 다는 소문은 아직 생겨나지 않았다. 개전 초기는 일본군이 부산 진성과 동래성을 각각 몇 시간 만에 가볍게 점령해 기세가 하늘 을 찌르고 있었으므로 패전 후 귀국했을 때의 생활고를 걱정할 시점도 아니었다.

게다가 '조선은 아직 항왜 수용을 위한 대책이 없었고, 적의 투항을 불신하여 투항자가 오면 무조건 살해하겠다는 것이 정론 이었던 반면 명군은 항왜를 받아들여 후대하겠다는 입장을 취하 고 있었기 때문에 왜군이 처음 투항한 곳은 조선 진영이 아니라 명군 진영이었다.'라는 《신편 한국사》의 증언과, '부산항에 도착 하자마자' 사야가가 명군 아닌 조선의 경상 병사 박진을 찾았다 는 기록은 앞뒤가 맞지 않다.

「효유서」와 「강화서」에 이미 천명하였지만, 김충선은 자신이 지은 「술회가」에서도 '남쪽 오랑캐 땅'에서 태어난 것을 한탄하 면서 '조선의 좋은 문물 한번 보기 원했는데 하늘이 그 뜻 알고 귀신이 감동하여 가등청정이 어리고(당시 22세) 무식한 나를 선봉장 삼았네' 하고 술회하였다. 뿐만 아니라, 김충선의 글을 모아 간행된 《모하당 문집》의 「녹촌지」에도 그가 단 '한 번의 싸움도 없이' 조선에 귀화한 까닭이 거듭 밝혀져 있다.

'내가 귀화한 것은 잘되기 위해서도 아니요, 명예를 취함도 아니다. 처음부터 두 가지 계획이 있었으니, 그 하나는 요순 삼대의 유풍을 사모하여 동방 성인의 백성이 되고자 함이요, 또 하나는 자손을 예의의 나라에 남겨서 대대로 예의의 사람을 만들고자 함이라.'

국사편찬위원회의 《신편 한국사》는 '조선에서는 물론이고 일본의 유학자들도 풍신수길이 "명분 없는 전쟁을 도발하였다"고 비판하고 있다. 일본 학자들 사이에서도 임진왜란의 원인으로 풍신수길의 개인적인 공명심과 영웅심, 대명 무역 확대, 해외 발전 또는 봉건 영주들의 세력 약화 등을 들고 있다.'라고 기술하고 있다.

국사편찬위원회의 《한국사》도 풍신수길의 '①공명심과 영웅심, ②조선이나 명에 대한 무역과 결부된 해외 발전 추구, ③일본 국내 영주들의 세력 약화 도모'를 전쟁 발발의 원인으로 적시한다.

「모하당 김충선」은 사야가가 조선에 귀화한 또 하나의 까닭을 말해준다. 그가 '조선 침략의 부당성을 지적하면서' 부하 3,000명을 이끌고 귀화했다는 대목이 바로 그것이다. 사야가도 우리나라 국사편찬위원회 및 일부 일본 사학자들과 동일한 인식, 즉 '임진왜란은 명분 없는 전쟁'이라는 생각을 가지고 있었다는 말이다.

사야가의 귀화 이유는 세 가지로 요약된다. 첫째, 그 자신이 문화국 조선에서 살 수 있기를 어릴 때부터 염원했다. 둘째, 자식들을 예의 나라에서 예를 아는 사람으로 키우고 싶어했다. 셋째, 일본의 조선 침략에 아무런 명분이 없다고 생각한 평화주의 사상 때문이었다.

우리 역사에도 전쟁 중 적국에 붙은 인물의 유례는 그리 드물지 않다. 가장 널리 알려진 인물이 연개소문의 장남 남생이다. 아버지가 죽은 후 권력을 차지했던 남생은 동생들과 암투에서 밀리자 당나라에 붙어 조국 고구려의 멸망에 크게 기여(?)한 뒤 적국에서 높은 벼슬까지 한다. 남생은 일신상의 욕심을 위해 조국을 버린, 말 그대로 배신자일 뿐이다.

그에 견주면 사야가는 차원이 다르다. 임진왜란은 아무런 명분도 없는 전쟁이었다. 1592년 전쟁을 일으킨 일본은 아메리카 인디언의 99%를 학살하여 2,000만 명이던 그들을 20만 명만 생존하게 만들고, 1500년 당시 아메리카 대륙의 8,000만 본토인들을 불과 50년 뒤인 1550년에 단 1,000만 명만 남게 만든 유럽인들과 조금도 다를 바 없는 흉포한 야만인들이었다.

게르하르트 슈타군은 《전쟁과 평화》에서 '전쟁은 전염병처럼 저절로 생기는 것이 아니라 권력자나 사회집단이 의도적으로 부추기고 일으킨다.'라고 지적했다. 인간 소외의 가장 단적인 주범 전쟁, 그것도 명분 없는 전쟁은 조국이 일으킨 것이라도 반대해야 한다.

그런 점에서, '행동하는 양심'은 때로 조국도 배신해야 한다. 사야가는 정권 차원의 국가보다 인류 전체의 공동체를 위해 사는 것이 참된 사람의 도道라는 가르침을 역사에 새긴 진짜 위인이다. 🌿

녹동서원 2

우록리友鹿里는 행정 구역상 대구광역시에 있지만 '사슴鹿을 벗友하며 사는 마을里'이라는 이름만 보아도 면 단위 산촌 마을이라는 사실을 짐작할 수 있다. 그러나 산촌에 있어도 녹동鹿洞서원은 대구에서, 아니 전국적으로도 임진왜란 유적지를 답사할 때 결코 빠뜨리면 안 되는 중요 방문지이다.

보통의 서원은 선비를 모시지만 녹동서원은 전혀 다르다. 장군을 모신다. 김유신을 모시는 경주 서악서원, 이운룡을 모시는 청도 금호서원, 권율을 모시는 고양 행주서원 등처럼 우리나라의 일반 명장을 제향하는 것도 아니다. 가등청정의 선봉장으로 전쟁에 참전했다가 '한 번도 싸우지 않고' 곧장 조선에 귀화하여 오히려 일본군을 무찌르는 데 큰 무공을 세운 김충선을 기린다.

김충선은 어떤 공을 세웠기에 일본군 장수 출신인데도 조선의 서원에 배향되는 영광을 누리게 되었을까? 한일우호관 내부에 게시되어 있는 「모하당 김충선」의 내용을 통해 김충선의 업적을 살펴본다. (번호, 주석, 문장 부호는 모두 필자가 임의로 붙인 것임.)

(1)경주, 울산 등지의 전투에 참가하여 큰 공을 세웠으며, (2)조총 제작 기술과 사용법을 조선에 전수하였다. 또한 (3)임진전쟁이 끝난 이후 대구 우록동에 거주하다가 (4)자청하여 10년 동안 북쪽 변방을 키다가 돌아왔으며, (5)이괄의 난과 (6)병자호란 때에도 큰 공을 세웠다.

김충선은 이런 공으로 삼란 공신三亂功臣(임진왜란, 이괄의 난, 호란에 모두 공을 세운 공신)이라 불렸으며, 품계가 정헌대부(정2품)에 올랐다. 또한 (7)김충선이라는 이름을 하사받고 '사성賜姓김씨'의 시조가 되었다.

김충선은 귀화 이후 여러 전투에 참전하여 많은 공을 세운다. 1593년 4월 경주 이견대 싸움에 참전하여 일본군 300여 급을 참살했고, 1597년 12월 22일부터 이듬해 1월 4일까지 조명 연합군이 울산성을 공격할 때 100여 군사를 거느리고 성을 넘어 들어가 수십 명의 적군을 참살했다. 「모하당 김충선」이 '(1)경주, 울산 등지의 전투에 참가하여 큰 공을 세웠다.'라고 기술한 것은 그 때문이다.

선조는 사야가를 크게 포상해야 한다는 도원수 권율, 어사 한준겸 등의 주청을 받아 그를 정2품 자헌대부資憲大夫로 대우하는 한편 성姓과 이름名을 하사한다. 선조는 '바다를 건너온 모래沙를 걸러 금金을 얻었다.' 하고 기뻐하며 '김해 김金씨'를 성으로 삼으라 한다. 일본명 사야가沙也加에 모래沙가 있는 것을 보고 착상한 선조의 기발한 작명이었다.

이름은 충성스럽고 착한 인물이라는 뜻에서 '충선忠善'이라 정해졌다. 이를 「모하당 김충선」은 '(8)김충선이라는 이름을 하사받고 사성 김씨賜姓金氏의 시조가 되었다.'라고 표현하고 있다.

호족들에게 성씨를 주는 방법으로 세력을 확장한 왕건의 고려 창업 과정이 말해주듯, 임금에게서 성姓씨를 받는賜 것은 엄청난 '가문의 영광'이었다. 사성 가문은 바로 상류층에 편입되었고, 본인과 후손들에게 큰 벼슬길이 펼쳐졌다. 선조로부터 성명을 하사받은 김충선 역시 「술회가」를 지어 뜨거운 감회를 토로했다.

자헌계姿憲階 사성명賜姓名이 일시에 특강特降하니
어와 성은聖恩이야 깁기도 망극다.
이 몸 가리된들 이 은혜 갑플소냐!

[풀이] 자헌대부라는 높은 품계와 성명을 한꺼번에 특별히 내리시니
아, 임금의 은혜는 깊고도 끝이 없도다.
이 몸이 가루가 된들 어찌 그 은혜를 다 갚을 수 있으랴!

김해 김씨는 수로왕과 김유신으로 대표되는 오랜 전통의 명문 거족이다. 따라서 사야가에게 주어진 임금의 하사품은 더할 나

임진왜란 이야기 45

위 없이 빛나는 역사의 광영이었다.

김충선 가문은 '임금이 내려준 성씨'라는 뜻의 '사성賜姓' 두 글자를 덧붙여 스스로를 '사성 김해 김씨'라 부른다. 그런 호칭은 임금으로부터 성씨를 하사받은 김충선의 후손이라는 영예를 당당하게 자랑하는 데 절묘하게 도움이 된다. 물론 본래의 김해 김씨와 구분이 되지 않는 문제도 덩달아 해소된다.

김충선의 업적 중 한 가지는 '(2)조총 제작 기술과 사용법을 조선에 전수했다'는 점이다. 본래 조선 정부는 조총의 제조와 사용법, 염초의 채취 및 화약의 제조법 등을 아는 항왜들로부터 그 기술을 전수받으려 했다. 그래서 그들에게 관직도 주었다.

전문 능력을 갖춘 대표적 항왜 사야가는 조총 등 일본 무기 제조 기술을 전수하는 일에 힘을 쏟았고, 곽재우, 권율, 김성일, 이덕형, 이순신, 정철과 편지를 주고받으며 조총 보급 등의 현안에 관해 논의했다. 그가 이순신에게 보낸 답서에 등장하는 '하문하신 조총과 화포에 화약을 섞는 법은 (중략) 이미 각 진영에 가르쳤습니다. 이제 또 김계수를 올려 보내라는 명령이 있사오니 어찌 따르지 않겠사옵니까.' 같은 기록도 그 사실을 증언하는 하나의 사례이다.

김충선은 '(3)임진왜란이 끝난 후 대구 우록동에 거주한다.' 그가 우록에서 살기로 마음먹은 까닭은 《모하당 문집》에 밝혀져 있다. 그는 1600년 '산중에 우거하는 사람은 대개 사슴鹿을 벗友하며 한가로움을 탐하는 것이다. 우록의 뜻은 내 평생토록 산

중에 숨어살고자 하는 뜻에 부합한다. (중략) 그러므로 한 칸의 띠집을 세워서 자손에게 남기노니 이곳이 곧 나의 원하는 땅'이라면서 마을 이름을 우록友鹿으로 바꾼다. 본래 우록 마을의 한자 표기는 지형이 소牛 굴레勒를 닮았다고 하여 본래 우륵牛勒으로 내려져왔다.

녹동서원 한일우호관 앞에서 본 전경

우록에 살던 김충선은 '**(4)자청하여** (1603년부터 1613년까지) **10년 동안 북쪽 변방을 지킨다.**' 임금(광해)은 그 공을 칭찬하여 정헌대부(정2품)의 교지와 '자원하여 줄곧仍 지켰으니防 그 마음 가상하도다自願仍防其心加嘉'라는 여덟 글자의 어필御筆을 하사한다. 그가 남긴 시「잉방시仍防詩」는 이 어필에서 유래했다.

이 몸이 장성長城(국경을 이루는 긴 성) 되야

만리변새萬里邊塞(먼 곳의 국경 요새)에 칼을 베고 누웠으니
봉황성鳳凰城 산해관山海關(중국 국경의 관문)은
말발의 티끌이요
십만호병마十萬胡兵馬(10만의 오랑캐 군사)는
칼 끝의 풀잎이라
대장부 천추千秋(평생) 사업
이른 때에 못 이루고
그 언제 이뤄보랴
진실로 황천黃泉(하늘)이 내 뜻을 아신다면
우리 성상聖上(임금) 근심 풀까 하노라

김충선은 '(5)이괄의 난 때에도 큰 공을 세운다.' 1623년(광해 15) 인조반정 때의 공신 이괄李适은 논공행상에 큰 불만을 가지고 있던 차에 외아들 전栴이 모반 누명을 쓰는 상황이 벌어지자 1624년(인조 2) 반란을 일으킨다. 임진왜란 때 전투 경험이 있는 항왜 출신들을 선동하여 전투력을 크게 키운 이괄에 밀려 한때 인조는 공주까지 도망가는 치욕을 당한다.

이때 54세의 노장 김충선은 이괄의 부장副將인 항왜 서아지徐牙之를 김해에서 참수하는 혁혁한 무공을 세운다. 조정은 김충선의 큰 공을 인정하여 사패지賜牌地(임금이 공신에게 내린 땅)를 하사한다. 김충선은 땅을 받지 않고 수어청守禦廳의 둔전屯田으로 바친다. 수어청은 임금御을 지키는守 관청, 즉 조선의 중앙

군영이었다. 인조가 김충선을 얼마나 좋아했을지는 아래의 1628년(인조 6) 4월 23일자 《승정원일기》를 읽어보지 않아도 곧장 헤아려진다.

김충선은 용맹이 출중할 뿐만 아니라 성품 또한 매우 공손하고 조심성이 있습니다. 이괄의 난에서는 도망친 항왜들을 추포하는 일을 당시 감사가 모두 이 사람에게 맡겨서 힘들이지 않고 해결할 수 있었으니, 진실로 가상합니다.

1627년(인조 5) 정묘호란 때에도 자원군으로 참전하여 큰 공을 일구었던 김충선은 '(6)병자호란 때에도 큰 공을 세운다.' 1636년(인조 14) 호란이 일어나자 아직 왕의 출전 명령이 하달되지 않았는데도 66세나 되는 고령의 김충선은 곧장 한성으로 출발한다.

북향 중 왕이 남한산성으로 파천한다는 소식을 들은 그는 바로 광주 쌍령雙嶺에 진을 친 다음 경상 좌·우 병영 군사들과 나누어서 청군을 공격한다. 150여 명 선봉군을 이끈 김충선은 청군을 대파한다. 전쟁이 끝난 뒤 임금은 '김충선의 자손에게는 대대로 벼슬을 주고 복호復戶(조세나 부역 면제)를 하라.'라고 조정에 지시한다.

전란이 모두 끝난 뒤 김충선은 다시 우록동으로 돌아온다. 일본에 갈 수 있는 몸은 아니었으니 그가 이때 우록동으로 돌아온 것은 '영원한 귀향'이었다. 그는 향약을 제정하여 마을 사람들의 공동체 정신을 북돋우는 한편, 제자들을 가르치면서 스스로 산골 선비가 되어 여생을 보냈다. 「우흥寓興」은 그의 유유자적한 우록 생활을 잘 보여준다.

산중의 기약 두고 우록촌에 돌아드니
황학봉黃鶴峰(우록의 산 이름) 선유동仙遊洞(우록의 골짜기 이름)은
일일상대日日相對(날마다 대하는) 내 벗이요
자양紫陽(주자가 제자를 가르친 곳)과 백록동白鹿洞(우록의 마을)은
도道 닦는 마당 되어
자손의 현송絃誦(음악 소리, 글 읽는 소리) 소리 들리난고
한천寒川(가창면 냉천) 말근 물의
진심塵心(세상에 찌든 마음)을 씻어볼까 하노라

영조(1724~1776) 말기에 이르러 조선의 유림은 김충선을 기리는 서원의 필요성을 임금에게 상소한다. 1789년(정조 13)에도 선비들은 재차 서원 건립을 청원한다.

이윽고 1794년(정조 18) 그가 살았던 우록동에 녹동서원이 세워진다. 녹동서원은 그 후 1864년(고종 1) 대원군의 서원 훼철 때 화를 당하지만 1885년(고종 22) 영남 유림과 문중의 합심에 힘입어 재건된다. 일본인인데도 조선의 서원에 제향되고 있다는 점에서 김충선은 대단한 인물임에 틀림없지만, 귀화한 일본인을

기려 서원을 세우느라 진력한 이 땅의 유림들 또한 열린 마음을 가진 진정한 선비였다고 할 것이다.

녹동서원의 정문에는 향양문向陽門이라는 현판이 걸려 있다. 해陽가 뜨는 곳을 향向해 서 있는 문이라는 뜻이다. 물론 임진왜란 당시 경주읍성의 동문 이름이 향일문向日門이었던 것을 보면 양陽과 일日이 꼭 일본만을 의미하는 것은 아니다. 다만 녹동서원의 외삼문에 향일문이라는 현판을 건 조선 선비들의 마음에는 고향 일본과 두고 온 가족들을 내심 그리워했을 김충선의 고통을 잊지 아니한 따뜻한 배려가 있었으리라.

2012년 5월, 녹동서원 옆에 '달성 한일 우호관'이 새로 건립되었다. 김충선의 평화 정신을 오늘에 되새겨 한일 두 나라 사이의 우호를 더욱 돈독히 하자는 뜻이다.

물의 도 외 1편 　　　　　　　　　권이부

평균적은 높은 곳에서 낮은 곳으로
내려온다고 생각을 한다.
진선미에서 나왔으니
더 물스럽게 되어가고 있다

한길 물길 들어오면서
물은 물에게 놀란다.
물이 보는 세계를 가지고는
새로운 세계를 보지 못하기 때문에
물은 이렇게 내려만 가고 있다

잘 걸으려면 많이 걸어야 하고
잘 들으면 말 할 것이 없음으로
잘 흘러가려면 낮은 곳으로 내려가야 한다.
흐르는 동안에도 영원히 내려만 간다.
영혼까지 자연에게 이질적이지 않아
불변의 질문들로 넘쳐난다

만년설

만년을 지내고도 변하지 않는 지조
오랜 느낌이 우리의 설과 같다

겉과 속이 같아서
낮이고 밤이고 빛깔이 하얗다
모습이 천상 하늘의 뜻이라
바람도 세월도 투명해 변함없다

녹아서 없어지는 추상표현이 아니라서
영혼과 자연이 자연스럽게 만나는 이곳
산과 하늘이 마주해서다

만년설과 영혼은 오래토록
자연이 하는 일 길 잃을까
이 모두가 무료다
잠깐 기다리는 사이에도 쉬 포기하지 않는다.

개망초 외 1편   박지극

무리 지어야 들리는
흰 꽃
개망초

빈집
마당에 모여
아우성이다

풍경風磬과 바람

그만
그쳤으면 하다가도

그치면 기다려지는
바람

내버려 두세요

김규원

자유와 평등, 뭣이 더 중한지.
말 몇 마디로 나를 감동하게 하지 마세요.
글 몇 자로 나를 설득시키려 하지 마세요.
말과 글로만 나를 바꾸겠다고 기대하지 마세요.
나 역시 몇 마디 말과 몇 줄의 글로써
그대 생각이나 마음을 바꾸려 들지 않겠어요.
그냥 나대로
그저 그대로
살아가고자 몸부림칠 따름입니다.
자유를 앞세우거나
평등을 부르짖으며,
괜스레 잘해준다고 다가서거나
아니면 심심풀이로 건드리지 마세요.
잠깐만이라도 해서는 안 되는 몹쓸 짓이거든요.
있는 그대로
없으면 없는 대로
내버려 두는 것이 진정 자유와 평등에 이르는 지름길이겠지요.
물, 불, 바람은 아무 말 없이 하등 글 없이

어제도, 지금도, 내일도
자기 가고 싶은 대로 나아가며
세상 높낮이 가리지 않고
자유와 평등을 늘 가르쳐주지요.
스스로 그러한 채로 있는 것
바로 자연이듯이,
어제, 오늘, 내일
세월 지나감을
시빗거리 삼지 말고 망설임 없이 내버려 두세요.

새해 첫 산행

차우미

첫사랑 길거리 스친 것마냥
쿵쾅쿵쾅 산이 울리도록
가슴이 뛴다

게으른 근육에 무리가 갈 때
종아리가 찢어질 듯
따가운 통증에 갑자기
시간도 멈춰 버리고

마르고 가파른 바위
단단한 한 줄 동아줄에
의지해 오를 때
머리끝이 쭈뼛쭈뼛 서늘해지는 등골

한 발만 삐끗하면
나락으로 떨어질 삶의 깊은 우물처럼
한 발만 삐끗하면
저 아래 아득한 계곡으로 던져질 목숨처럼 짜릿한 바위타기

힘겨운 한 발 한 발 내딛을 때마다
종아리에서 가슴까지
타들어 가는 통증
두발 세발 오를 때마다 차오르는 숨결과 찢어질 것 같은 근육의 통증은
삶은 오롯이 혼자 견디는 것이라는
존재의 실존을 온 몸으로 알려 주었다

가쁜 숨 몰아쉬며 가다 쉬다 어느덧 정상인 줄 모르고 오른 정상
아침 햇살 받아 환하게 빛나던 도시
발 아래 펼쳐지고
이마의 땀 식히는 겨울바람에
어느 사이 통증은 신기루가 되었지만
굳은 근육 이끌고 오른 새해 첫 산행

지루한 통증 견디게 한 것은
한 걸음 한 걸음 말없이 함께 걷던
그 마음들이었다

전복죽 끓이는 모습을 보고 　　　　문해청

오늘 아침에 사랑하는 여인이
전복죽 끓이는 모습을 보고
나무주걱으로 젓는 것을 보며
감사의 마음을 가슴에 품으면

나의 간종양은 어디에서 왔을까
몸속에 염증이 병마가 되었을까
오늘도 나의 병마퇴치를 위해
온 정성을 다해 음식을 만드는
은혜로운 한 사람을 생각하며

나는 어디에서 와서 살고 있는가
지금은 병마퇴치 위해 싸우지만
조현옥 시인이 보낸 완도 전복
은하 처제가 보낸 임곡 찹쌀
장모님이 주신 조선 녹두는
어디에서 와서 녹두죽이 되었을까

이제 인간의 삶을 돌아보노라면
우리 육신과 정신의 모든 것은
자연에서 왔고 우주로 돌아가는 것
지나간 것, 서러워하며 울지 말고
오지 않은 모든 것, 두려워 말자고
오늘도 간암투병하며 마음을 비워본다

그 여름의 우화

오규찬

낡고 초라한 어둠이 걸린
벚꽃나무 가지에
외눈박이 수리부엉이는
오지 않았다
막 달거리를 시작한
저수지 옆 붉은 베고니아들이
피임처방전을 받아들고
성가를 불렀다.
시도 때도 없이
뜨신 아랫목에서
몸 지지던 골바람은
헐거운 면사무소에서
실종신고를 하고
턱밑까지 쳐들어 온
꽁짓돈 이자는
야반도주를 했다
마을회관 공터에는
뻘쭘하게 키만 자란

이름 모를 조숙한 나무들이
참을 수 없는 수액을 뿜어내며
뿌옇게 꽃을 피웠다
산등성이 뭇별들은
군데군데 잉걸불을 피워놓고
지난 여름 큰물이 진 강변에서
초라한 이력마저 익사한
애비의 순장을 치렀고
엉덩이 가벼운 풍각쟁이 딸년이
두 번째 소박을 맞고
동네어귀 성황당에서
치렁치렁 새끼줄에 매달려
숯덩이가 되었다
안개에 짓눌린 마을은
더 이상 잉태가 되지 않았다
말벌은 붕붕거릴 뿐
잉잉거리지 않았다
후여후여 홰를 치던 수탉들도
사랑방에 모여앉아
투전을 즐겼다
폐렴의 누룩이
퍼렇게 번지던 사내는

뒷간에서 각혈을 하다
미자바리가 빠졌고
후줄근한 적막이 엄습하던 여름 밤
여자의 깊은 사타구니가
부푼 달처럼 떠오르며
사산을 했다
목 빼어 기다리던
흰머리 수리 몇 놈이
죽은 아이의 내장을 쪼아 먹은 후
희끗희끗한 구름 속으로
사라졌다,

문화교류, 그 단순한 동기 이원호

지난 주말 칠면조구이를 주문해 먹었다. 충북 청주시 초정리 광천수로 염지鹽漬해 쫄깃했고, 허브 버터를 발라 고소했다. "별미"라고 지인들과 이야기하는 과정에서 뜻밖에도 "한국명절도 안 챙기면서 서양명절을 챙기네"라는 지적을 받게 되었다.

말 그대로 "너는 왜 한국문화를 경시하고 서양문화를 사대하냐?"란 뜻으로 들렸는데, 어떤 의미로 했던 틀린 지적이다. 나는 한국명절을 챙기는 사람이고 서양명절은 챙긴 것이 아니라 '땡스기빙데이Thanksgivingday'라는 것을 건수 삼아 별미를 먹은 것에 불과했다. 일면 억울했던 상황이 핼러윈데이Halloweenday라 의상을 차려입고 놀았다는 이유로 비난을 받는 이들의 것과 비슷하다고 생각했다.

도대체 우리 고유의 문화란 무엇인가? 그리고 우리가 좋아하는 문화 중에 열강의 것이라면 그게 바로 문화 사대주의로 이어지는가?

설날과 추석의 유래에 대해서는 고대부터 자연유래하였다는 설이 많지만 외국인의 생일을 기리는 석가탄신일과 크리스마스는 명확하게 외래 명절이다. 핼러윈은 젊은이들의 중심 축제문화로 자리잡았지만 독일의 대표 맥주 축제인 옥토버페스트는 한국에 정착하는 데 실패했다. 그나마 밸런타인데이를 본떠 만든 근본 없는 '~데이 시리즈' 중 일본에서 먼저 만든 화이트데이는 시들한 반면 한국에서 만든 빼빼로데이는 선전하고 있다. 음식문화로 이야기를 하자면, 한국보다 GDP가 높지 않은 태국이나 베트남의 음식이 붐을 이루고, 우리 식문화의 한 칸을 당당하게 차지하고 있다.

　이런 것을 보면 문화가 교류되는 모습은 복잡하지만 동기는 생각보다 단순하다는 것을 알 수 있다. '재미있다' '맛있다' '멋있다' 정도의 단순한 이유다. 그러기에 우리는 너무 심각하게 생각할 필요가 없다. BTS가 세계로 진출하면 '정복했다'고 환호하고, 다른나라 문화를 즐기면 '침탈되었다'고 걱정할 필요가 없다. 이데올로기의 안경을 쓴 교조주의로 우리 문화라고 생각하는 것을 타인에게 강요하는 끔찍한 행동은 두말할 것도 없다.

　잘 놀고 잘 즐기고, 그것이 안 되면 타인이 노는 것을 보고 고개라도 끄덕여주어야 한다. 그런 풍토에서 "삼치데이"(삼치 먹는 날, 3월 7일)같은 재미있는 아이디어들이 우리 문화에 덧살로 붙어나갈 것이다.

산과 나 · 4   정기숙

1998년 이전까지는 외국 산을 등산하지 못했다. 가보고 싶었으나 기회가 없었고, 외국 유명산을 오를 정도의 등산 마니아mania는 아니라고 스스로 여겼기 때문이다. 또, 퇴직 후 시간이 나면 가보아야지 하는 생각도 가지고 있었다.

1998년 1년 동안 일본 오사카 시립대학 객원교수로 있을 당시 후지산(3,776m)과 다데야마산(3,015m)을 올랐다. 일본에는 후지산을 비롯해 3,000m 이상 되는 산이 많다. 1998년 오사카의 등산 전문 여행사에 후지산 등산 신청을 하고, 7월 30일 아침 일찍 버스를 타고 후지산으로 향했다. 일행은 25명 안팎이었는데 전부 일본인이고 한국인은 나 혼자였다.

후지산을 오르는 4개 코스(요시다 코스, 스바리시 코스, 고텐바 코스, 후지노미야 코스) 중의 하나인 요시다 코스를 따라 등산했다. 후지산은 등산로를 입구(1고메―合目)부터 정상(10고메)까지 10분할하여 표시한다.

고고메五合目에서

로구고메六合目에서 일본 청년과

요시다 코스는 5고메(2,305m)까지 버스가 올라간다. 일반인에게 후지산 등산은 7월 초순에서 9월 초순까지 제한되어 있다. 5고메에는 식당과 기념상품점이 있다. 17시 전에 각자 식사를 하고 18시에 출발했다.

5고메에서 6고메까지는 길이 가파르지 않아 걷기에 좋았지만, 6고메부터는 길이 험하고 가팔라 본격 등산을 시작한다는 기분이 들었다.

가이드는 8고메 대피소에서 자고 3시경에 출발하면 정상에 올라 일출을 본다고 했다. 대피소는 2층 구조로 되어 있고 60명 이상이 잘 수 있다고 했다. 또 등산 안내장 표시되어 있는 가면假眠 시간에 대해 설명했다. 그는 '등산 산장에는 많은 사람이 자기 때문에 코고는 소리, 잠꼬대, 이 가는 소리, 방구 등으로 숙면을 못하는 경우가 많다'면서, '이때 신경을 곤두세우지 말고, 눈을 감은 채 잠을 청하며 가만히 누워만 있어도 피로회복에 도움이 되는데, 이러한 상태가 가면'이라고 했다.

사진에 많이 나오는 후지산 설경은 보기에 장엄하고 멋있어 보인다. 6고메 이상에는 나무는 없고 잡풀만 드문드문 나 있다. 흙이 모두 화산흙이라 걷다가 미끄러지는 경우가 많아 아주 불편하다. 4시 조금 넘어 분화구가 있는 정상에 도착했다. 일출은 구름 때문에 보지 못했다. 분화구 안을 내려다보니 경사면에 얼음이 붙어 있었다. 분화구는 생각보다 크지 않았는데, 그 깊이는 알 수 없었다.

일본의 유명산에는 모두 신사가 있고, 매점과 음식점도 있다. 분화구 둘레를 돌지 않고 바로 내려 왔다. 후지산을 올랐다는 것 외 아무것도 얻는 것이 없었다. 후지산 등산은 일본말로 밋도모나이 みっともない(볼품이 없다)라고 생각되었다.

하산하고 있는 등산인들

같은 해 8월 중순, 일본의 유명한 관광지 알펜루트를 아내와 같이 관광하면서 리조트 지역인 무로도(2,450m)에서 2박했다. 8월 중순이어서 그 유명한 설벽雪壁은 녹아버린 관계로 볼 수가 없었다. 무로도에 2박한 이유는 북알프스의 다데야마를 등산하기 위해서였다. 다데야마는 오야마(3,003m), 조도산(2,831m), 벳산(2,992m) 3개 산을 일컫는 산군山群을 의미한다.

아내는 당시 산을 오르지 않았기 때문에 나 홀로 9시에 출발했다. 비가 내려 우비를 입고 천천히 올랐다. 드문드문 일본인 등산객이 보였다. 고개 마루에 산장이 있어 비도 피하고 잠시 휴식을 했다.

그 후 오야마까지는 2~3백m 거리밖에 되지 않아서 혼자 서서히 올라갔다. 정상에는 역시 신사가 있고, 신사에 매점도 있었다. 비는 오지 않았으나 운무가 짙게 끼어 있어서 아무런 조망이 되지 않았다. 급히 하산해서 아내와 늦은 점심을 먹었다. 다데야마 사진은 보관하지 못했다.

키나발루

2,000년 7월 하순 친구 장흥석 회장과 오지 탐방 전문 혜초여행사를 통해 말레이시아 사바주 보르네오 섬에 있는 키나발루(4,095m)를 등산했다. 사바주의 주도 코타키나발루에 도착해 일행 6명이 섬

장흥석과 함께 정상을 배경으로

에서 수영하면서 하루 휴식했다. 다음날 키나발루 아래 숙수에서 일박했다. 차 밖으로 보이는 키나발루는 거대한 시꺼먼 바위가 솟아 있는 것 같았는데, 얼핏 쳐다보면 현기증이 났다. 산맥 중의 산이 아니라 평지에 키나발루만 우뚝 솟아 있는 형상인 탓에 그런 느낌이 들었던 것 같다. 열대 우림 속 아침은 새소리의 합창에 잠을 깼다.

    등산은 팀프혼 게이트(1,890m)에서 10시부터 시작한다. 등정 왕복 거리는 오름 8km, 하산 8km 총 16km인데, 매 500m 구간마다 쉼터가 있다. 길 양편에는 열대 숲이 빽빽하고, 여태까지 보지 못한 꽃들이 피어 있다. 4km 지점 라야라양 헛에서 점심을 먹었다. 5km에 달하면 해발 3,000m가 되는데 여기부터 한·온대 식물이다. 그리고 여기부터 고산증세를 느끼는 사람이 있다.

6km 지점에 라반라다 헛이 있다. 이곳에서 저녁식사를 한 후, 잠을 자고 새벽 1시에 정상을 향해 출발했다. 7.5km에 도달하면 로프 구간이 나온다. 경사가 급격한 편은 아니라 비스듬한 코스를 로프를 잡고 올라갔다. 정상 로우스Lows에 도착하여 6시 일출을 보고 라반라다 헛으로 돌아왔다. 헛에서 아침식사를 마치고 9시경 하산했다. 다시 출발점인 팀프혼 게이트에서 차를 타고 코타키나발루로 돌아왔다.

키나발루 정상 로우스

코타키나발루에는 밤에 열리는 유명한 수산시장이 있다. 각종 해산물이 있는데, 일행 중 의사인 정병천 박사가 '자라피 먹자~!'면서 주문했다. 꺼림칙한 생각이 들어 주저되었으나 '의사도 먹는데 괜찮겠지?' 하면서 나도 먹었다.

라반라다 헛에서 일행들과

빈처

생소한 어휘에 풀이를 단 현진건 두 번째 발표 소설

1

"그것이 어째 없을까?"

아내가 장문을 열고 무엇을 찾더니 입안말로 중얼거린다.

"무엇이 없어?"

나는 우두커니 책상머리에 앉아서 책장만 뒤적뒤적하다가 물어보았다.

"모본단1) 저고리가 하나 남았는데 …."

"……."

나는 그만 묵묵하였다. 아내가 그것을 찾아 무엇 하려는 것을 앎이라. 오늘 밤에 옆집 할멈을 시켜 잡히려는 것이다. 이 2년 동안에 돈 한 푼 나는 데는 없고 그대로 주리면 시장할 줄 알아 기구器具와 의복을 전당국典當局2) 창고에 들이밀거나 고물상 한 구석에 세

---

1) 중국이 원산지인 비단의 한 종류. (*)독자들의 이해를 돕기 위해 현진건 소설 곳곳에 현대식 뜻풀이를 덧붙였습니다. 하지만 이 책에 수록된 현진건 소설의 문장은 원문 그대로는 아니므로 연구 대상으로 삼을 수는 없습니다.

위 두고 돈을 얻어 오는 수밖에 없었다.

　지금 아내가 하나 남은 모본단 저고리를 찾는 것도 아침거리를 장만하려 함이라. 나는 입맛을 쩍쩍 다시고 폈던 책을 덮으며 '후 - !' 한숨을 내쉬었다.

　봄은 벌써 반이나 지났건마는 이슬을 실은 듯한 밤기운이 방구석으로부터 슬금슬금 기어 나와 사람에게 안기고, 비가 오는 까닭인지 밤은 아직 깊지 않건만 인적조차 끊어지고 온 천지가 빈 듯이 고요한데 투닥투닥 떨어지는 빗소리가 한없는 구슬픈 생각을 자아낸다.

　"빌어먹을 것, 되는 대로 되어라."

　나는 점점 견딜 수 없어 두 손으로 흩어진 머리카락을 쓰다듬어 올리며 중얼거려보았다. 이 말이 더욱 처량한 생각을 일으킨다. 나는 또 한 번 '후 - !' 한숨을 내쉬며 왼팔을 베고 책상에 쓰러지며 눈을 감았다.

　이 순간에 오늘 지낸 일이 불현듯 생각이 난다.

　늦게야 점심을 마치고 내가 막 궐련3) 한 개를 피워 물 적에 한성은행 다니는 T가 공일이라고 놀러 왔었다. 친척은 다 멀지 않게 살아도 가난한 꼴을 보이기도 싫고, 찾아갈 적마다 무엇을 꾸어내라고 조르지도 아니하였건만 행여나 무슨 구차한 소리를 할까 봐서 미리 방패막이를 하고 눈살을 찌푸리는 듯하여 나도 발을 끊고, 따라서 찾아오는 이도 없었다.

　다만 이 T는 촌수가 가까운 까닭인지 자주 우리를 방문하였다.

---

2) 값나가는 물건을 맡기면 돈을 꾸어주는 업체
3) 종이로 말아 놓은 담배

그는 성실하고 공순하며 설설한 소사4)에 슬퍼하고 기뻐하는 인물이었다. 동년배5)인 우리 둘은 늘 친척 간에 비교 거리가 되었었다. 그리고 나의 평판이 항상 좋지 못했다.

"T는 돈을 알고 위인이 진실해서 그 애는 돈푼이나 모을 것이야. 그러나 K(내 이름)는 아무짝에도 못 쓸 놈이야. 그 잘난 언문諺文6) 섞어서 무어라고 끄적거려 놓고 제 주제에 무슨 조선에 유명한 문학가가 된다니! 시러베아들7)놈!"

이것이 그네들의 평판이었다. 내가 문학인지 무엇인지 하는 소리가 까닭 없이 그네들의 비위에 틀린 것이다. 더군다나 나는 그네들의 생일이나 혹은 대사大事 때에 돈 한 푼 이렇다는 일이 없고, T는 소위 착실히 돈벌이를 하여 가지고 국수밥소라8)나 보조를 하는 까닭이다.

"얼마 아니 되어 T는 잘살 것이고, K는 거지가 될 것이니 두고 보아!"

오촌 당숙은 이런 말씀까지 하였다 한다. 입 밖에는 아니 내어도 친부모 친형제까지라도 심중心中으로는 다 이렇게 생각할 것이다. 그래도 부모는 달라서 화가 나시면,

---

4) 설설한 소사 : 가루만큼이나 작은 일

5) 나이가 같은

6) 한글

7) '믿을 수 없다'는 뜻의 '실實 없다'에 사람을 가리키는 '배輩(폭력배 등)'가 붙어서 만들어진 '실없는 배'를 사람들이 쉽게 소리내기 위해 "시러배"라 발음하게 되었다. 이 현실발음을 표준어로 인정하고, 거기에 낮춰 말하는 '아들'을 덧붙인 '시러배아들'이라는 말이 생겨났다.

8) 국수나 밥 등을 담는 놋그릇

"네가 그리하다가는 말경9)에 비렁뱅이10)가 되고 말 것이야."
라고 꾸중은 하셔도,

"사람이란 늦복 모르느니라."

"그런 사람은 또 그렇게 되느니라."

하시는 것이 스스로 위로하는 말씀이고, 또 며느리를 위로하는 말씀이었다. 이것을 보아도 하는 수 없는 놈이라고 단념을 하시면서 그래도 잘되기를 바라시고 축원하시는 것을 알겠더라.

여하간 이만하면 T의 사람됨을 가히 알 수가 있다. 그러고 그가 우리 집에 올 것 같으면 지어서 쾌활하게 웃으며 힘써 재미스러운 이야기를 하였다. 단둘이 고적하게 그날그날을 보내는 우리에게는 더할 수 없이 반가웠었다.

오늘도 그가 활발하게 집에 쑥 들어오더니 신문지에 싼 기름한 것을 '이것 봐라' 하는 듯이 마루 위에 올려놓고 분주히 구두끈을 끄른다.

"이것은 무엇인가!"

나는 물어 보았다.

"저 - 제 처의 양산이야요. 쓰던 것이 벌써 다 낡았고 또 살이 부러졌다나요."

그는 구두를 벗고 마루에 올라서며 나오는 웃음을 참지 못하여 벙글벙글하면서 대답을 한다. 그는 나의 아내를 보며 돌연히,

"아주머니, 좀 구경하시렵니까?"

하더니 싼 종이와 집을 벗기고 양산을 펴 보인다. 흰 비단 바탕에

---

9) 인생의 마지막 시기
10) 빌어먹는 사람, 거지

두어 가지 매화를 수놓은 양산이었다.

"검정이는 좋은 것이 많아도 너무 칙칙해 보이고 … 회색이나 누렁이는 하나도 그것이야 싶은 것이 없어서 이것을 산 걸요."

그는 '이것보다 더 좋은 것을 살 수가 있나' 하는 뜻을 보이려고 애를 쓰며 이런 발명11)까지 한다.

"이것도 퍽 좋은데요."

이런 칭찬을 하면서 양산을 펴 들고 이리저리 홀린 듯이 들여다보고 있는 아내의 눈에는 '나도 이런 것을 하나 가졌으면' 하는 생각이 역력히 보인다. 나는 갑자기 불쾌한 생각이 와락 일어나서 방으로 들어오며 아내의 양산 보는 양을 빙그레 웃고 바라보고 있는 T에게,

"여보게, 방에 들어오게그려. 우리 이야기나 하세."

T는 따라 들어와 물가 폭등에 대한 이야기며, 자기의 월급이 오른 이야기며, 주권株券을 몇 주 사두었더니 꽤 이익이 남았다든가, 이번 각 은행 사무원 경기회競技會에서 자기가 우월한 성적을 얻었다든가, 이런 것 저런 것 한참 이야기하다가 돌아갔었다.

T를 보내고 책상을 향하여 짓던 소설의 결미結尾12)를 생각하고 있을 즈음에,

"여보!"

아내의 떠는 목소리가 바로 내 귀 곁에서 들린다. 핏기 없는 얼굴에 살짝 붉은빛이 돌며 어느 결에 내 곁에 바싹 다가앉았더라.

"당신도 살 도리를 좀 하셔요."

---

11) 잘못이 없음을 말로 밝힘.
12) 끝부분, 결말

"… …."

나는 또 '시작하는구나' 하는 생각이 번개같이 머리에 번쩍이며 불쾌한 생각이 벌컥 일어난다. 그러나 무어라고 대답 할 말이 없이 묵묵히 있었다.

"우리도 남과 같이 살아 보아야지요?"

아내가 T의 양산에 단단히 자극을 받은 것이다. 예술가의 처 노릇을 하려는 독특한 결심이 있는 그는 좀처럼 이런 소리를 입 밖에 내지 아니하였다. 그러나 무엇에 상당한 자극만 받으면 참고 참았던 이런 소리를 하게 되는 것이다. 나도 이런 소리를 들을 적마다 '그럴 만도 하다'는 동정심이 없지 아니하나 심사가 어쩐지 좋지 못하였다.

이번에도 '그럴 만도 하다'는 동정심이 없지 아니하되 또한 불쾌한 생각을 억제키 어려웠다. 잠깐 있다가 불쾌한 빛을 드러내며,

"급작스럽게 살 도리를 하라면 어찌할 수가 있소? 차차 될 때가 있겠지!"

"아이구, 차차란 말씀 그만두구려, 어느 천년에 …."

아내의 얼굴에 붉은빛이 짙어지며 전에 없던 흥분한 어조로 이런 말까지 하였다. 자세히 보니 두 눈에 은은히 눈물이 괴었더라.

나는 잠시 멍멍하게 있었다. 성낸 불길이 치받쳐 올라온다. 나는 참을 수 없다.

"막벌이꾼한테 시집을 갈 것이지 누가 내게 시집을 오랬어! 저 따위가 예술가의 처가 다 뭐야!"

사나운 어조로 몰풍스럽게13) 소리를 꽥 질렀다.

---

13) 몰풍沒風스럽다 : 정이 없고 퉁명스럽다.

"에그 … !"

살짝 얼굴빛이 변해지며 어이없이 나를 보더니 고개가 점점 수그러지며 한 방울 두 방울 방울방울 눈물이 장판 위에 떨어진다.

나는 이런 일을 가슴에 그리며 그래도 내일 아침거리를 장만하려고 옷을 찾는 아내의 심중을 생각해 보니, 말할 수 없는 슬픈 생각이 가을바람과 같이 설렁설렁 심골(心骨)을 분지르는 것 같다.

쓸쓸한 빗소리는 굵었다 가늘었다 의연히14) 적적한 밤공기에 더욱 처량히 들리고, 그을음 앉은 등피(燈皮)15) 속에서 비추는 불빛은 구름에 가린 달빛처럼 우는 듯 조는 듯 구차히 얻어 산 몇 권 양책(洋冊)의 표제 금자(金字)16)가 번쩍거린다.

2

장 앞에 초연히 서 있던 아내가 무엇이 생각났는지 고개를 끄덕끄덕하며 들릴 듯 말 듯 목 안의 소리로,

"오호 … 옳지, 참 그날 ….''

"찾았소?"

"아니야요, 벌써 … 저 인천 사시는 형님이 오셨던 날 …."

"… …."

아내가 애써 찾던 그것도 벌써 전당포의 고운 먼지가 앉았구나! 종지 하나라도 차근차근 아랑곳하는 아내가 그것을 잡혔는지 아니

---

14) 의연하다 : 의지가 강하고 굳세다.
15) 바람에 불이 꺼지지 않도록 남포등에 덧씌운 유리 방풍 장치
16) 양책의 표제 금자 : 서양식으로 제작된 책 표지의 금박 제목

잡혔는지 모르는 것을 보면 빈곤이 얼마나 그의 정신을 물어뜯었는지 가히 알겠다.

"… …."

"… …."

한참 동안 서로 아무 말이 없었다. 가슴이 어째 답답해지며 누구하고 싸움이나 좀 해보았으면, 소리껏 고함이나 질러 보았으면 실컷 울어 보았으면 하는 일종 이상한 감정이 부글부글 피어오르며, 전신에 이가 스멀스멀 기어다니는 듯, 옷이 어째 몸에 끼이고 견딜 수가 없다. 나는 이런 감정을 노골적으로 드러내며,

"점점 구차한 살림에 싫증이 나서 못 견디겠지?"

아내는 무엇을 생각하는지 모르게 정신을 잃고 섰다가 그 게슴츠레한 눈이 둥그레지며,

"네에? 어째서요?"

"무얼 그렇지!"

"싫은 생각은 조금도 없어요."

이렇게 말이 오락가락함을 따라 나는 흥분의 도가 점점 짙어 간다. 그래서 아내가 떨리는 소리로,

"어째 그런 줄 아셔요?"

하고 반문할 적에,

"나를 숙맥17)으로 알우?"

라고, 격렬하게 소리를 높였다.

아내는 살짝 분한 빛이 눈에 비치어 물끄러미 나를 들여다본다.

---

17) 숙맥菽麥은 콩菽과 보리麥를 가리킨다. 즉 '숙맥'은 사리를 분별하지 못하는 어리석은 사람을 의미한다.

나는 괘씸하다는 듯이 흘겨보며,

"그러면 그걸 모를까! 오늘날까지 잘 참아 오더니 인제는 점점 기색이 달라지는걸 뭐! 물론 그럴 만도 하지마는!"

이런 말을 하는 내 가슴에는 지난 일이 활동사진 모양으로 어른어른 나타난다.

육 년 전에(그때 나는 십육 세이고 저는 십팔 세였다) 우리가 결혼한 지 얼마 아니 되어 지식에 목마른 나는 지식의 바닷물을 얻어 마시려고 표연히 집을 떠났었다. 광풍에 나부끼는 버들잎 모양으로 오늘은 지나[18], 내일은 일본으로 굴러다니다가 금전의 탓으로 지식의 바닷물도 흠씬 마셔 보지도 못하고 반거들충이[19]가 되어 집에 돌아오고 말았다. 내게 시집 올 때에는 방글방글 피려는 꽃봉오리 같던 아내가 어느 결에 이울어가는[20] 꽃처럼 두 뺨에 선연한[21] 빛이 스러지고 이마에는 벌써 두어 금 가는 줄이 그리어졌다.

처가 덕으로 집간도 장만하고 세간도 얻어 우리는 소위 살림을 하게 되었다. 처음에는 그럭저럭 지내었지마는 한 푼 나는 데 없는 살림이라 한 달 가고 두 달 갈수록 점점 곤란해질 따름이었다.

나는 보수 없는 독서 와 가치 없는 창작으로 해가 지고 날이 새며, 쌀이 있는지 나무가 있는지 망연케[22] 몰랐다. 그래도 때때로 맛있는 반찬이 상에 오르고 입은 옷이 과히 추하지 아니함은 전혀

---

18) 중국
19) 배우던 것을 중도에 그만두는 바람에 이루지 못한 사람
20) 점점 시들어가는
21) 산뜻하고 밝은
22) 망연하다 : 생각이 나지 않아 막막하다.

아내의 힘이었다.

 전들 무슨 벌이가 있으리오. 부끄럼을 무릅쓰고 친가에 가서 눈치를 보아 가며 구차한 소리를 하여 가지고 얻어 온 것이었다. 그것도 한 번 두 번 말이지 장구한 세월에 어찌 늘 그럴 수가 있으랴!

 말경에는 아내가 가져온 세간과 의복에 손을 대는 수밖에 없었다. 잡히고 파는 것도 나는 알은 체도 아니 하였다. 그가 애를 쓰며 퉁명스러운 옆집 할멈에게 돈푼을 주고 시켰었다.

 이런 고생을 하면서도 그는 나의 성공만 마음속으로 깊이깊이 믿고 빌었었다. 어느 때에는 내가 무엇을 짓다가 마음에 맞지 아니하여 쓰던 것을 집어던지고 화를 낼 적에,

 "왜 마음을 조급하게 잡수셔요! 저는 꼭 당신의 이름이 세상에 빛날 날이 있을 줄 믿어요. 우리가 이렇게 고생을 하는 것이 장래에 잘 될 근본이야요."

하고 그는 스스로 흥분되어 눈물을 흘리며 나를 위로한 적도 있었다.

 내가 외국으로 돌아다닐 때에 소위 신풍조新風潮에 띄어 까닭 없이 구식 여자가 싫어졌다. 그래서 나의 일찍이 장가 든 것을 매우 후회하였다. 어떤 남학생과 어떤 여학생이 서로 연애를 주고받고 한다는 이야기를 들을 적마다 공연히 가슴이 뛰놀며 부럽기도 하고 비감悲感[23]스럽기도 하였었다.

 그러나 낫살이 들어갈수록 그런 생각도 없어지고 집에 돌아와 아내를 겪어 보니 의외에 그에게 따뜻한 맛과 순결한 맛을 발견하였다.

 그의 사랑이야말로 이기적 사랑이 아니고 헌신적 사랑이었다.

---

23) 슬픈 감정

이런 줄을 점점 깨닫게 될 때에 내 마음이 얼마나 행복스러웠으랴!
밤이 깊도록 다듬이를 하다가 그만 옷 입은 채로 쓰러져 곤하게
자는 그의 파리한 얼굴을 들여다보며,
"아아, 나에게 위안을 주고 원조를 주는 천사여!"
하고 감격이 극하여 눈물을 흘린 일도 있었다.
　내가 알다시피 내가 별로 천품[24]은 없으나 어쨌든 무슨 저작가
로 몸을 세워 보았으면 하여 나날이 창작과 독서에 전심력을 바치
었다. 물론 아직 남에게 인정될 가치는 없는 것이다. 그 영향으로
자연 일상생활이 말유末由[25]하게 되었다.
　이런 곤란에 그는 근 이 년 견디어 왔건마는 나의 하는 일은
오히려 아무 보람이 없고 방 안에 놓였던 세간이 줄어가고 장농에
찼던 옷이 거의 다 없어졌을 뿐이다.
　그 결과 그다지 견딜성 있던 저도 요사이 와서는 때때로 쓸데없
는 탄식을 하게 되었다. 손잡이를 잡고 마루 끝에 우두커니 서서
하염없이 먼 산만 바라보기도 하며, 바느질을 하다 말고 실심失心
한[26] 사람 모양으로 멍멍히 앉았기도 하였다. 창경窓鏡[27]으로 비치
는 어스름한 햇빛에 나는 흔히 그의 눈물 머금은 근심 있는 눈을
발견하였다. 이럴 때에는 말할 수 없는 쓸쓸한 생각이 들며 일없이,
"마누라!"
하고 부르면, 그는 몸을 흠칫하고 고개를 저리로 돌리어 치맛자락

---

　24) 타고난(하늘이 준) 능력과 품성
　25) 최악의 곤란한 상황
　26) 정신이 없는
　27) 유리창

으로 눈물을 씻으며,

"네에?"

하고 울음에 떨리는 가는 대답을 한다.

나는 등에 찬물을 끼얹은 듯 몸이 으쓱해지며 처량한 생각이 싸늘하게 가슴에 흘렀었다. 그렇지 않아도 자비自卑28)하기 쉬운 마음이 더욱 심해지며,

'내가 무자격한 탓이다.'

하고 스스로 멸시를 하고 나니 더욱 견딜 수 없다.

'그럴 만도 하다.'

는 동정심이 없지 아니하되, 그래도 그만 불쾌한 생각이 일어나며,

'계집이란 할 수 없어.'

혼자 이런 불평을 중얼거리었다 ….

환등幻燈29) 모양으로 하나씩 둘씩 이런 일이 가슴에 나타나니 무어라고 말할 용기조차 없어졌다. 나의 유일의 신앙자이고 위로자이던 저까지 인제는 나를 아니 믿게 되고 말았다. 그는 마음속으로,

'네가 육 년 동안 내 살을 깎고 저미었구나! 이 원수야!'

할 것이다. 이렇게 생각하매 그의 불같던 사랑까지 엷어져 가는 것 같았다. 아니 흔적도 없이 사라지고 만 것 같았다. 나는 감상적으로 허둥허둥하며,

"낸들 마누라를 고생시키고 싶어 시켰겠소! 비단옷도 해주고 싶고 좋은 양산도 사주고 싶어요! 그러길래 왼종일 쉬지 않고 공부를

---

28) 자기 자신을 스스로 낮춤.

29) 그림이나 사진 등에 강한 불빛을 비추어 그 반사광을 렌즈로 확대해서 보여주는 기구 또는 그 불빛

아니 하우. 남 보기에는 편편히 노는 것 같아도 실상은 그렇지 않아! 본들 모른단 말이요."
 나는 점점 강한 가면을 벗고 약한 진상을 드러내며 이와 같은 가소로운 변명까지 하였다.
 "왼 세상 사람이 다 나를 비소誹笑[30]하고 모욕하여도 상관이 없지만 마누라까지 나를 아니 믿어 주면 어찌한단 말이요."
 내 말에 스스로 자극이 되어 마침내,
 "아아."
길이 탄식을 하고 그만 쓰러졌다. 이 순간에 고개를 숙이고 아마 하염없이 입술만 물어뜯고 있던 아내가 홀연,
 "여보!"
울음소리를 떨면서 무너지는 듯이 내 얼굴에 쓰러진다.
 "용서 …."
하고는 북받쳐 나오는 울음에 말이 막히고 불덩이 같은 두 뺨이 내 얼굴을 누르며 흑흑 느끼어 운다. 그의 두 눈으로부터 샘솟듯 하는 눈물이 제 뺨과 내 뺨 사이를 따뜻하게 젖어 퍼진다. 내 눈에서도 눈물이 흘러내린다. 뒤숭숭하던 생각이 다 이 뜨거운 눈물에 봄눈 슬듯 스러지고 말았다.
 한참 있다가 우리는 눈물을 씻었다. 내 속이 얼만큼 시원한 듯하였다.
 "용서하여 주셔요! 그렇게 생각하실 줄은 몰랐어요."
 이런 말을 하는 아내는 눈물에 불어 오른 눈꺼풀을 아픈 듯이 꿈적거린다.

---

30) 비웃음

"암만 구차하기로니 싫증이야 날까요! 나는 한번 먹은 마음이 있는데 …."
가만가만히 변명을 하는 아내의 눈물 흔적이 어룽어룽한 얼굴을 물끄러미 바라보며 겨우 심신이 가뜬하였다.

3

어제 일로 심신이 피곤하였던지 그 이튿날 늦게야 잠을 깨니 간밤에 오던 비는 어느 결에 그치었고 명랑한 햇발이 미닫이에 높았더라. 아내가 다시금 장문을 열고 잡힐 것을 찾을 즈음에 누가 중문을 열고 들어온다. 우리는 누군가 하고 귀를 기울일 적에 밖에서,
"아씨!"
하는 소리가 들렸다.
아내는 급히 방문을 열고 나갔다. 그는 처가에서 부리는 할멈이었다. 오늘이 장인 생신이라고 어서 오라는 말을 전한다.
"오늘이야! 참 옳지, 오늘이 이월 열엿샛날이지, 나는 깜빡 잊었어!"
"원 아씨는 딱도 하십니다. 어쩌면 아버님 생신을 잊으신단 말씀이요. 아무리 살림이 재미가 나시더래도 …."
시큰둥한 할멈은 선웃음31)을 쳐가며 이런 소리를 한다. 가난한 살림에 골몰하느라고 자기 친부의 생신까지 잊었는가 하매 아내의 정지情地32)가 더욱 측은하였다.
"오늘이 본가 아버님 생신이라요. 어서 오시라는데 …."

---

31) 우습지도 않은데 꾸며 웃는 거짓 웃음
32) 딱한 사정에 있는 처지

"어서 가구려 ⋯."

"당신도 가셔야지요. 우리 같이 가셔요."

하고 아내는 하염없이 얼굴을 붉힌다.

나는 처가에 가기가 매우 싫었다. 그러나 아니 가는 것도 내 도리가 아닐 듯하여 하는 수 없이 두루마기를 입었다.

아내는 머뭇머뭇하며 양미간을 보일 듯 말 듯 찡그리다가 곁눈으로 살짝 나를 엿보더니 돌아서서 급히 장문을 연다.

'흥, 입을 옷이 없어서 망설거리는구나.'

나도 슬쩍 돌아서며 생각하였다. 우리는 서로 등지고 섰건만 그래도 아내가 거의 다 빈 장 안을 들여다보며 입을 만한 옷이 없어 눈살을 찌푸린 양이 눈앞에 선연함을 어찌할 수가 없었다.

"자아, 가셔요."

무엇을 생각는지 모르게 정신을 잃고 섰다가 아내의 부르는 소리를 듣고 나는 기계적으로 고개를 돌리었다. 아내는 당목옷33)을 갈아입고 내 마음을 알았던지 나를 위로하는 듯이 방그레 웃는다. 나는 더욱 쓸쓸하였다.

우리 집은 천변 배다리 곁에 있고 처가는 안국동에 있어 그 거리가 꽤 멀었다. 나는 천천히 가느라고 가고 아내는 속히 오느라고 오건마는 그는 늘 뒤떨어졌었다. 내가 한참 가다가 뒤를 돌아보면 그는 늘 멀리 떨어져 나를 따라오려고 애를 쓰며 주춤주춤 걸어온다. 길가에 다니는 어느 여자를 보아도 거의 다 비단옷을 입고 고운 신을 신었는데 아내만 당목옷을 허술하게 차리고 청목당혜34)로

---

33) 무명실로 짠 서양 옷감으로, 중국唐을 거쳐 우리나라에 들어왔다고 하여 당목唐木이라 한다. 여기서 '목'은 목화이다.

타박타박 걸어오는 양이 나에게 얼마나 애연哀然한35) 생각을 일으켰는지!

한참 만에 나는 넓고 높은 처가 대문에 다다랐다. 내가 안으로 들어갈 적에 낯선 사람들이 나를 흘끔흘끔 본다. 그들의 눈에,

'이 사람이 누구인가. 아마 이 집 하인인가 보다.'

하는 경멸히 여기는 빛이 있는 것 같았다. 안 대청 가까이 들어오니 모두 내게 분분히36) 인사를 한다. 그 인사하는 소리가 내 귀에는 어째 비소하는 것 같기도 하고 모욕하는 것 같기도 하여 공연히 가슴이 두근거리고 얼굴이 후끈거리었다.

그 중에 제일 내게 친숙하게 인사하는 사람이 있다. 그는 아내보다 삼 년 맏이인 처형이었다. 내가 어려서 장가를 들었으므로 그때 그는 나를 못 견디게 시달렸다. 그때는 그가 싫기도 하고 밉기도 하더니 지금 와서는 그때 그러한 것이 도리어 우리를 무관하고 정답게 만들었다.

그는 인천 사는데 자기 남편이 기미期米37)를 하여 가지고 이번에 돈 십만 원이나 착실히 땄다 한다. 그는 자기의 잘사는 것을 자랑하고자 함인지 비단을 내리감고 치감고 얼굴에 부유한 태態38)가

---

34) 기름에 결은 가죽신의 한 종류로, 흰 바탕이나 붉은 바탕에 푸른 무늬를 놓았는데 주로 여자나 아이들이 신었다.

35) 슬픈

36) 여럿이 한데 뒤섞여 어수선하게

37) 실제 거래를 목적으로 하는 것이 아니고 쌀의 시세를 이용해 (현물 없이) 약속으로만 거래하는 일종의 투기 행위

38) 흔히 '아름답고 보기 좋은 모양새'를 뜻하지만 여기서는 '겉으로 드러나는 모습' 정도의 의미로 읽힌다.

질질 흐른다. 그러나 분으로 숨기려고 애쓴 보람도 없이 눈 위에 퍼렇게 멍든 것이 내 눈에 띄었다.

"왜 마누라는 어쩌고 혼자 오셔요!"

그는 웃으며 이런 말을 하다가 중문 편을 바라보더니,

"그러면 그렇지! 동부인 아니하고39) 오실라구!"

혼자 주고받고 한다.

나도 이 말을 듣고 슬쩍 돌아다보니 아내가 벌써 중문 안에 들어섰더라. 그 수척한 얼굴이 더욱 수척해 보이며 눈물 괸 듯한 눈이 하염없이 웃는다. 나는 유심히 그와 아내를 번갈아 보았다. 처음 보는 사람은 분간을 못하리만큼 그들의 얼굴은 혹사酷似하다40). 그런데 얼굴빛은 어쩌면 저렇게 틀리는지! 하나는 이글이글 만발한 꽃 같고 하나는 시들시들 마른 낙엽 같다. 아내를 형이라 하고, 처형을 아우라 하였으면 아무라도 속을 것이다.

또 한번 아내를 보며 말할 수 없는 쓸쓸한 생각이 다시금 가슴을 누른다. 딴 음식은 별로 먹지도 아니하고 못 먹는 술을 넉 잔이나 마시었다. 그래도 바늘방석에 앉은 것처럼 앉아 견딜 수가 없다. 집에 가려고 나는 몸을 일으켰다. 골치가 띵 하며 내가 선 방바닥이 마치 폭풍에 도도하는41) 파도같이 높았다 낮았다 어질어질해서 곧 쓰러질 것 같다. 이 거동을 보고 장모가 황망히42) 일어서며,

"술이 저렇게 취해 가지고 어데로 갈라구. 여기서 한잠 자고 가게."

---

39) 부인과 함께 하지 않고
40) 아주 비슷하다. '혹사酷使하다'는 일을 지독하게 시키다.
41) 막힘이 없고 기운찬
42) 당황하여 허둥지둥하며

나는 손을 내저으며,

"아니에요. 집에 가겠어요"

취한 소리로 중얼거리었다.

"저를 어쩌나!"

장모는 걱정을 하시더니,

"할멈! 어서 인력거 한 채 불러오게."

한다. 취중에도 인력거를 태우지 말고 그 인력거 삯을 나를 주었으면 책 한 권을 사보련만 하는 생각이 있었다. 인력거를 타고 얼마 아니 가서 그만 잠이 들고 말았다.

한참 자다가 잠을 깨어 보니 방 안에 벌써 남폿불이 키었는데 아내는 어느 결에 왔는지 외로이 앉아 바느질을 하고 화로에서는 무엇이 끓는 소리가 보글보글하였다. 아내가 나의 잠 깬 것을 보더니 급히 화로에 얹은 것을 만져 보며,

"인제 그만 일어나 진지를 잡수셔요"

하고 부리나케 일어나 아랫목에 파묻어 둔 밥그릇을 꺼내어 미리 차려 둔 상에 얹어서 내 앞에 갖다 놓고 일변 화로를 당기어 더운 반찬을 집어 얹으며,

"자아 어서 일어나셔요"

나는 마지못하여 하는 듯이 부시시 일어났다. 머리가 오히려 아프며 목이 몹시 말라서 국과 물을 연해 들이켰다.

"물만 잡수셔서 어째요. 진지를 좀 잡수셔야지."

아내는 이런 근심을 하며 밥상머리에 앉아서 고기도 뜯어 주고 생선뼈도 추려 주었다. 이것은 다 오늘 처가에서 가져 온 것이다. 나는 맛나게 밥 한 그릇을 다 먹었다. 내 밥상이 나매 아내가 밥을

먹기 시작한다. 그러면 지금껏 내 잠 깨기를 기다리고 밥을 먹지 아니하였구나 하고 오늘 처가에서 본 일을 생각하였다.

어제 일이 있은 후로 우리 사이에 무슨 벽이 생긴 듯하던 것이 그 벽이 점점 엷어져 가는 듯하며 가엾고 사랑스러운 생각이 일어났었다. 그래서 우리는 정답게 이런 이야기 저런 이야기를 하게 되었다. 우리의 이야기는 오늘 장인 생신 잔치로부터 처형 눈 위에 멍든 것에 옮겨 갔다.

처형의 남편이 이번 그 돈을 딴 뒤로는 주야 요리점과 기생집에 돌아다니더니 일전에 어떤 기생을 얻어 가지고 미쳐 날뛰며 집에만 들면 집안사람을 들볶고, 걸핏하면 처형을 친다 한다. 이번에도 별로 대단치 않은 일에 처형에게 밥상으로 냅다 갈겨 바로 눈 위에 그렇게 멍이 들었다 한다.

"그것 보아 돈푼이나 있으면 다 그런 것이야."

"정말 그래요. 없으면 없는 대로 살아도 의좋게 지내는 것이 행복이야요."

아내는 충심43)으로 공명44)해주었다. 이 말을 들으매 내 마음은 말할 수 없이 만족해지며 무슨 승리자나 된 듯이 득의양양45)하였다. 그리고 마음속으로, '옳다, 그렇다. 이렇게 지내는 것이 행복이다.' 하였다.

4

---

43) 마음속에서 일어난 진심
44) 다른 사람의 사상이나 행동에 동의하여 따르려 함.
45) 뜻한 바를 이루어 우쭐거리며 뽐냄.

이틀 뒤 해 어스름에 처형은 우리 집에 놀러 왔었다. 마침 내가 정신없이 무엇을 생각하고 있을 즈음에 쓸쓸하게 닫혀 있는 중문이 찌긋둥하며 비단옷 소리가 사으락사으락 들리더니 아랫목은 내게 빼앗기고 윗목에 바느질을 하고 있던 아내가 문을 열고 나간다.

"아이고 형님 오셔요."

아내의 인사하는 소리가 들리더니 처형이 계집 하인에게 무엇을 들리고 들어온다.

나도 반갑게 인사를 하였다.

"그날 매우 욕을 보셨지요. 못 잡숫는 술을 무슨 짝에 그렇게 잡수셔요."

그는 이런 인사를 하다가 급작스럽게 계집 하인이 든 것을 빼앗더니 그 속에서 신문지로 싼 것을 끄집어내어 아내를 주며,

"내 신 사는데 네 신도 한 켤레 샀다. 그날 청목당혜를…"

말을 하려다가 나를 곁눈으로 흘끗 보고 그만 입을 닫친다.

"그것을 왜 또 사셨어요."

해쓱한 얼굴에 꽃물을 들이며 아내가 치사하는46) 것도 들은 체 만체하고 처형은 또 이야기를 시작한다.

"올 적에 사랑양반47)을 졸라서 돈 백 원을 얻었겠지. 그래서 오늘 종로에 나와서 옷감도 바꾸고 신도 사고 …."

그는 자랑과 기쁨의 빛이 얼굴에 퍼지며 싼 보를 끌러,

---

46) 고맙다는 뜻을 표시하다.

47) 과거 전통사회의 주택에는 안채에 안주인(아내), 사랑채에 바깥주인(남편), 행랑채에 하인이 거주했다. 사랑채는 바깥주인이 손님을 접대하는 공간이기도 했다. 따라서 '사랑양반'은 남편을 가리킨다.

"이런 것이야!"
하고 우리 앞에 펼쳐 놓는다.

자세히는 모르나 여하간 값 많은 품 좋은 비단일 듯하다. 무늬 없는 것, 무늬 있는 것, 회색 옥색 초록색 분홍색이 갖가지로 윤이 흐르며 색색이 빛이 나서 나는 한참 황홀하였다. 무슨 칭찬을 해야 되겠다 싶어서,

"참 좋은 것인데요."

이런 말을 하다가 나는 또 쓸쓸한 생각이 일어난다. 저것을 보는 아내의 심중이 어떠할까, 하는 의문이 문득 일어남이라.

"모다 좋은 것만 골라 샀습니다그려."

아내는 인사를 차리느라고 이런 칭찬은 하나마 별로 부러워하는 기색이 없다.

나는 적이 의외의 감이 있었다.

처형은 자기 남편의 흉을 보기 시작하였다. 그 밉살스럽다는 둥 그 추근추근하다는 둥 말끝마다 자기 남편의 불미한 점을 들다가 문득 이야기를 끊고 일어선다.

"왜 벌써 가시려고 하셔요. 모처럼 오셨다가 반찬은 없어도 저녁이나 잡수셔요."

하고 아내가 만류를 하니,

"아니 곧 가야지. 오늘 저녁 차로 떠날 것이니까 가서 짐을 매어야지. 아직 차 시간이 멀었어? 아니 그래도 정거장에 일찍이 나가야지 만일 기차를 놓치면 오죽 기다리실라구. 벌써 오늘 저녁 차로 간다고 편지까지 했는데 …."

재삼 만류함도 돌아보지 아니하고 그는 훌훌히 나간다. 우리는

그를 보내고 방에 들어왔다.

나는 웃으며 아내에게,

"그까짓 것이 기다리는데 그다지 급급히 갈 것이 무엇이야."

아내는 하염없이 웃을 뿐이었다.

"그래도 옷감 바꿀 돈을 주었으니 기다리는 것이 애처롭기는 하겠지."

밉살스러우니 추근추근하니 하여도 물질의 만족만 얻으면 그것으로 위로 하고 기뻐하는 그의 생활이 참 가련하다 하였다.

"참, 그런가 보아요."

아내도 웃으며 내 말을 받는다. 이때에 처형이 사준 신이 그의 눈에 띄었는지 (혹은 나를 꺼려 보고 싶은 것을 참았는지 모르나) 그것을 집어 들고 조심조심 펴보려다가 말고 머뭇머뭇한다. 그 속에 그를 해케 할 무슨 위험 품이나 든 것 같이.

"어서 펴보구려."

아내는 이 말을 듣더니,

'작히48) 좋으랴.'

하는 듯이 활발하게 싼 신문지를 헤친다.

"퍽 이쁜 걸요."

그는 근일에 드문 기쁜 소리를 치며 방바닥 위에 사뿐 내려놓고 버선을 당기며 곱게 신어 본다.

"어쩌면 이렇게 맞어요!"

연해연방49) 감탄사를 부르짖는 그의 얼굴에 흔연한 희색이 넘

---

48) '어찌 조금만큼만', '얼마나'의 뜻으로 희망이나 추측을 나타내는 말. 주로 혼자 느끼거나 묻는 말에 쓰인다.

쳐흐른다.

"……."

묵묵히 아내의 기뻐하는 양을 보고 있는 나는 또다시,

'여자란 할 수 없어!'

하는 생각이 들며,

'조심하였을 따름이다!'

하매 밤빛 같은 검은 그림자가 가슴을 어둡게 하였다.

그러면 아까 처형의 옷감을 볼 적에도 물론 마음속으로는 부러워하였을 것이다. 다만 표면에 드러내지 않았을 따름이다. 겨우,

"어서 펴보구려."

하는 한마디에 가슴에 숨겼던 생각을 속임 없이 나타내는구나 하였다. 내가 무엇을 생각하고 있는지 저는 모르고 새 신 신은 발을 조금 쳐들며,

"신 모양이 어때요."

"매우 이뻐!"

겉으로는 좋은 듯이 대답을 하였으나 마음은 쓸쓸하였다. 내가 제게 신 한 켤레를 사주지 못하여 남에게 얻은 것으로 만족하고 기뻐하는도다 ……. 웬일인지 이번에는 그만 불쾌한 생각이 일어나지 아니하였다.

처형이 동서를 밉다거니 무엇이니 하면서도 기차를 놓치면 남편이 기다릴까 염려하여 급히 가던 것이 생각난다. 그것을 미루어 아내의 심사도 알 수가 있다. 부득이한 경우라 하릴없이 정신적 행복에만 만족하려고 애를 쓰지마는 기실 부족한 것이다. 다만 참을

---

49) 끊임없이 잇따라 자꾸

따름이다. 그것은 내가 생각해야 된다. 이런 생각을 하니 전날 아내에게 그런 말을 한 것이 후회가 난다.

'어느 때라도 제 은공을 갚아 줄 날이 있겠지!'

나는 마음을 좀 너그럽게 먹고 이런 생각을 하며 아내를 보았다.

"나도 어서 출세를 하여 비단신 한 켤레쯤은 사주게 되었으면 좋으련만……."

아내가 이런 말을 듣기는 참 처음이다.

"네에?"

아내는 제 귀를 못 미더워하는 듯이 의아한 눈으로 나를 보더니 얼굴에 살짝 열기가 오르며,

"얼마 안 되어 그렇게 될 것이야요!"

라고 힘있게 말하였다.

"정말 그럴 것 같소?"

나는 약간 흥분하여 반문하였다.

"그러문요, 그렇고말고요."

아직 아무도 인정해 주지 않은 무명작가인 나를 다만 저 하나가 깊이깊이 인정해 준다. 그러기에 그 강한 물질에 대한 본능적 요구도 참아 가며 오늘날까지 몹시 눈살을 찌푸리지 아니하고 나를 도와 준 것이다.

'아아, 나에게 위안을 주고 원조를 주는 천사여!'

마음속으로 이렇게 부르짖으며 두 팔로 덤썩 아내의 허리를 잡아 내 가슴에 바싹 안았다. 그 다음 순간에는 뜨거운 두 입술이….

그의 눈에도 나의 눈에도 그렁그렁한 눈물이 물 끓듯 넘쳐흐른다. (끝)

중문 〈빈처〉
贫妻

金美庆

1

"它怎么会没有呢?"
妻子打开衣柜门找东西,自言自语地说.
"没有什么啊?"
我呆呆地坐在书桌上,翻找书架,然后这样问.
"还剩一件绸缎上衣 ……"
"……"
我无话可说. 因为知道妻子为什么要找它.
是为了去当铺. 我知道这两年我一分钱没赚到, 就会饿着肚子找饭吃. 因此, 妻子一直将家具和衣服委托给当铺或旧货商, 靠借钱生活.
现在妻子为了准备早餐还在找丝绸上衣. 我合上书页, 偷偷地"呼-!"一声叹了口气.
春天已经过去了一半. 尽管如此, 房间里还是隐约出现被露水浸湿的夜色. 包围着人. 虽然夜还不深, 但不知是不是因为下雨, 人迹罕至. 天地空荡荡的寂静, 吵吵闹闹的雨声让人无限悲凉.

"该死的……顺其自然吧"

我自言自语着，双手抚摸着凌乱的头发．但是那句话却让人更加凄凉．我又叹了一口气，枕着左臂倒在桌子上，闭上了眼睛．

突然想起了今天发生的事情．

很晚才吃完午饭，刚抽完烟的时候．在汉城银行上班的T正值休息日，所以来玩．亲戚们都住在不远的地方，但我很少和他们来往．因为不想被别人看到贫穷的样子，也没有纠缠过要他们帮助，但是他们怕我说卑微的话，提前皱起眉头的样子让我哑口无言．因此，我没有找过他们，他们也没有人来找我．尽管如此，也许是因为T是特别近的亲戚，所以经常来拜访我们．

T是一个品性诚实纯真，即使很小的事情也会悲伤或高兴的人物．年龄相仿的我们俩在亲戚之间常常被攀比．当然，对我的评价一直都不太好．

"T知道钱，人很真实，总有一天会变成富翁的！但是 K(我的名字)是一个一无是处的家伙．用那出色的諺文(贬低韩文的用语)写了些什么．却不知道自己的主题，吵嚷着要成为朝鲜著名的文学家！像乞丐一样的家伙！"

这就是他们对我的评价．我要成为文学家本身就无缘无故地违背了他们的意愿．更何况，我没有为他们的生日或婚礼等添过一分钱．相反 "踏踏实实地赚钱"的T给予了他们各种帮助．五寸堂叔甚至还说了这样的话：

"过不了多久，T会过得很好，K会变成乞丐．等着瞧吧!"

虽然在人前不说，但亲生父母和亲兄弟心里也会这么想．当然，父母生气的时候也会责骂我．

"如果你继续像现在这样生活下去,你最终会沦落到讨饭的地步。"

但他还是安慰了自己,对儿媳也表示了慰问.

"人是可以晚一点成功的。"

他虽然认为我是很难成功的人,但还是希望我能成功.

总之,这些事例都是让我们了解T的为人. 他一到我家就故意笑得很开心, 有意说些有趣的话. 因此, T对安静地生活着的我们夫妻俩来说, 是非常令人高兴的存在.

今天, 他活跃地走进家门, 把包在报纸里的长长的东西放在地板上, 匆匆解开鞋带.

"这是什么?"

我问道.

"这是我妻子的遮阳伞. 听说用过的已经都旧了, 而且伞骨也断了, 就重新买了一把。"

他走上地板时眉开眼笑地回答. 他看着我的妻子,突然问道:

"阿姨,您想看看吗?"

同时揭开包装纸, 展开遮阳伞. 这是一把白绸缎上绣着两朵梅花的遮阳伞.

"黑色雨伞有很多好处, 但看起来太暗了…… 灰色或黄色没有我喜欢的, 所以买了这个。"

他的语气仿佛在洋洋得意地说 '谁也买不到比这更好的雨伞'.

"这个也很好啊。"

妻子称赞. 妻子撑起遮阳伞左看右看. 在妻子的眼中, 可以明显看出 '我也希望能有一个这样的东西'的想法. 我突然产生一种不愉快的想法. 所以对微笑着看着妻子看遮阳伞的T说,

"喂，谈谈吧."

然后把他拉进了房间.

T谈论了物价暴涨的故事 自己工资上涨的故事 购买股票几周后获利颇丰的故事 不久前举行的银行职员能力竞赛中自己取得优秀成绩的故事等, 聊了很久后回去了.

送完T后, 我正在思考小说的结局. 正在这时, 我耳边传来了妻子颤抖的声音.

"老公!"

妻子毫无血色的脸上微微泛着红光, 紧挨着我坐下.

"你也想个办法活下去吧."

"……"

'又开始了!'

我被一种不愉快的心情所笼罩. 但是因为没有合适的回答, 所以闭口不谈.

"我们也应该像其他人一样生活吧?"

妻子似乎受到了T的遮阳伞的影响. 本来妻子就下定决心要像个贫穷的艺术家的妻子一样生活. 所以一般不会说那样的话. 但是如果受到某种刺激, 就会表露出一直忍耐的内心. 当我听到妻子那样的话时, 我也会产生'妻子也难怪会那样……'的想法. 但是心情还是不好.

这次也一样. 虽然也有'值得那样'的同情心, 但也很难忍住不愉快的心情. 我忍了一会儿, 终于露出不悦的神色, 喃喃自语地说.

"应该会有慢慢变的时候吧……"

"哎哟, 不要再提'慢慢'这个词了. 某千年…."

妻子的脸上泛着红光. 妻子用从未见过的激动语气说出了狠话. 仔

细一看，妻子的双眼隐隐含着泪水．

我呆了一会儿．不一会儿，愤怒的火焰拍打着胸膛．我无法忍受．

"那你去嫁给暴发户啊， 谁让你嫁给我了!那还叫什么艺术家的妻子啊!"

用凶狠的语调硬邦邦地叫了一声"嘎!"

"哎呦……"

妻子脸色稍微变了，无奈地望着我．然后渐渐低下了头，终于一滴两滴眼泪滴在炕上．

我回忆起今天发生的事情．为了准备明天的早餐，妻子带着衣服到当铺去，她的心情可想而知…… 无法用语言表达的悲伤想法像秋风一样刺痛我的心和身体．

忽大忽小的雨声，因为寂静的夜晚空气，让人感觉更加凄凉．盖在灯盏上的挡风玻璃布满了黑烟，其中透出的灯光像被云彩遮住的月光一样隐隐绰绰．好不容易买到的西洋书的金箔书名在那光芒下忽闪忽闪．

2

妻子站在衣柜前发呆，不知想起了什么，点点头，似听非听．

"哦吼…… 对了，那天……"

我问："找到了吗?"

"不是的，已经…… 住在仁川的哥哥来的那天……"

"……"

妻子苦苦寻找的那个东西，已经进当铺仓库里蒙上一层灰尘了! 妻子本来就是连一个小碗都爱惜的人．这样的人连是否把绸缎衣服交给当铺都不记得了. 由此可见, 贫穷对她的精神造成了多大的伤害.

"……"

"……"

我们俩半天说不出话来. 心情变得非常郁闷, 甚至产生了想和谁打架的想法. 甚至出现了如果大声喊叫, 就痛哭流涕的奇怪感情. 我把这种感情赤裸裸地表达给了妻子.

"因为生活越来越困难, 生活变得厌倦了吧?"

妻子好像晕头转向地站着, 瞪着模糊的眼睛反问.

"什么？怎么了?"

"应该是吧?"

"我一点也没有这个想法."

说话间我渐渐沉浸在兴奋之中. 所以妻子用颤抖的声音反问,

"为什么会有那种想法?"

的时候, 我激烈地提高了声音：

"你以为我是傻瓜吗?"

妻子略显气愤, 直愣愣地望着我. 我厌恶地看着妻子,

"连那个我都不知道吗？一直忍到今天, 现在越来越不一样了!当然也是有可能的, 但是……"

说这些话的我的心里像活动照片一样慢慢浮现过去的事情.

那是 6年前（当时 我16岁, 妻子18岁）结婚不久的时候. 我离开家去知识的海洋里遨游. 就像狂风飘扬的柳叶一样, 今天访问了中国, 明天访问了日本. 后来没钱了. 我连知识的海水都没喝完就回来了.

回到家一看, 嫁人时像绽放的花朵一样的妻子不知不觉间变成了枯萎的花朵. 装饰两颊的清爽光线消失了, 额头上已经出现了两道皱纹.

我和妻子住在岳母家安排的房子里．刚开始还可以混日子，但是因为没有收入，所以一个月后两个月后就变得越来越困难了．尽管如此，我仍然专注于没有经济帮助的读书和对成为作家毫无建树的创作之中．我生活在完全不知道太阳落山了，天亮了，家里有没有米，有没有柴火的情况下．尽管如此，好吃的饭菜偶尔会上桌，穿的衣服也不那么脏，这都归功于妻子的努力．

妻子并没有什么收入．她不顾羞愧到娘家讨来了粮食和衣服．但是，这样请求帮助也只有一两次，在漫长岁月里不可能一直如此，也就是说，这只是一两次而已．

最后，妻子只能把结婚时带来的衣服，家具，碗等拿去当铺．我明知妻子那样做，却装作不知道．妻子那么辛苦，却坚信我成功．然后祈求我的成功．有一天，当我写文章因不顺心而扔下稿纸，独自生气时，妻子说，

"为什么心急如焚呢？我相信你的名字一定有响彻世界的那一天．我们这么辛苦也是将来能成功的基础．"

她还激动地流着眼泪安慰自己．

我曾经在国外奔波，沉溺于新潮，无缘无故地讨厌老式女人．所以很后悔结婚那么早．每当听到某男生和某女生谈恋爱时，我就会无缘无故地有一种心跳加速，羡慕，甚至陷入悲伤的感觉．

但随着年龄的增长，这种想法逐渐消失，回到家与妻子相处后，意外地从她身上发现了温暖和纯洁的味道．她的爱才是无私的爱，而不是自私的爱．渐渐明白那个事实，我心里该有多幸福啊！看着修整到深夜后穿着衣服倒下睡着的她那瘦削的脸，

"啊，给我安慰，给我援助的天使"

也有过因为深深的感动而独自流泪的事情.

我的天赋并不突出, 但怀着以作家扬名的野心, 不断奉献创作和读书的力量. 当然, 现在还没有达到能够得到别人认可的水平. 因此, 日常生活处于最恶劣的状态.

像今天这样的困难, 妻子坚持了将近两年. 但是, 这期间我在写作方面一直没有取得成就, 结果就是房间里的家具减少了, 衣柜里装得满满的衣服几乎消失了.

因此, 原本很有耐性的妻子最近也时而叹息. 有时呆呆地站在地板的尽头, 呆呆地望着远山, 有时还会像做针线活时失去知觉的人一样呆呆地呆着. 我还发现妻子坐在玻璃窗旁, 在朦胧的阳光下, 充满担心的眼睛里含着泪水. 每当这时, 我就无缘无故地陷入无法言喻的孤独之中,

"老婆!"

我还这样叫过. 妻子一激灵, 把头转向那边, 用裙角洗着眼泪,

"什么?"

然后用颤抖地声音轻声回答.

我感觉自己像被泼了冷水一样蜷缩着身子, 凄凉的思绪在心头冷冰冰地流淌. 即使不这样, 对自己不满的心情也会更加严重. 我是在想,

'是因为我作为丈夫的资格不够.'

并责怪自己. 于是就变成了更加无法忍受的心理状态.

'作为妻子也是情有可原的……'

对妻子也会产生同情心. 同时也会产生不愉快的想法.

'不能叫小丫头.'

还自言自语着那样地抱怨.

这些事情就像幻灯片一样一个个压在心里, 现在连说什么的勇气都

没有了．就连世上唯一信任我 安慰我的妻子，现在也不认可我了！妻子在心里会埋怨我：

'你6年来剐我的皮割我的肉啊！你这个冤家'

这样一想，连妻子那火热的爱情也要渐渐淡薄了．我沉浸在伤感中，手忙脚乱．

"我怎么会想让老婆受苦呢！想给你买丝绸衣服，想给你买好的遮阳伞！所以一整天都在学习．别人看起来好像一直在玩，其实不然！你一直看着也不知道吗？"

我摘下坚强的面具，逐渐露出脆弱的真相，甚至做了滑稽的辩解．

"世上的人都嘲笑我， 侮辱我也无所谓．但如果连老婆都不相信我，我该怎么办？"

说着说着，我自己激动起来，终于，

"啊啊．"

唉声叹气地倒下了．那一瞬间，低着头茫然地咬着嘴唇的妻子突然叫了一声，

"老公"

然后发出哭声，像要崩溃似的倒在我的脸旁．

"原谅……"

然后，涌出的哭声让人说不出话来，像火球一样的两颊压在我的脸上， 呜呜地哭泣．妻子双眼涌出的泪水温暖地浸湿了自己和我的脸颊．我的眼里也流下了眼泪．乱糟糟的想法在妻子的热泪中像春雪融化一样消失了．

过了一会儿，我们擦去了眼泪．我感到心里多少痛快了一些．

"请原谅我 没想到您会这么想．"

说着话，妻子因眼泪而发胀的眼皮像生病了一样蠕动着．
"再难也不会厌倦!我有吃过一次苦的心……"
看着妻子悄悄辩解的充满泪痕的脸，我的身心好不容易变得轻松了．

3

可能是因为昨天的事令人身心疲惫，我直到第二天才睡醒．昨晚的雨不知不觉停了，明朗的阳光高高照在推拉门上．妻子又打开柜子，正寻些东西准备带去当铺．这时有人走进院子.我们夫妻俩停下来听谁来了？外面有人喊道："小姐"

妻子急忙打开房门出去了，发现是岳母家的仆人奶奶来了．奶奶向我转达岳母的话．'今天是你岳父的生日．快来！'

妻子回答："是啊！今天是二月十六号！我忘记了！"

仆人奶奶神情间虽不屑一顾，却仍勉强打趣道：

"小姐也真是的．您怎么就忘了您父亲的生日呢？夫妻关系再怎么好……"

我想，妻子比起别的，'因为贫穷，连自己父亲的生日都忘了！'这种处境显然更加可怜.

妻子看着我说："今天是我父亲的生日．娘家让咱们快点去……"

我回答："那快走吧……"

妻子不停地红着脸："你也该走了．我们一起去吧."

我平时就很讨厌去岳母家．但今天这样的日子不去毕竟不像话，我不得已穿上了长袍．妻子犹豫不决，眉头若隐若现地皱着．然后侧目瞥了我一眼，转身急忙打开衣柜门．

'因为没有可穿的衣服而犹豫不决.'

我也偷偷地转过身来，想了想. 虽然我们背对对方站着，但妻子看着几乎空荡荡的衣柜，找不到可穿的衣服而因此皱眉的样子却让人感觉非常清晰.

"走吧."

我脑海中思绪纷杂，听到妻子的呼唤，我机械地转过头来. 妻子穿着用棉线织成的西洋衣服，微笑着好像在安慰我 我心头却更加凄凉.

从我们夫妻俩住的房子到岳母家的距离还挺远的. 即使我放慢了脚步，妻子也快步走着，两人的距离还是越来越远. 我走了一会儿回头看. 妻子踌躇不定地向我走来. 街上所有的女人都穿着丝绸衣服，穿着漂亮的鞋子，只有妻子穿着破旧的衣服和旧鞋子. 我看着妻子的那个样子，心里充满了悲伤.

过了好一会儿，我走到了妻子娘家宽敞高大的门口. 我走进大门，陌生人瞟了我一眼. 他们眼含轻视之色，好像在说'这个人好像是这家的仆人.'

不久，认识我的人就出现了. 他们随意地朝我打着招呼. 那打招呼的声音不知怎么的，在我耳边像是嘲笑一样. 也像是侮辱我的笑声. 我平白无故地心跳加速，脸上火辣辣的.

在众人之中，最亲切地对待我的人就是比妻子大三岁的大姨子. 我小时候娶媳妇时，她折磨得我受不了. 那时我对她讨厌得不行. 可现在回想起来，当时她那样的行为反而让我们产生了感情.

她住在仁川. 据说，她丈夫最近通过粮食投机赚了很多钱. 大姨子以富裕的生活为傲，用丝绸包裹着全身. 但脸上为掩盖什么而化着浓妆，却丝毫不奏效，眼睛边仍露出了青肿的痕迹.

"怎么一个人来了？"

大姨子 笑着问，接着话锋一转，"那就对了！怎么可能一个人来呢！"

是妻子到了.

今天妻子憔悴的脸显得格外消瘦. 尽管如此，妻子还是用泪汪汪的眼睛呆呆地笑着. 我留心观察了一下 大姨子 和妻子. 初次见面的人分不清，两人的脸非常相似. 可脸色怎么那么不一样啊！一个像一朵盛开的花，一个像枯萎的落叶. 把妻子叫做姐姐，把 大姨子 说成妹妹，大家都会上当的. 再次望着妻子，我内心被无法言表的凄凉感重重地压住. 我没怎么吃别的东西，只一个劲喝了四杯酒. 但是，即使酒劲上来了，心里也如坐针毡一样不舒服. 令人无法忍受.

我站起来准备回家 突然感到头昏眼花，地板就像被暴风包围的波涛一样高高低低. 我头晕眼花，感觉快要晕倒了. 岳母慌张地站起来："酒醉成那样还能去哪里？ 在我这里睡一会再走吧"

我挥着手："不，我要回家了."

我醉得喃喃自语.

"我该怎么办！"

丈母娘担心着："老妈子/ 快叫一辆人力车来."

即使喝醉了酒，我还在想着 "不要坐人力车，把那人力车的工钱给我. 我可以买一本书……"坐人力车没走多久，我就睡着了.

睡了一觉醒来发现房间里已经点上了油灯. 妻子孤独地坐在那里做针线活. 火炉里传出了什么东西沸腾的声音. 妻子看见我醒来，急忙摸着放在火炉上的东西："现在请您起来吃点饭吧."

妻子急急忙忙起来，拿出埋在炕头的饭碗，放在事先摆好的桌子上放在我面前. 然后拉起火炉, 端上热菜:"来, 快点起床."
我不情愿地站起来. 头痛渴得厉害. 于是接连喝下了汤和水.
"光喝水怎么好？应该吃点饭啊."
妻子忧心忡忡地坐在饭桌前, 给我择肉剔刺. 这些都是今天从岳母家带回来的食物. 我美美地吃了一碗饭. 我一吃完饭, 妻子也开始吃饭了.'原来妻子到现在都没有吃饭等着我醒来啊！'我怀着那种想法回忆起了今天白天在岳母家看到的事情.

昨天以后, 我们夫妇之间似乎有什么隔阂正在渐渐消失, 取而代之的是对对方的可怜和可爱的想法. 我们亲密地谈起了这样那样的话题. 我们的故事从岳父的生日宴会上转移到了大姨子眼上的淤青.
据说 大姨子的丈夫日夜奔波于料理店和妓院, 为一妓女疯狂不已, 一回到家就欺负大姨子, 动不动就使用暴力. 这次也因为丁大点的事情, 把饭桌扔了出去, 把大姨子的眼睛都磕淤青了.
"你看！有几个钱就成这样了！"
"真的是这样. 即使生活贫困, 和睦相处也是幸福."
妻子真心和我有同样的想法. 听了妻子的话, 我感到无比的满足, 心里美滋滋的, 好像成了什么胜利者似的. 所以偷偷地想:'对！可不是嘛！这样生活就是幸福'并下定了决心.

4

两天后傍晚, 大姨子到我家来玩. 那时我坐在炕头上, 脑子里不断想着什么, 突然听到丝绸衣服拖地沙沙作响的声音. 在炕梢做针线活的妻子打开门出去：

"哎哟，大姐来了！"

外面传来妻子打招呼的声音．接着 大姨子进来了．女佣拿着什么东西也跟了进来． 我也高兴地打了招呼． 大姨子问道："那天您很辛苦吧？ 不能喝酒怎么还喝那么多？"

然后， 突然抢走了女佣拿着的东西， 从中掏出了用报纸包起来的物件． 大姨子把它给我的妻子："买我的鞋的时候，还买了一双你的鞋．那天你的鞋……"

说着说着突然沉默了．说话间，大姨子侧目瞥了我一眼．

"你怎么又买这些东西！"

妻子苍白的脸庞上带着喜悦的神色， 向大姨子表示感谢． 大姨子对妻子的话似听非听地继续说．

"今天缠着丈夫收了100元钱 所以去钟路换衣料，还买了鞋……"

她脸上闪耀着自豪和喜悦的光芒，解开包袱说："是这些！"

这样说着，把东西摆在我们面前．

虽然不太清楚，但无论如何，这似乎是一种价格昂贵、品质优良的丝绸．有的没有花纹，有的有花纹．灰色、玉色、绿色、粉红色的绸缎五颜六色，光彩夺目．望着它们，我恍惚了一阵．我觉得要说点称赞的话，我说："这些都是非常好的东西."

说着说着忽然感到了失落'妻子看到这个后心情会如何呢？'

"买的都是好东西啊."

这是妻子的话．妻子为了客气 虽然说了那么些称赞的话，但并没有什么羡慕的神色．看着这样的妻子，我感到有点'意外.'

大姨子一直在说诋毁自己丈夫的话，突然从座位上站了起来． 妻子说：“怎么这么快就要走了？ 难得来……虽然没有小菜，但应该吃完晚饭再走."

妻子挽留他，妻姐摆手说.

"不，晚上丈夫要出门，我得在那之前收拾好行李.所以要快点回家.虽然离车启程还剩很多时间，但还是得赶紧去车站 万一误了车，丈夫还要等多久？"

虽然多次挽留，但大姨子还是走出了大门. 我们送走她后进了房间.我笑着对妻子说：“那样的人在等待，没有必要着急去……"

妻子只是呆呆地笑.

"但丈夫还是给了我换衣料的钱．他等的时候应该很可怜吧."

虽然说了丈夫'讨厌、不想看、脏乱'等各种坏话 但即使这样 只要物质上有所帮助，就会忘记这种想法, 想到这样高兴的大姨子, 我觉得她很可怜.

"对了，我想是的."

妻子也笑着回应我的话. 这时, 妻子不知道是不是看到了大姨子给她买的包鞋的报纸(或者因为我的眼色， 这段时间忍住了想看的心情), 小心翼翼地想要打开 但又犹豫不决 就像报纸里有什么东西会害自己一样 所以我劝道：“快打开看看."

妻子听了我的话, 用像'啊，真好！'的动作将报纸欣快地展开.

"真漂亮！"

妻子发出近来听不到的喜悦声音, 轻轻地把鞋放在地板上，拉起布袜，试着穿得漂漂亮亮的

"怎么会这么合适呢！"

接连发出感叹的妻子脸上洋溢着喜悦的颜色.

"……"

默默看着妻子开心的样子，我陷入沉思.

'真拿女人没办法！'接着我作出判断：'到现在为止，妻子只是在看我的眼色而已！'

夜色般的黑影使我心灰意冷.

妻子刚才看到大姨子的衣料，心里肯定很是羡慕． 只是没有表露出来而已． 直到我说'快打开看看吧'时，她才毫不掩饰地表达出隐藏的想法．

不知道我在想什么的妻子穿着新鞋，把脚稍微往上抬着.

"鞋子的形状怎么样？"

我回答子道：："非常漂亮！"

虽然表面上说得那么好，但我心里却很落寞． 我没能给妻子买一双鞋，所以妻子对从别人那里得到的东西感到满足和高兴……

但不知怎么回事,这次没有产生不愉快的想法． 我想起了大姨子说讨厌自己的丈夫 但又担心他会等而急忙走的样子． 由此也可以看出妻子的心情．因为不得已 不得不努力满足于精神上的幸福，但实际生活却有很多不足之处． 只是妻子忍着而已． 我得体谅那一点． 一想到这些，我就后悔对妻子说了不好的话.

'随着时间的流逝，总有一天会让妻子不用再受苦！

我放宽心，抱着这种想法看着妻子.

"我也希望能快点出人头地，给你买一双丝绸鞋……"

妻子第一次听到这样的话.

"什么？"

妻子好像不相信自己的耳朵，用诧异的眼神看着我，脸上微微发热, 说得铿锵有力:"很快就会的!"

"你真的觉得会这样吗?"

我有些激动地反问.

"当然了, 可不是嘛."

妻子一个人深深地肯定了作为没有人认可的无名作家的我　因此她忍受着对物质的强烈本能要求,直到今天也没有太皱眉头,而是尽心帮助我.

'啊啊, 安慰我、援助我的天使!' 我心里这样喊着, 用双臂紧紧箍住妻子的腰, 紧紧地抱在怀里. 下一个瞬间, 炽热的双唇……

妻子和我的眼里都溢满了热泪[1]

---

1) 번역 감수 : 중국 무한대학교 박사지도교수 류춘양刘春阳

영문 〈빈처〉
A Poor Man's Wife[1]

1

"Where on earth is it?"

Opening up the wardrobe door to search for something, Wife whispers to herself.

"What is missing?"

I asked her, sitting at the desk, going back and forth on the pages absent-mindedly.

"I am pretty sure I have seen one last silk jacket here."

"……"

I could not respond to that statement. I know exactly why she is looking for it. She is trying to pawn it. Despite the fact that I couldn't bring a single coin home, I still had guts to ask her for meal. For that reason, she often pawned house goods and clothes

---

[1] 오승민 외 현진건학교 회원들이 토의를 통해 작성한 번역문 입니다. 오역 지적, 또는 더 멋진 역문을 clean053@naver.com으로 보내 주십시오, 나중에 '현진건 영문 소설집'을 발간할 때 공동역자로 등재합니다. 현진건의 소설을 외국어로 번역해서 투고하시면 〈빼앗긴 고향〉 게재는 물론 '현진건 번역 소설집'에도 수록합니다.

to make the living.

Even now she is looking for the silk jacket to prepare breakfast. I sighed silently, closing the book.

Half of spring has passed. Still, wet cold of the night creeps up and surrounds us. Raining, although not so late in the night, no one is in the street. The air being silent as if it were empty, rain drops bring a thought of endless sadness.

"Damn it… I don't care anymore."

I muttered, grooming up my messy hair with my hands. However, my words cause even more pitiful thoughts. I sighed again and collapsed on the desk and closed my eyes, leaning my head on my left arm.

I suddenly remember what happened today.

It was when I just lighted up my cigarette after having had a late lunch. T, who works at Hanseong Bank, came to play because it was his day off. All my relatives live not far away, but I seldom get in touch with them. I don't want to share my poor life with them, and I didn't want to see them frowning in advance and making me shut up, because they think I would be asking for financial help, which I never did. Therefore, I did not visit them, nor did they visit me. Still, T visited us often, especially because he was a close relative.

T is a person with a sincere and innocent personality, who is even empathetic to the smallest things. The two of us, being of the same age, were always compared by our relatives. Of course, I have never had a good reputation. "T knows money and is a sincere person, so one day he will be rich! But K(my name) is not good at all. You wrote something in that superior 'Eonmun'(a term used to lower Korean language) and you are going around telling people that one day you will be a famous writer of Joseon! You pathetic wretch!

This was their evaluation of us. The fact that I eager to lead myself to be a great writer was irritating to them for no reason. Furthermore, I have not contributed a penny to their birthdays or weddings. T, who apparently has a stable job, has helped them with one thing or another. One of the uncles went far and said,

"In no time, T will live well, and K will be a beggar. Mark my words!"

I don't tell anyone else to listen, but I'm sure that's what everyone thinks in their hearts.

Although they never publicly said so, I am sure my own parents and siblings would have the same feeling towards me.

Of course, my parents scold me when they are angry.

"If you continue to live like that, you will end up begging."

But he comforted himself, and he also comforted his daughter-in-law.

"Some people bloom later than others."

Although he lost his faith in my success, he still wants his son to succeed.

Anyways, these are examples of T's personality. When he came to our house, he gave me a cheerful smile and told me funny stories on a purpose. For this reason, T was a very welcome presence for our couple, who lived quietly together.

Today, he lively enters the house, puts a long piece of paper wrapped in newspaper on the floor, as if he wants us to pay attention to it, and busily unties his shoelaces.

"What is this?"

I asked.

"It's my wife's parasol. I bought a new one because it was already worn out, and she told me that the parasol ribs were broken."

He answers with a smile as he steps onto the floor. He looked at my wife and suddenly said,

"Madam, would you like to take a look?"

He took off the wrapping paper and opened the parasol. It was a parasol with a couple of plum blossoms embroidered on a white silk background.

"There were many good umbrellas of black color, but they looked too dull… I didn't like any of the gray or yellow ones, that's why I bought this."

His tone felt as if he were announcing to everyone, 'No one could buy an umbrella better than this.'

"This one is very good, too."

My wife compliments on the umbrella. The wife opens the parasol and looks around as if she were possessed. In my wife's eyes, I can clearly see the thought of "I wish I had one like this." I suddenly had rush of an unpleasant thought. "Hey, talk to me." said I to T, who had a smile on his face, looking at my wife examining the umbrella. And then I dragged him into the room.

T went back after talking for a long time about inflation, his salary raised, how he had quite a profit after buying stocks for a few weeks, and how he excelled in performance at the recent banker ability competition.

After I sent T, I was thinking about the ending of my novel. Then, my wife's trembling voice can be heard right next to my ear.

"Darling!"

His wife's pale face is slightly red. My wife sits right next to me.

"You should try to find a way to make a living, too."

"……"

"Here she goes again!"

I was in a bad mood. But I had no excuse, so I just kept my mouth shut.

"Shouldn't we get to live like everyone else?"

My wife seems to have been greatly stimulated by the T's

parasol. In the past, she was determined to live like a poor artist's wife. That's why She didn't say such a thing. However, when she was greatly stimulated by something, she revealed her inner feelings that she had endured. When I hear my wife say that I empathized with her thinking, 'My wife deserves to act that way…' Still, I didn't feel good.

The same can be said about this time. Although I did have a sympathy for her "reasonable" words, it was hard to bear the unpleasant feeling. I held it in for a moment, then muttered, finally revealing an unpleasant feeling.

"Things will be better soon…!"

"I had Enough of your 'better soon.' Not in a thousand years."

My wife's face turns red. The wife uttered harsh words in an excited tone that I had never seen before. In a closer distant, my wife's eyes were seen to be filled with tears.

I was absent-minded for a moment. Soon a fiery anger filled up my heart. I couldn't stand it.

"I'm going to get married to the youngest, but who told me to get married? What's with all that artist's wife!"

You should've married a man who would have done anything for money. Why did you marry me instead! What kind of an artist's wife are you!

In a ferocious tone, he snapped at her.

"Ek…!"

My wife's face changed slightly and looked at me in a bewilderment. Then she gradually lowers her head, and finally drops tears on the floor.

I recall back what happened today. My wife's warm heart looking for clothes to the pawnshop to prepare my breakfast tomorrow… The sad thoughts that cannot be expressed in words seem to scratch my heart and body to the bone like the autumn wind.

The lonely sound of rain, which becomes loud and quite in a repetitive fashion, feels even more miserable due to the silent night air. The windshield covering the lamp is full of soot, and the light leaking from it is as subtle as the moonlight covered by clouds. The gold leaf title of the Western book that I had such a hard time to purchase catches the light and flashes.

2

My wife, standing blankly in front of the closet, speaks quietly about what came to her mind, nodding her head.

"Oh… That's right, that day….""

I ask.

"Did you find it?"

"No, it has already been pawned… The day your brother who lives in Incheon visited us…"

"……"

The one my wife was looking for eagerly is already in the pawnshop storage and covered in dust! My wife is a person who cares with all her heart about even a small bowl. I don't know whether such a wife pawned silk clothes or not. It is understandable how much poverty has broken her spirit.

"……"

"……"

We couldn't speak for a while. I became so frustrated that I rather wished I could fight with someone. I had a boiling, strange feeling that I wanted to shout and cry my heart out. I openly expressed this feeling to my wife.

"You must be tired of living because of the increasingly difficult living conditions?"

The wife, who was standing as if she had lost her mind, asks back with her blurred eyes wide open.

"What? Why?"

"You must be!"

"I have never thought of it."

I get more and more excited while talking. So even when my wife, in a shaky voice, asked,

"How could you even think so?"

"Do you think I stupid?"

I answered her question with another question with a furiously raised voice.

My wife gives me a slightly resentful look. I looked at my wife in disgust and said,

"You don't imagine that I didn't know that. You've been patient until today, but you're changing! Of course, it's understandable, but...!"

While letting out these words, I recall back my past events appear like photos.

It was six years ago (I was 16 and my wife was 18), not long after we got married. I left home to drink the sea water of knowledge. Like willow leaves fluttering in the wind, I visited China one day and Japan another. Then I ran out of the funds for studying abroad. I came back without sufficiently drinking the sea water of knowledge.

When I returned home, my wife, who was like a bud to bloom when she got married, had turned into a withering flower. The light that she once had on both of her beautiful cheeks disappeared, and I could observe a couple of lines of wrinkles on the forehead.

I ended up living with my wife in the house which in-laws provided us. At first, I could manage to live, but since I had no income, it became increasingly difficult after two months. Nevertheless, I devoted myself only to reading books that were not economically helpful and to writing that did not contribute to gaining the fame as a writer. I lived without knowing whether the sun was setting or dawning, whether there was any rice left in the house, or whether there was any firewood. It was only my wife's contribution that I sometimes have delicious side dishes on my dining table, and the clothes I wore were not so dirty.

My wife didn't have any income. My wife went to her parents' house to get food and clothes, despite her shyness, but asking for help like that happens only once or twice. It is not something that can be done every time during such long years. It stops after once or twice.

Finally, the wife had no choice but to pawn the clothes, furniture, and bowls she brought when she got married. I knew my wife was doing that but pretended not to know. After all the hard time she was going through, my wife still believed in my success. And she prayed and prayed for my success.

One day, when I threw the manuscript paper and got angry at myself because I couldn't do what I wanted to do while writing, my wife said,

"Why are you so impatient? I believe there will be a day when your name will shine in the world. The suffering we are in is only the groundwork for the success in the future."

I once wandered abroad and fell into a new fashion and hated old-fashioned women for no reason. Thus, I regretted getting married early. Whenever I heard that a boy and a girl were dating, my heart pounded, envied, and felt sad for no reason.

However, as I got older, such thoughts disappeared, and when I returned home and lived with my wife, I unexpectedly found a warm and pure side in her. Her love was not selfish love, but devoted love. How happy my heart must have been as I realized it more and more! Once she fell asleep straightening the clothes wrinkles until late at night. Looking at her pale face I said,

"Ah, you are an angel that gives me comfort and resources."

I was so moved that I shed tears by myself.

While not having much talent, I constantly devoted myself to creation and reading with the ambition of making my name known as a writer. Of course, I am not enough to be recognized by others yet. That is our life is in the worst state.

My wife has endured this difficulty for nearly two years. However, I have not been able to be paid off from my writing work, and as a result, the number of furniture placed in the room has decreased and the clothes that were filled in the closet have almost disappeared.

As a result, even my wife, who was very patient, sometimes sighs these days. She stands at the end of the floor and looks at the distant mountains endlessly, and when she sometimes sews, she holds still absent-minded, like a person who lost her mind. I also found tears in my wife's worried eyes sitting in the blurred sunlight reflected in the window. At that time, I was caught in an indescribably lonely thought and said,

"My darling!"

Then the wife startles and turns her head to the other side, wiping away tears with her skirt and replies, "Yes?" in a trembling voice of sadness.

I feel my body cringe as if someone poured cold water on my back, and a pitiful thought flowing coldly in my heart. My dissatisfaction I had with myself gets worse. I am blaming on myself thinking, 'It's because I'm not qualified as a husband.'

Then it becomes even more unbearable.

'It is understandable that she acts that way....'

A sympathy for the wife gets to arise. At the same time, unpleasant thoughts arise.

I muttered a complaint to himself, 'Women are always like that.'

Those events weighed on my chest one by one, as if projected by a magic lantern, and now I have no courage to say anything. The only person in the world who trusted me and comforted me now thinks otherwise! In her heart, she would blame me thinking, 'You've made my life miserable for six years! You wretch!'

As I was thinking like that, my wife's passionate love seemed to fade. No, it seemed to have disappeared without a trace. I was flustered with emotion and said,

"I didn't mean to make you suffer! I want to buy you silk clothes, and I want to buy you a good parasol! That's why I'm studying all day. People seem to be thinking that I am just wasting my time, but that's not true! Can't you see it all along?"

I lost my stern stance and made a ridiculous excuse, revealing the increasingly lousy truth.

"It doesn't matter if everyone in the world laughs at me and blasphemes me. But what should I do if my wife doesn't trust me?"

While saying that, I was overwhelmed with emotion and finally fell on the floor saying, "Ah."

At that moment, my wife, who was lowering her head and biting her lips endlessly, suddenly said,

"Darling!"

She cries and falls on my face as if she is collapsing.

"Forgive..."

She is speechless by the crying that comes out from her heart, and she presses my face with her two fiery cheeks and sobs. Warm tears that spring from my wife's eyes spread between her cheeks and mine. Tears are also flowing down my eyes. The uneasy thoughts disappeared like spring snow melting in my wife's hot tears.

After a while, we washed away our tears. I felt somewhat

cool and unburdened inside.

"Please forgive me! I didn't know you'd think so."

As she talks, her tear swollen eye lids slow move as if in pain.

"However difficult my life may be, I would never lose faith in you. I made up my mind in the past⋯"

Looking at my wife's tearful face, who was making excuses in a calm voice, I managed to relieve my mind and body.

3

The following morning, I slept in a little bit—possibly from yesterday's exhaustion. The rain that came last night stopped before I knew it, and the pleasant sunshine caught high on the sliding door. Opening the closet door, the wife is once again hunting for something to take to the pawn shop. Then I hear someone coming into the yard. My wife and I are listening to the sound, guessing, "Who is here?" From outside, we hear someone calling out, "Madam!"

My wife hurriedly opens the door to leave. The old maid servant from my wife's parents is here. The old maid passes on a message from the mother-in-law. "Today is your father-in-law's birthday. Hurry up and come." Wife answers instead.

"That's right! Today is the 16th of February! I completely

forgot!"

The sour old lady says with an apathetic smile,

"I feel sorry for you madam. How could you forget your father's birthday? Despite all the fun you have in your family…"

I believe that my wife missed her father's birthday due to her poor living. That made me feel even sorrier for my wife's life. Wife looks at me, saying,

"Today is my father's birthday. He wants to see me at once."

I answered,

"Please hurry up and go…"

Wife blushes deeply.

"You should also go. Let's go together."

I never liked paying a visit to my wife's parents. However, it would be unreasonable not to visit them on the occasion like today. I had no choice but to wear a robe.

The wife hesitates and unnoticeably frowns between her eyebrows. Then she cast a sidelong glance at me, turned around, and hurriedly opened the closet door.

Turning my back on her silently, I thought, 'She must be hesitating, because she has no proper clothes to wear.' Although we are on our backs, I can vividly feel my wife frowning, looking inside an almost empty wardrobe, unable to find any suitable clothes.

"Now, I am ready to go."

Standing mindlessly, I turned my head mechanically to the sound of my wife calling me. My wife, who is dressed in Western clothes woven with cotton thread, smiles as if she is attempting to console me. I was even more lonely. It was a long walk from our house to my wife's parents' house.

Although I walked slowly and my wife walked fast, the distance between us grew farther and farther. I looked back, having walked a while. My wife stumbles along, trying to catch up with me. Only my wife wore ratty clothing and worn-out shoes among the other women on the street, who were all dressed in silk and fine shoes. Watching her made my heart filled with sad thoughts.

Quite some time later, I reached the gate of my in-laws', which was wide and tall. Entering the gate, strangers are giving me looks. They seem to display an expression of disrespect with their eyes, thinking, 'That man must be a servant of this house.' Later, people I know appear. They give me an unsettling greeting. Their greeting sounds to me as if they are mocking me. It even sounds like a humiliating laughter. For no reason, my heart pounded, and my face went red.

The friendliest person to me is my sister-in-law, who is 3 years older than my wife. Being young, I married my wife, and sister-in-law harassed me to the point that I couldn't stand. Back then, I disliked her or even hated her. However, come to think of it, her deeds in the past made us affectionate.

She lives in Incheon. Recently her husband made a fortune by investing in grains. She is wrapped in silk, as if she wants boasts her wealth. Even her face is covered in rich makeup. Despite her effort to cover up, there is a bluish bruise mark on her eye.

"Why are you here alone?"

Sister-in-law talks to me smiling.

"Of course. You cannot be alone," she tells herself. Wife arrived.

My wife's emaciated face looks more emaciated today. Even so, she is smiling with her teary eyes. I look at my wife and sister-in-law closely in turn. They look so alike that strangers would not be able to tell them apart. Still, how different their facial complexions are! One of them looks like a flower fully bloomed in its prime. The other a dried-up withered leaf. Everyone would have believed it if someone call my wife an older sibling, and my sister-in-law a younger one. I felt as though my heart was being pulled down by indescribably lonely thoughts as I turned to look at my wife once more. I didn't eat much other food and drank four glasses of alcohol, which I am not a strong drinker of. Although I became tipsy from the drinks, my heart was uneasy as if I was walking barefoot on fire. I couldn't take it.

I rose, intending to go home. Suddenly, my head aches, and I feel the floor going up and down as if it were a tide in a storm.

Mother-in-law stood up perplexed and said, "Where would you go being so drunk? Sleep here for a while before you leave."

I waved my hand and refused. I mumbled in a drunken voice, "No, I'm going home."

"Oh my goodness!" She is worried and says, "Granny! Go get him a rickshaw."

Even though I am under the influence of alcohol, I still manage to think, 'Instead of putting me in a rickshaw, if she gave me the money, I would be able to afford a book…" Not long after I got on the rickshaw, I fell asleep.

After a long sleep, I woke up and found that the lamp was already on in the room. Wife is sewing all alone. Something sounds boiling at the stove. Noticing that I woke from sleep, she hurriedly places her hand on what is on the stove and says,

"Wake up and have a meal."

Wife quickly gets up, takes out the rice bowl from the heated floor, puts it on a table prepared in advance, and puts it in front of me. She pulls the stove close to her to put warm food on the dish and says, "Come on, wake up."

I woke up as if I didn't want to. My head ached and my throat was parched. So, I drank water and soup repeatedly.

"Why are you drinking just water? You must have some food."

She sat down at the table worried, and she cut the meat and

deboned the fish for me. All the food is brought from in-laws. I had a satisfactory meal. After I finish eating, wife starts to eat. I thought to myself, 'She didn't eat anything, waiting for me to wake up.' I reflected on what I had gone through earlier at the in-laws.

Since yesterday, what appeared to be a barrier between me and my wife has gradually vanished, and in its place has risen a pitiful and affectionate thought for each other. Now we talked to each other about this and that affectionately. Our topic moved on to the black eye sister-in-law had at the father-in-law's birthday party.

Her husband wandered around drinking at restaurants and gisaeng courtesan houses day and night, and he fell for one gisaeng. He comes home and harasses his wife, often beating her. He gave his wife a black eye for something so trivial.

"See that? Money gives you trouble."

"It sure does. Happiness is about getting along with each other even though we don't have much."

In all honesty, wife and I shared the same opinion. As I listened to my wife, I experienced an inexplicable sense of happiness and bragged to myself like I had won something. So, I secretly resolved, 'Yes! Of course! This is happiness.'

Two days later, sister-in-law visited us around sunset. Mindlessly thinking about something sitting on the well-heated floor, I heard silk clothes dragging on the floor. Wife, sewing on the lukewarm floor, opened the door to go out.

"Oh, welcome my sister!"

I hear my wife's greeting. In comes sister-in-law. A maid follows her with something in hand. I warmly greeted sister-in-law. She greets back saying,

"Did you have a hard time that day? Why did you drink so much when you cannot handle alcohol that well?" Then she suddenly grabs what her maid had in her hand, taking out something wrapped in a newspaper. She hands it over to my wife saying,

"I bought a pair of shoes when I was buying mine. That day I noticed your shoes were…"

All of a sudden, she stops talking. While talking sister-in-law glanced sideways at me.

"Why did you bother to buy them!"

Wife says thank you, showing happiness on her pale face. Sister-in-law, as if she didn't hear her, continues to speak.

"I nagged my husband to give me 100 won. I went to Jong-ro to exchange cloths and bought shoes…"

Sister-in-law unwraps the cloth with a sign of bragging and happiness on her face.

"These are what I am talking about!"

She spreads things out in front of us.

I cannot say for sure, but it seems like silk cloths of high value and quality. Some are patterned. Some are not. Gray, jade, green, and pink silks shine in various colors. Looking at them, I was fascinated for a while. I said,

"They are some fine silks."

Saying the compliment, I suddenly felt lonely. 'What would wife think looking at those things?'

"You picked the best ones," says wife. She says so to keep good manners, but she doesn't show any sign of envy. Looking at wife behaving in that way, I feel a little bit 'unexpected.'

Sister-in-law, speaking ill of her husband, suddenly rises from the floor. Wife stops her saying, "Why are you leaving so early? You don't come so often··· Please have a dinner with us although we don't have much food." Sister-in-law waves her hands and says,

"No, my husband is going somewhere this evening. I need to pack things up for him in advance. That's why I need to be home quickly. Although I still have much time before the arrival of the transport, I should be at the station early. Imagine how long my husband would wait if I missed the transport."

We insisted on her staying many times, but sister-in-law left the gate anyway. We went back inside after seeing her off.

Smiling, I said to my wife,

"Why would she hurry for a pathetic man such as he?"

She says nothing but smiles.

"Still, he gave her money for the cloths. She might feel sorry for his waiting."

I feel sorry for sister-in-law, who, although describing her husband using words such as 'loathsome, ugly, dirty' and the likes, seems to forget it and finds joy in receiving material support.

"Oh, I guess so."

Wife agrees with me smiling. Wife spots the shoes wrapped in a newspaper bought by sister-in-law and then hesitates to unwrap them carefully. (She might have held back her temptation to look at them, being worried about me.) She hesitates as if there were something inside the newspaper that could harm her. I said,

"Go ahead and unwrap them." Listening to me, she unwraps the package with an active motion, implying how happy she is.

"They are so pretty!"

The wife gently put her shoes down on the floor of the room, making a happy voice that has not been heard recently, and pulls the socks and tries them on beautifully.

"How perfectly they fit!"

Uttering a series of exclamations, her face is overflowing with happiness.

"…"

Silently looking at my wife being happy, I thought to myself,

'Women are all the same.' Then I concluded, 'She has been suppressing her feelings because of me all this time.' A dark shadow like night light now darkened my heart.

When my wife first the sister-in-law's cloths earlier, her heart must have been filled with intense jealousy. She just didn't show it on the surface. Upon my permission, saying, "Go ahead and unwrap it," her hidden feelings emerged from inside.

Not knowing what I have in mind, wife slightly raised her foot with a new shoe on asking me,

"How do you like the shape of my shoes?"

I answered, "Very pretty."

On the surface I pretended that I was happy, but my heart was lonely. Since I am unable to afford a pair of shoes, wife finds happiness and satisfaction from something given from other s…

To my surprise, this time I didn't feel bad at all. It's because I remembered my sister-in-law returning home hurriedly in case her husband might wait for her, even though she expressed her hatred toward him. I could see that my wife's heart is no different. Having no choice, wife tries to be satisfied with mental happiness, but a lot of things are missing in real life. I need to be more understanding. Thinking so, I regret telling my wife bad things.

'In time, there will be a day wife would not suffer anymore!'

Feeling rather generous thinking like that, I looked at my wife.

"How nice it would be if I succeed in this field, so I could buy you a pair of silk shoes…"

This is first time wife hearing this sort of words from me.

"Excuse me?"

Looking at me with a surprised expression, her face is slightly flushed as she says sternly,

"You will make it in no time!"

I asked her slightly excited,

"Do you really think so?"

"You certainly will."

Wife is the only one who truly recognizes an unknown writer that no one has acknowledged. That's how she put up with a strong materialistic temptation to support me to this day without frowning at me.

'You are an angel who gives me support and comfort!' I exclaimed in my heart as I grabbed my wife by the waist and hugged her tightly in my chest. Then two passionate lips…

Our eyes are flowing with endless tears.

⟨빈처⟩ 100년 뒤에 쓴 ⟨빈처·2⟩
국화 피는 날[1]

정만진

오늘은 국화가 피는 날이다.

'봄꽃 가을열매'가 자연의 보편적 섭리이지만, 국화는 소슬바람이 불 때에 맞추어 온 세상을 형형색색으로 꽃물 들인다.

보통의 국화는 추석부터 서리 철까지 날을 따지지 않고 산과 들에 활짝 피어나지만, 이 집 국화는 해마다 오늘 오후가 되어야 꼭꼭 감추어두었던 제 고운 얼굴을 살그머니 사람들에게 드러낸다.

서정주의 ⟨국화 옆에서⟩를 유난히 좋아하는 이 집 주인은 매년 같은 월일 정해진 시각에, 즉 10월 19일 오후 6시에 국화를 공개한다. 그 순간까지 국화는 하얀 무명천으로 고이 가리어 있다. 작가 본인 외에는 어느 누구도, 심지어 96세나 된 이 집 주인 김영생 옹도 개봉 전까지는 올해 감상할 국화 작품에 대해

---

[1] ⟨국화 피는 날⟩은 1921년 발표 작품인 현진건 ⟨빈처⟩를 100년 뒤에 주제와 제재상 유사성을 살려 다시 쓴 소설입니다.

알지 못한다.

"지금이 다섯 시니까, 정확히 한 시간 남았구나."

확인인지 질문인지 조금은 모호한 어투다. 그래도 옹의 중얼거리는 듯한 말이 떨어지자마자, 어쩐지 불안하고 초조한 기색의 셋째며느리 윤정희가,

"예, 아버님."

하고 대답한 뒤, 현관문을 소리 내지 않고 조용히 열어 둔다. 이어서, 뜰을 지나 대문도 열어 둔다. 1987년에 시집을 온 이래 해마다 이 날 이 시각이면 어김없이 실행해온 일이다. 그러면서 벌써 34년 세월을 흘려보냈다.

거실로 돌아온 윤정희와 김옹 사이에 다시 말이 오간다. 이 말들 역시 윤정희가 34년 동안 줄곧 듣고 대답해온 내용이다.

"국화철이라 아직은 바깥 날씨가 쌀쌀한 정도는 아니다."

"그렇습니다, 아버님."

"사람들이 많아지기 전에 미리 집안 공기를 맑게 해놓아야지."

그녀가 또 대답한다.

"그렇습니다, 아버님."

"현관문과 대문을 열어두면 손님들이 들어올 때 마음이 평안해지는 법이다."

그녀가 또 다시 대답한다.

"그렇습니다, 아버님."

짙은 바다빛깔 검푸른 양복과 연분홍 진달래 무늬 넥타이로

정장을 차려 입은 옹이 넌지시 시계를 바라본다. 옹의 무명지에 끼여 있는 값싼 은반지가 조명등 광채에 젖어 반짝 빛을 쏘아 올린다.

손자 손녀들이 선물한 반지도 아니지만, 옹이 지금 손자 손녀들을 기다리는 것도 아니다. 아침 가족 행사 참석자들 중 저녁 잔치에 재차 모습을 드러낼 사람은 아들 셋과 며느리 셋뿐이다. 그 여섯 중 다섯은 각각 제 일을 하러 가서 아직 귀환하지 않았고, 셋째며느리 윤정희만 아침 가족 행사 이후 줄곧 이 집에 머무르고 있다.

오늘은 김영생 옹의 96세 생신 잔칫날이다. 중학교 교사인 윤정희는 오늘 연가를 내었다. 작년과 마찬가지로 올해도 코로나 탓에 가든파티가 취소되면서 준비할 것도 덩달아 거의 없어졌지만, 그에 아랑곳없이 옹은 그녀만 지목해 진종일 집에 대기시켰다.

"나이가 오십을 넘었는데도 교장은커녕 교감조차 못 되었으니 참 희한하다! 나는 네가 무슨 생각을 하면서 사는지 통 헤아려지지가 않아! 도대체 어쩔 셈이냐?"

그녀가 근래 9년 동안 시아버지로부터 '골백번'도 더 들은 말이다. 그래도 오늘은 시아버지의 언사가 본인 행사와 관련되는 내용들뿐인데다, 가든파티가 없어진 덕에 말의 양도 자연스레 확 줄어들었다. 그녀로서는 오늘이 일찍이 겪어보지 못했던, 시아버지와의 평안한 대면 시간인 셈이다. 남편이 오늘 6시에 터뜨리려고 계획 중인 일만 없으면 아마도 그녀의 얼굴은 9년 만에 처음 보는 화사한 빛깔이었을 것이다. 그녀의 안색에 불안하고 초조한 그림자가 은근히 깔려 있는 데에는 남모르는 이유가 숨어 있다.

'어쩌면 좋을까 …?'

그녀가 걱정에 잠기는데, 다시 시아버지의 말이 들려온다.

"대문은 6시가 되면 닫아라."

"예, 아버님."

아들·며느리·기자·카메라맨 외에 6시 이전까지 집 안으로 들어설 사람들은 모두 옹의 제자들이다. 오늘 공개할 국화 작품의 작가 또한 옹의 제자들 중 한 명이다. 사립대학 농대 학장 출신인 작가는 매년 10월 중순 독창성 넘치는 국화 작품전 개최로 전국적 조명을 받는 '신지식인'인데, 해마다 스승의 생신 행사 때 연중 첫 작품을 발표해 왔다. 덕분에 옹의 생신 잔치도 나라 안에서 알아주는 유명 연례 행사가 되었다.

"늦게 올 사람은 없다."

"예, 아버님."

이 대화는 34년 동안 계속되어 온 것이 아니다. 12년밖에 안 되었다. 83세 생신 잔치가 열렸던 2008년에 처음 생겨났다. 그 직전 해인 2007년 82세 연회 때 옹이 인사말을 하면서,

"임진왜란 때 의병대장 모당 손처눌 선생께서는 1634년 6월 초하루, 그날은 세상을 떠나시기 보름 전이었는데, 오늘의 나처

럼 82세 고령이었던 선생은 이제 이승의 모든 인연과 헤어질 시기가 임박했음을 느끼시고, 제자들을 상대로 마지막 강학을 마련한 후 당부하셨지요.

'이런 좋은 일을 다시는 못하겠구나. 너희들은 모두 부지런히 힘쓰기를 바라노라.'

나도 여러분들에게 꼭 당부하고 싶은 것이 있어요. 서정주 시인이 '한 송이 국화꽃을 피우기 위해 소쩍새는 봄부터 그렇게 울었나 보다'라고 노래한 데서 얻은 인생관이지요. 인간 세상 모든 일은 어느 것이나 오랫동안 기다리고, 또 각고의 애씀 끝에 이루어지는 결과물이지요. 저절로 얻어지는 이익은 결코 없지요."
라고 언급했는데, 이를 '언제 세상을 하직할지 모르는 늙은 나는 오늘을 1년이나 애타게 기다렸다. 그런데 너희들은 지각을 할 만큼 성의가 없단 말이냐?'라는 꾸지람으로 받아들인 이가 많았다. 그 결과, 2008년까지는 지각자가 간혹 있었지만 2009년부터는 싹 없어졌다.

옹의 발언에 대한 또 다른 풀이는 '당신께서 죽음을 염두에 두고 계시는구나!' 하는 안타까움을 담은 해석이었다. 옹은 2007년 당시 82세였는데, 그때도 이미 왕년의 벗들 대부분이 요양원에 갇혀 있거나 유명을 달리한 신세였고, 집에서 생활하는 소수도 자유롭게 외출해서 마음 가는 대로 소주 한 잔을 나눌 건강이 못 되었다. 상황이 그러했으므로 아무리 본인이 강건을 유지 중인 옹도 마음으로 쓸쓸히 느낀 바가 있었던지, 하루는 부인 윤은주 여사에게 회색빛 소회를 토로하기도 했다.

"아무래도 82세는 지리멸렬한 노년 생활이나 허망한 죽음에 대해 생각하지 않을 수 없는 고령인 것 같구먼."

이때 67세에 불과했던 윤 여사는 남편의 넋두리가 도무지 실감이 나지 않았으므로 그저 건성으로 고개를 끄덕였었다. 하지만 82세 때 밝힌 감상과는 정반대로 옹은 96세나 되는 현재도 꼿꼿한 허리, 활달한 걸음걸이, 카랑카랑한 목소리, 숱이 무성한 머리카락 등 믿기 어려운 외양을 과시하고 있다.

그런 까닭에, 90세를 넘긴 2015년부터는 생신 기념 국화 작품 취재차 온 기자들이 앞다퉈 '건강 관리 비결도 공개를!' 하고 질문 공세를 퍼부었다. 그때마다 옹은 같은 대답을 했었다.

그런데 언론은 질문만 했지 옹의 비결을 보도는 하지 않았다. 어느 핸가, 사정을 미처 알지 못하는 초보 기자가 같은 질문을 반복했다. 물론 옹의 답변은 예년 그대로였다.

"지난 어려움을 오늘의 디딤돌로 삼아 항상 현재를 즐기면서 미래를 준비하는 긍정적 마인드, 별로 남다를 것도 없지만 이것이야말로 으뜸가는 건강 관리 비결이 아니었나 싶어요. 둘째는, 내가 어려서부터 뱀을 많이 먹었는데, 이것은 남다른 비결이었지 싶어요. 아마 그래서 이 나이에도 5, 60대 못잖은 건강을 유지할 수 있지 않나 짐작하지요."

그러면서 옹은 거실 구석방 장식장을 가득 채우고 있는 뱀술 유리 항아리들을 자랑스레 보여주었다. 그러자 젊은 기자는 안

색이 바뀔 만큼 놀란 표정으로,

"예에?"

하고는 더 이상 뒷말을 잇지 못했다. 그 탓에 이 집 안주인 윤 여사는 그 날도 행사가 끝나고 모두들 돌아간 뒤,

"뱀 이야기만 하면 어째 저리들 놀랄까? 평생을 생각해도 나는 그게 도통 이해가 안 되어. 스스로 쳐놓은 비좁은 생각의 울타리에 갇혀서 꼼틀거리며 사는 사람들이 왜 이리도 많은지 모르겠어."

라고 한탄을 늘어놓았었다. 아내의 그런 지적에 옹은 그저,

"그러니까 우리는 천생연분이지!"

하며 '껄껄' 웃어댔었다.

윤 여사는 남편이 어려서부터 뱀을 많이 먹은 사실을 익히 들어서 잘 알고 있다. 1958년에 처음 들었으니 벌써 63년이나 묵은 전설급 옛이야기이다.

1958년 10월 19일 오후, 18세 윤은주가 33세 김영생에게 물었다.

"선생님 성함은 입속으로 되뇌어볼수록 차암 편안한 느낌을 주어요. 영생이라면 영원한 생명이라는 뜻이잖아요?"

당시 김영생은 경북 영천의 신작로 옆 중학교 관사 뒷방에 거주하고 있었다. 인근 국민학교[1]의 6학년 재학생인 장남 한준

---

[1] '국민학교'라는 명칭이 '초등학교'로 바뀐 때는 1996년이다.

은 일요일을 맞아 같은 반 동무 장동수와 개울 건너 벼논에 메뚜기를 잡으러 갔고, 겨우 다섯 살이라 아버지가 수업하는 교실 구석까지 따라와 앉아 있던 차남 재준은 방에서 낮잠을 자는 중이었다.

"나는 3대 독자야. 조부가 오래오래 살아야 한다며 그렇게 이름을 붙였지. 그뿐이 아냐. 조부는 나의 장생을 기원하는 뜻에서 아기 때부터 뱀을 구워 먹이고, 뱀탕도 복용시켰지."

뜻밖에도 윤은주는 놀라는 기색을 보이지 않았다.

"먹을 것이라고는 없던 가난한 시대였잖아요? 생명과 건강을 보전하는 게 중요하지 뱀이든 개구리든 뭐가 어때서요?"

"하기야…. 나는 1925년생으로, 지금 서른셋이니까 은주보다 열다섯 살이나 더 많지. 태어나서 스무 살까지는 식민지 백성으로 살았는데, 부모는 일제 때 병으로 죽고 굶어서 죽었어. 그 후 전쟁까지 겪었고…. 입에 풀칠할 것도 없는 시대에 태어나 줄곧 그런 세상을 살아왔지…."

"저는 1940년에 태어났어요. 어린 탓에 일제 시절은 기억에 없고, 해방 후의 비참한 생활만 머리에 남아 있죠. 게다가 전쟁 …. 부모는 폭탄에 맞아 죽고 나는 고아가 되고…."

눈물이 글썽글썽해지는 윤은주를 애잔하게 바라보다가, 달래는 말이 될까 해서 김영생이 웃음기 서린 목소리로 말한다.

"그래도 18세 어여쁘고 앳된 처녀가 뱀이든 개구리든 닥치는 대로 잡아먹고 볼 일이라고 하니 뭔가 안 어울리는데?"

그제야 윤은주도 살짝 비치던 울음 대신 생긋 미소를 머금는다.
"성경에는 뱀이 아주 나쁘게 나와요. 예수가 '독사의 자식들아!' 하고 꾸짖는 장면도 있어요. 들짐승 중에서 가장 간교하다고 표현되어 있기도 하죠. 그러니까 잡아먹어야 해요."
윤은주의 얼굴은 평상시 무심히 볼 때면 어두운 그늘 탓에 별로 도드라지지 않는다. 그러나 실제로는 오목조목한 것이 여간 어여쁜 미모가 아니다. 형편과 달리 피부도 뽀얗고 곱다. '잡아먹어야 해!' 같은 센 말을 담고 있을 때에도 그녀의 목소리는 콩콩 울리는 듯 피어올라 듣는 상대를 고혹한다. 걷거나 뛸 때 보면 몸매 또한 선이 굴곡지고 힘차다. 찬송가를 많이 부른 덕분인지 노랫가락도 구성지다. 교회 주보에 시가 실리기도 한 것을 보면 두뇌와 감성도 수준급이라는 사실이 증명된다.
"조부가 내 이름을 영원한 생명으로 작명했지만 기독교적인 의미가 들어 있지는 않아."
윤은주가 적을 두고 있는 고아원이 교회 부설이라는 점을 의식한 말이었다. 눈치 빠른 윤은주가,
"거기서 살기 때문에 그러는 것이지 신앙심 때문에 일요일 오전마다 예배에 참석하는 것은 아니에요."
하고는,
"아무튼, 신자들은 선생님을 믿는집 아들로 짐작할 거예요."
라고 덧붙인다. 김영생이,
"교회 다니는 사람들한테서 그런 말 많이 들었지. 어릴 때는

놀림당하는 같아 싫었어. 그래서 자식을 낳게 되면 이름을 평범하게 지어줘야지 결심했고, 결국 첫째는 한준, 준수한 첫째 아들, 둘째는 재준, 준수한 둘째 아들로 붙였지. 셋째는 ….”

'셋째' 소리에 놀란 윤은주가 눈을 동그랗게 뜬다.

3대 독자 김영생과 부부가 되어 두 아들을 낳은 이화자는 결혼 9년째인 1953년 세상을 떠났다. 해방 되던 해에 첫아들을 출산한 뒤 7년 동안이나 태기가 없어 한준이 4대 독자가 되나 걱정했는데, 문득 재준을 품었다. 그러나 그녀는 둘째아들을 낳으면서 생명을 맞바꾸고 말았다.

김영생과 이화자가 부부로 맺어진 때는 1944년이었다. 새해로 접어들자마자 김영생의 조부는 19세밖에 안 된 농림학교 1학년 손자에게 배필을 정해 주었다.

"네가 3대 독자 아니냐? 만주로 부모를 찾아가 며느리를 보여주고, 엎드려서 절도 올려야 자식된 도리를 하는 것이다."

신부 이화자는 신랑보다 세 살 많아 22세였다. 조부는 마당에 찬 물 한 그릇과 배추전 두 넙대기를 차려 놓고 신랑 신부에게 맞절을 시켰다. 예식이 끝나자 조부는 몇 되지도 않는 동네 사람들에게,

"예서는 살 수가 없어 서울로 돈 벌러 보낸다!"
하고 큰 소리로 떠벌이고는,

"가자!"
면서 앞장을 섰다.

영문도 모르는 채로 둘은 조부를 따라 산중턱까지 함께 걸었다. 숨이 차서 턱밑에 고드름이 맺힐 즈음, 조부가 오솔길에 엎어져 통곡하기 시작했다.
　"아이고, 이놈아! 이 불효막심한 놈아! 늙은 애비를 두고 먼저 죽은 나쁜 놈아! 이 천벌을 받을 놈아!"
　달포쯤 전 작년 연말 어느 초저녁, 낯선 사내 하나가 두리번거리며 마당 안으로 들어섰고, 그와 몇 마디 말을 주고받던 조부가 털썩 땅바닥에 주저앉았다. 그 이후로는 줄곧 말씀이 없었고, 열흘쯤 지난 후 불쑥,
　"네가 장가를 가야겠다!"
하며 눈물을 보였다. 돈 벌러 갔던 만주에서 아버지는 병으로 세상을 떠났고, 이내 어머니도 굶어서 이승을 하직했다는 것이다. 조부는 이화자에게,
　"아기야. 네 부모도 내 말이 맞다고 했다. 알아듣겠느냐, 무슨 뜻인지? 여기 있다가는 징용 끌려가고 정신대 잡혀가 개죽음한다."
하고는, 다시 두 사람을 한꺼번에 바라보면서,
　"하루라도 빨리 피해야 한다. 만주로 가거라. 가서, 네 애비 에미가 가매장된 곳부터 찾아라. 시간 흐르면 유골이 어디 묻혔는지도 모르게 된다. 그런 불효막심이 어디 있느냐? 찾아서, 너희 둘이 나란히 엎드려 큰절을 올리거라. 네가 장가갔다는 것을 알면 지하의 영혼이나마 기뻐하지 않겠느냐? 나한테는 세상에

달리 없는 불효자식이지만, 그래도 너에게는 부모 아니냐? 한량없이 불쌍한 애비와 에미가 아니냐!

부모 영전에 절을 하고 난 뒤로는 어쨌든 목숨을 부지해라. 물고기도 잡아먹고, 약초도 캐어 먹고, 뱀도 잡아먹고, 아무것이든 닥치는 대로 뱃속에 집어넣어라. 살아남는 것이 무엇보다도 중요하다! 3대 독자라는 사실을 한시도 잊어서는 안 된다.

왜놈 세상이 계속되는 한에는 이곳에 오지 마라. 고향마을에 나타나지 않으면 살고, 왜놈들과 마주치지 않으면 산다. 알겠지? 꼭 명심해야 하느니!"

하고 신신당부를 한 뒤 돌아섰다.

2년 뒤 해방을 맞아 돌아와 보니 조부는 이미 세상 사람이 아니었다. 김영생은 호구책을 찾아 국민학교 교사가 되었다. 선생 자리를 얻는 데에는 농림학교에 몇 달 다닌 이력이 큰 도움을 주었다. 5년 남짓 분필을 잡고 사는 중에 전쟁이 터졌다. 이화자는 다섯 살 한준을 들쳐 업고, 김영생은 닥치는 대로 이것저것 챙겨든 채 피란 행렬에 섞였다. 무턱대고 날마다 걸어대니 마침내 대구에 닿았다. 그때 김영생은 25세였다.

"어이, 이 봐! 올라 타!"

거리에는 군용 트럭이 다니면서 젊은 남자들을 마구 실었다. 중학생인지 기혼자인지 묻지도 따지지도 않았다.

"나는 제대한 지 두 달밖에 안 되었소!"

"지랄하고 자빠졌네! 나라가 망해 가는 판에 군대 두 번 가는 게 억울하다 소리가 나와? 이거 빨갱이새끼 아냐?"

김영생은 피난민 학교 교사로 일했다. 피난민 학교는 시내 한복판의 국민학교 마당에 설치되었다. 김영생은 절대 교정을 벗어나지 않았다. 그때만 해도 대구는 직할시도 광역시도 아니고 그저 경상북도 대구시였다. 당연히, 경북의 오지 산골이나 울릉도 이력이 있는 교사라야 진입할 수 있는 1급 근무지였다. 그래서 교사들의 연령이 매우 높았다.

"학교 굿은일 제가 다 하겠습니다. 숙직도 도맡겠습니다."

나이든 교사들이 하나같이 좋아했다. 숙직비가 별도로 지급되지도 않았지만, 늙은 교사들은 다들 대구 시내에 집이 있는 사람들이었다. 그들이 '아가씨가 슬피 우네, 이별의 부산 정거장!' 노래를 읊조리며 귀가한 뒤 김영생도 자신의 거주지인 관사 뒷방으로 와서 이화자에게 말했다.

"우리는 대구 시내에 집이 있는 것도 아니고, 그보다도 나는 학교 밖에 나가면 전장으로 끌려갈 위험이 높아. 늙은 선생들하고는 따지자면 서로 누이 좋고 매부 좋은 일이지."

가끔 군용 트럭이 학교 앞에 나타나거나, 군인들이 얼씬거리는 때도 있었다. 부지가 광활한데다 핸더슨관 등 큰 건물을 여러 채 거느린 대신동 계성학교가 통째로 군대 본부와 막사로 수용되고, 그곳에서 2군사령부가 창설되던 시절이었다.

"이곳 종로 국민학교는 군대 징발 대상에서 빠지기는 했지만, 그래도 군인들이 눈에 보이면 불안하기 짝이 없어."

"그렇다고 당신이 운동장에서 망을 볼 수는 없지 않나요? 내가 천막 밖에 앉아서 사방 망을 보다가 군복 색깔이 눈에 들어오기만 하면 재빨리 천막 안으로 알려줄 게요."

이화자가 천막 틈새로 얼굴을 들이밀면 김영생은 즉각 수업을 팽개쳤다. 그리고는 수업을 하고 있는 본관 교실로 뛰어들었고, 다른 교사와 아이들이 지켜보는 가운데 마루 아래로 기어들어갔다.

그렇게 살아가던 중 하루는, 1950년대 시골에는 전혀 없던 2층 계단을 보고 '좋아라!' 오르락내리락 하던 한준이 굴러 떨어지는 일도 생겼다. 제 어미가 갑자기 천막 안으로 들어가자 저도 덩달아 동작을 빨리하려다가 실족한 것이었다. 시절도 시절이고 돈도 없던 때라 제때 치료를 못했다. 지금도 장남 김한준 변호사의 왼쪽 눈썹 아래에는 희미한 흉터가 남아 있다. 그 흉터를 볼 때마다 옹은 아득한 옛날에 세상을 떠난 이화자가 생각난다. 오늘도 아마 김 변호사의 눈썹 아래 흉터와 마주치게 되면, 죽은 전처가 망을 보던 일이며 68년 전 둘째를 낳다가 영영 하늘나라로 가버린 그 날을 기억에 소환할 터이다.

김영생이 윤은주를 만난 것은 이화자가 죽고 5년이 흐른 1958년 3월이었다. 중등교원 자격시험에 붙어 읍 단위 중학교로 발령을 받은 그는 두 아들과 함께 관사 뒷방에 거주했다. 학교 옆은 읍사무소였고, 그 뒤에 교회와 고아원이 있었다.

3월 9일 신학년도 두 번째 일요일이었다. 그날 오후 윤은주가 앞장을 서고 한준이 제 또래 남자아이 하나와 어깨동무를 한 채 그 뒤에 나타났다.

"아버지! 새로 동무를 사귀었답니다."

"그래애? 전학 오자마자 동무를 만들었구나. 잘했다."

"그런데 아버지! 이 아이s 이름이 장동수인데요, 천재예요!"

"천재? 천재라고? 궁금하네!"

김영생이 호기심을 보이자, 한준이 신이 나서 떠든다.

"길에 있는 아무 꽃이나 풀에 대해 물어도 이름은 물론이고, 특징도 다 말해요. 식물 박사예요! 천재가 분명해요!"

장동수가 얼굴을 붉힌 채 쑥스러운 표정으로 서 있다. 눈빛이 반짝반짝하고 체형도 탄탄한 아이였다. 18세 처녀 윤은주가 13세 장동수의 엉덩이를 툭툭 치면서,

"맞아요, 선생님! 동수는 천재가 틀림없어요!"

하고 맞장구를 쳤다.

장동수는 윤은주와 같은 교회 고아원의 원생으로, 윤은주처럼 전쟁통에 부모를 잃었다. 김영생은 장동수를 중학교와 농업고등학교에 다닐 수 있도록 도와주었고, 장동수는 서른여섯이던 1981년 사립대학 원예과 교수가 되었다.

정식 교수가 되기 3년 전인 1978년 2월 어느 날, 모교인 국립농대에서 강사를 하고 있는 장동수가 김영생을 찾아왔다.

"선생님의 생신 잔치를 전국적으로 빛나게 할 수 있는 절묘

한 아이디어를 한 가지 궁리했습니다."

"그래? 머리 좋은 장 교수가 기획했다면 무조건 따라야지."

장동수가 자신의 생일 잔치를 온 나라에 현창하겠다고 말하자, 김영생은 장동수를 교수라 불러준다.

"아이고, 선생님도 별말씀이십니다. 저의 아이디어는….."

장동수가 기획안 초안을 내밀었다.

사업명 : 김영생 스승님 교육감 만들기 프로젝트
핵심 방법 : 국화 작품전
개요 : ○ 선생님께서는 국화를 아주 좋아하신다.
○ 마침 생신이 국화철이다.
○ 올해 교육장 되신 이래 첫 생신연을 맞이하신다.
○ 그날에 맞춰 원예 전문가인 장동수 박사가 국화 작품전을 교육청 마당에서 개최한다.
○ 서예전 같은 것은 흔하고 국화 전시회도 더러 엉성하게 있지만 국화 작품전은 온 국민이 처음 본다.
○ 사상 초유의 국화 작품들을 전시하면 언론과 대중이 몰려든다.
○ 앞으로도 매년 '스승의 생신을 축하드리는 국화 작품전'을 진행한다.
○ 교육적·문화적·농업산업적 의미가 두루 대단하기 때문에 국화 작품전은 전국적으로 크게 히트를 칠 것이다.
○ 국화 작품 판매 수익금을 스승의 노후 교육환경 개선 사업에 기부한다고 하면 국화 작품전 자체와 더불어 언론에 크게 보도된다.

○ 선생님의 전국적 지명도가 크게 높아진다.

장동수의 말대로, 그해 10월 19일은 김영생이 교육장 자리에 오른 뒤 처음 맞는 생일이었다. 당시 나라는 YH무역 여성 노동자 농성과 과잉 진압으로 인한 사망 사건, 야당 총재 김영삼에 대한 국회의원직 제명 등으로 온통 어수선했지만, 차기 교육감을 꿈꾸고 있던 김영생은 장동수의 제안이 마음에 쏙 들었고, 자신의 생일연에 큰 기대를 가지게 되었다.

"감이 바로 딱 오는 아이디어군. 즉시 준비에 착수해! 국화를 키우는 일이니 봄부터 시작해야 할 것 아닌가? 어려운 작업일 텐데, 장 교수가 감당을 해주겠다니 나야 그저 고마울 뿐이지."

그러면서 김영생이 자기 생각을 장동수의 기획안에 가미했다.

"국화전 개막일을 내 생일연 바로 다음날로 정해라. 나는 올해부터 생일 잔치를 집에서 가질 생각이다. 제자들이 5월 스승의 날마다 집으로 찾아오는데, 그 날짜를 내 생일날로 바꾸겠다는 뜻이지. 스승의 날에 찾아온 제자들이 생일에 또 찾아오는 일종의 이중과세를 없애겠다, 이 말이야! 어때? 교육자답지 않나?

나의 제자들 중에는 교육자들이 적지 않다는 점도 염두에 두지 않을 수 없다. 그 사람들에게도 스승의 날에 제자를 맞이할 수 있는 기회를 주어야 할 것 아니냐? 해마다 스승의 날에 나를 찾아오다가는 자신의 제자는 언제 보나? 안 그래? 내 생각이 어때? 교육자다운 발상이지 않나?

장 교수는 특별한 국화 작품 걸작 한 점을 전시회 개막 전날 내 집에 가져다 놓아! 전시회 전야제 겸 내 생일잔치를 하는 것이지만, 예술성과 창작성을 강조해서 작가를 부각하자는 뜻도 있지. 어때, 내 아이디어가!"

"아, 훌륭하십니다. 미처 그런 생각은 하지 못했습니다! 감사합니다, 선생님!"

그렇게 하여, 국내에 일찍이 없었던 격조 높은 국화 작품전이 열렸다. 장동수가 다양한 빛깔의 국화를 섞어 키워서 만들어 낸 기기묘묘한 형상은 참으로 대단했다. 거기에 교육적 의미까지 보태진 사실이 부각되자 국화 작품전은 언론의 엄청난 각광을 받았다. 장동수는 그 후 대기업의 창사 기념 행사용 작품을 주문받는 등 매년 교수 연봉 3~4배 수입도 올리게 되었다. 국화 작품전은 또 장동수가 정식 교수자리를 얻게 되는 데에도 큰 디딤돌 역할을 해 주었다. 이를 두고 누군가는,

"장동수, 머리 잘 썼네! 국화를 전시하는 수준이 아니라 작품전이다, 그냥 하는 것이 아니라 스승의 생신을 기념하여 연다, 사회적 의미를 다룬 상징적 작품을 창작했다 하면, 언론 플레이에는 금상첨화지!"

라고 비아냥대듯이 말했지만, 그 말을 전해들은 김영생은,

"속이 좁은 사람이군. 누이 좋고 매부 좋은 국화 작품전을 두고 왜 생각을 그렇게밖에 못해? 사람이 서로 도움이 되어야 인간관계가 지속되는 법인데 말이야. 부모자식 간이든 형제 간

이든 사제 간이든 이건 예외 없는 진리야. 나는 국화 작품전이 좋기만 한데!"
라면서 장동수를 두둔하였다. 그 이후로도 김영생은 국화 작품전만 생각하면 그저 흐뭇하기만 했다.

"티브이는 개막 직전일 내 생일에 공개된 첫 작품부터 보도했지. 본 전시회는 특집으로 방송했고! 신문들도 지면 가득 국화꽃으로 채웠어. 그러면서 '내년에는 어떤 작품을 볼 수 있을지 벌써부터 기대가 된다!' 식의 홍보까지 해주었지!"

윤 여사가 맞장구를 친다.

"맞아요! 언론도 그랬지만 나도 10월 19일이면 벌써 내년 작품이 궁금해졌어요."

옹이 고개를 끄덕인다. 윤 여사가 묻는다.

"올해는 어떤 작품을 볼 수 있을까요?"

옹이 대답한다.

"그걸 내가 어찌 알까? 작가 본인 외에는 아무도 모르는 1급 비밀인데…. 6시까지 기다리는 수밖에, 허허."

윤 여사가 생긋 웃으면서 말한다.

"사람들은 오늘이 당신 생신인 것만 알지 우리 결혼기념일이라는 것은 아무도 몰라."

말없이 옹이 고개를 끄덕인다. 이 이야기만 나오면 할 말이 없는 까닭이다. 생모 없이 자라고 있는 장남과 차남에 대한 안쓰러움 탓에 재혼일을 공개적으로 기념하지 못했다. 뒷날 장성한

두 아들이 그러지 마시라고 거론했을 때에도 김영생은 웃으면서,
"우리는 결혼식 없이 내 생일날 둘이서 혼례를 올렸으니 10월 19일만 성대히 기념하면 된다."
하더니 끝내,
"그때 너희들이 어머니께 듬뿍 선물도 드려라!"
식으로 얼버무렸다.

두 아들이 고개를 갸우뚱했지만 사실이 그랬다. '첫째는 한준, 준수한 첫째아들, 둘째는 재준, 준수한 둘째아들, 셋째는…' 하다 말고 '서준'이라는 이름 발설을 중단했던 그날이 바로 김영생의 재혼일이었다. 그날 '셋째' 소리에 놀란 윤은주가 눈을 동그랗게 뜨고서 따지듯이 물었었다.

"셋째? 셋째 아들 이름도 지어놨다는 거예요?"

김영생이 약간 더듬거리면서 대답했다.

"마, 만약, 세, 셋째 아들을 얻게 된다면, 서준, 그래, 준수한 셋째 아들이라는 뜻에서 서준이라고 부를 거야…."

윤은주가 다시 물었다.

"첫째는 '한', 둘째는 '재', 그 둘은 바로 이해가 되지만, 셋째하고 '서'가 무슨 관곈지는 짐작이 안 되어요."

"촌스럽잖아, '삼준'은? 그래서 '구슬이 서 말이라도 꿰어야 보배' 할 때 그 '서'를 딴 거지."

그 말을 들은 윤은주가,

"어머나, 아주 잘 지었어요!"

하고는,

"근데 아이가 둘이나 있는 홀아비한테 어떻게 셋째 아들이 생겨요?"

라며 김영생을 쳐다보았다. 김영생도 윤은주의 얼굴을 뚫어져라 바라본다. 약간 표정이 상기된 윤은주가,

"참, 오늘이 생신이라면서요? 한준이한테 들었어요."

한다. 김영생이 당황하여,

"생신은 무슨? 그냥 생일이지."

하자, 윤은주가 '깔깔' 웃으며 통통 튀는 목소리를 울려댄다.

"나는 열여덟, 선생님은 서른셋, 생신이지 않고?"

김영생의 얼굴이 침침한 빛으로 붉어진다. 하지만 윤은주가 바로,

"내가 생일 선물을 준비해 왔어용~!"

하니, 이내 낯빛이 본래대로 돌아오고 소년처럼 좋아한다.

"선물! 무슨 선물?"

그러나 김영생의 음성은 금세 밝은 기운을 반쯤 잃고 중얼거리는 듯한 말투로 가라앉는다.

"… 돈도 없을 텐데, 선물은 어떻게 준비했어?"

국민학교를 마친 뒤 6년째 고아원에서 잡일을 도맡아 하며 살아가고 있는 윤은주다. 김영생의 머릿속에는 문득,

"만 18세 넘는 원생은 법으로 지원이 안 된대요. 올해 안에 고아원서 나가야 해요. 미장원이나 양장점에 취직해서 몇 해 동

안 월급 못 받는 대신 기술을 배워야겠지요. 큰 공장에 입사하면 바로 돈을 번다던데, 빽이 없으니….”
라며 풀죽어 있던 어느 날의 그녀가 스치고 지나간다. 지난 3월 9일 재준이를 처음 보고는,
 "아유, 귀여워라! 몇 살?"
하다 말고, 생모가 죽고 다섯 해나 지났다는 사실을 알고는 저 혼자 돌아서서 눈물을 뚝뚝 흘리던 모습도 생각난다.
 그 후로도 윤은주는 재준이를 변함없이, 아주 귀여워했다. 열세 살 한준은 그녀를 누나처럼 따랐지만, 다섯 살 재준은 아주 엄마처럼 안겨서 지냈다. 그래서 윤은주는 지금도 재준이가 어디에 있느냐고 묻는다.
 "재준이가 보는 데서 주고 싶어요, 선물!"
 "그래애? 방에서 자는 모양인데. 녀석은 아침나절 뛰어놀고 오후엔 늘 낮잠이야."
 "보러 가요."
 과연 재준이는 새근새근 잠이 들어 있다. 처음에는 방 한가운데에 누웠던 성싶은데 차차 구석으로 옮겨간 듯하다.
 윤은주가 재준의 뺨을 살살 만지는 중에 김영생이 그녀를 뒤에서 뜨겁게 껴안는다. 윤은주가 엉덩이는 방바닥에 붙인 채 얼굴만 돌려서 남자를 바라본다. 언제 그늘이 있었느냐는 듯이, 활활 복사꽃처럼 바알갛게 달아오른 윤은주의 맨낯에 김영생은 눈이 부신다.

김영생의 긴 다리가 뱀처럼 윤은주의 가녀린 허리를 휘어감는다. 1958년 10월 19일 김영생의 33회째 생일날. 그렇게 열여덟 윤은주와 혼례가 이루어졌다. 이윽고, 윤은주가 값싼 은반지 두 개를 꺼내어 하나를 김영생의 손가락에 끼워준다.

"언젠가 이런 날이 올 줄 짐작했어요."

김영생이 남은 하나를 윤은주의 손에 조심스레 끼워주면서 화답한다.

"나도 그런 상상을 했었어. 그런데 선물은 준비를 못했네! 나도 은주 생일 때 할게."

윤은주는 은반지를 끼고 서준을 업은 채 고입·대입 검정고시에 합격하고, 1972년 방송통신대를 1기로 졸업한 뒤 이어서 4년제 야간 대학·교육대학원을 다니고, 국민학교 교사로 시작해 고등학교 교장으로 은퇴했다. 정년 퇴임 후 여성단체 회장도 지낸 그녀는 입지전적 여인으로 이름을 드날렸다.

그녀는 지금도 은반지를 끼고 있다. 아들이며 며느리들이 고가의 명품으로 바꿔주겠다고 해도 그녀는 고개를 저었다.

"내 평생이 서려 있는 인생 기념품이야. 이 은반지가 아니었으면 전쟁고아였던 내가 어떻게 잘 살아올 수 있었겠니?"

은반지는 김영생의 손에도 그대로 붙어 있다. 63년이나 된 오늘도 그것은 변함없이 그대로 있다.

"이 은반지가 아니었으면 아들이 둘이나 있는 가난한 홀아비 교사가 어떻게 그 둘을 키우고, 또 셋째아들도 얻고, 지금까지처럼 잘 살아 왔겠느냐?" 1980년 10월 19일 장동수는 은반지 형태의 눈부신 국화 작품을 내놓았다. 〈은반지〉는 전국 텔레비전과 라디오, 그리고 신문에 보도되어 온 나라를 뒤흔들었다. 아나운서는,

"감동입니다! 정말 감동입니다! 이건 진짜 순정 러브스토리예요! 세상에! 이런 러브스토리는 처음입니다!"
하며 연일 눈물 섞인 웅변을 토해댔다.

김영생과 윤은주는 인터뷰 공세와 생방송 출연으로 정말 눈코 뜰 새 없이 일 주일을 보냈다. 한 달은 지속될 것 같던 언론 조명이 7일 만에 끝난 것은 대통령 박정희가 중앙정보부장 김재규의 총격에 숨진 10·26사건 때문이었다.

시간 여유가 생긴 김영생은 장동수를 단골 룸살롱으로 불렀다.
"다 좋은데, 순정 러브스토리라는 말은 너무 낯 뜨거운 거 아니냐? 내 취미가 '룸싸롱' 출입인데 …."

"지금도 은반지를 끼고 계시니 현재적 사실이지 않습니까? 결코 과장도 허위도 아닙니다. 그건 그렇고 선생님! 당분간은 룸싸롱 출입시 조심을 해야 할 것 같습니다. 너무 얼굴이 알려졌습니다. 여태껏도 그래왔습니다만, 앞으로는 더 더욱 검은 선글라스를 벗으시면 안 됩니다. 복장도 계속 양복 아닌 화려한 캐주얼을 입으셔야 합니다. 텔레비전에 나가실 때 항상 정장을 하셨기 때문입니다. 그래야 흑백 텔레비전[2)]이나 신문에서 본 기억과 눈앞의 실물을 일치시키지 못합니다."

사실 며칠 전 장동수는 윤은주에게도 불려갔다. 40세 윤은주는 호텔에서 35세 장동수의 벗은 엉덩이를 툭툭 치면서,

"너, 참, 대단하다! 순정 러브스토리에 은반지 아이템이라니! 어떻게 그런 기발한 생각을 다 했니?"

하였다. 그러자 장동수는,

"이렇게 젊은 누님이 늙은 영감탱이하고 살고 있으니, 그게 안타까워서 궁리를 해본 거지. 영감 출세시켜서 부귀영화라도 누려보시라고!"

하며 '헤헤' 웃었다. 그러면서 장동수는,

"누님을 현진건 소설에 나오는 빈처로 만들 수는 없잖소?"

하였다. 윤은주가,

"현진건 소설의 빈처? 그건 또 무슨 말이야?"

하자, 장동수가 눈을 반쯤 감은 채,

"일단 내가 《빈처》 줄거리를 얘기해 볼 테니 들어 봐요."

하고는, 회상에 젖은 표정으로 낭송하듯 말을 시작한다.

"나는 일본 유학을 다녀온, 수입 없는 작가 지망생이다. 구식 여성인 순박한 아내는, 남편이 언젠가 잘 되리라는 믿음으로 살아간다. 나는 때로 밤이 하얗게 새도록 글을 쓰고 책을 읽는다. 아내는 존경과 기대를 가지고 나를 지켜본다.

일가에는 나와 나이가 같은 은행원이 있다. 사람들은 나와

---

2) 우리나라는 1980년 12월 1일부터 칼라TV방송이 실시되었다.

그를 한 도마에 올려놓고 말하기를 좋아한다. 나는 장차 거지가 될 놈이고, 그는 큰 돈을 만지게 될 것이라는 평가다.

장인 생신 잔치 때에도 나와 아내는 다른 친척들과 비교가 된다. 모두들 멋진 비단옷과 구두로 성장을 했는데 아내만은 그 집 하인처럼 여겨지는 차림새다. 나는 유쾌하지 않은 기분에 젖어 술을 연거푸 들이키고 혼자 취한다. 귀가한 아내도 잔치에서 마음의 상처를 받았는지, 그 간 하지 않던 말을 내뱉는다. 나에게 '돈 좀 벌어와요!' 한 것이다. 나는 화가 나서 '누가 나한테 시집을 오랬나? 너 같은 것은 예술가의 아내가 될 자격도 없다!' 하고 아내를 비난한다.

그 후 나는 폭언한 일을 뉘우친다. 그래서 '나도 곧 돈을 벌어서 당신한테 예쁜 신발도 사주리다!' 하고 말한다. 정겨운 말을 처음 들은 아내는 눈물을 흘리면서 '당신은 반드시 성공할 수 있어요!' 하며 나를 격려한다. 나와 아내는 뜨겁게 포옹한다."

"맞아. 그런 줄거리지. 그런데 소설의 가난한 아내하고 나 윤은주 사이에 무슨 상관 관계가 있냐?"

"하도 오래 된 일이라 생각이 안 날 거요. 내가 농고 2학년 때 현진건 소설 〈빈처〉의 줄거리를 적어오라는 국어 숙제가 있었어. 누님이 글솜씨라면 고아원은 물론 교회에서도 알아주지 않았소? 나는 식물은 잘 알아도 작문은 별로였고…. 그 숙제를 누님이 대신 해줬지. 세 살쯤 된 서준이를 업은 채 내 글을 써 주던 누님 모습이 지금도 기억이 생생해. 방금 말한 줄거리가 누님이 써준 내용 대략 그대로라오. 그 글로 학교에서 상을 받은 나는 그때부터 '돈 많이 벌어서 누님 잘 살게 만들어야지!' 하고 다짐했더랬지."

윤은주가 생긋 웃으면서,

"그때부터 나를 여자로 본 건 아니고?"

라고 묻고, 장동수가 얼굴을 붉히면서,

"그 나이 땐 유부녀는 쳐다보면 안 되는 줄 알잖아? 지금 생각해보면 참 순진했지."

"……?"

"만약 그 나이로 돌아갈 수 있다면 …….."

"……있다면?"

윤은주가 빤히 쳐다보자, 장동수가 피식 웃고는,

"에이! 아무튼! 해마다 작품을 잘 구상해서 도움이 되어 드릴 테니 기대하셔. 그게 나한테도 좋은 일이고!"

라면서, 뛰어난 국화 작품을 계속 제공하겠다고 다짐했었다.

"올해는 어떤 작품일까, 국화가 …?"

윤 여사가 또 남편에게 묻듯이 말한다. 옹 또한,

"어허, 그걸 내가 어떻게 알아? 6시가 되지 않으면 하느님도 알 수 없는 일인데 …."

라고 대답한다. 그가 '하나님' 아닌 '하느님'으로 발음하는 것은 아내가 성인이 된 후로는 교회에 다니지 않기 때문이다.

"작년도 그랬지만, 올해도 코로나 탓에 가든파티를 생략하게 되는군. 빨리 본래대로 돌아가야 할 텐데…. 내가 이 즐거움을 누릴 수 있는 날이 몇 번이나 더 있을는지….”

윤 여사가,

"또 그 말!"

하고는 화제를 바꾼다.

"생각할수록, 장 교수의 작품은 해마다 대단했다, 싶어요!"

"오래 되었어도 기억에 생생한 작품들이 많지!"

"1회 때에는 중년 여인이 우아하게 그려진 앙증맞고 뽀얀 도자를 노란 국화꽃들이 물안개처럼 에워싼 작품이었지요. 당신이 서정주의 〈국화 옆에서〉를 좋아하신다고 장 교수가 각별히 착상한 모티브였어요. 국화 작품도 제목이 〈국화 옆에서〉였고!"

"그랬지. 생각이 나. 그래도 장동수 본인은 〈은반지〉와 〈서으로 가는 달〉을 아마 평생 못 잊을 것이야.”

"그럴 거예요. 〈서으로 가는 달〉 때는 당신 아니었으면 … 장 교수는 불쌍하게 되었을지도 몰라요."

1987년 10월 19일 장동수는 하얀 국화가 휴전선 이남 전역을 비장한 이미지로 뒤덮은 작품 〈서으로 가는 달〉을 선보였다.

'서으로 가는 달'은 김영생이 좋아하는 서정주의 시 중 〈추천사〉에 나오는 '서으로 가는 달 같이는 / 나는 아무래도 갈 수가 없다'는 시구에서 따온 제목이었다. 작품 속 꽃들은 태백산맥·소백산맥·지리산·팔공산·월출산·가야산 등 고지대는 고지대대로, 한강·낙동강·금강·영산강·섬진강·호남평야·안계평야 등 저지대는 저지대대로 그 높낮이 차이가 고스란히 실감날 만큼 높고 낮게 자라 있었다. 삼면의 바다는 검푸른 잎사귀들로 어둡게 메워져 있었는데, 제주도·울릉도·독도·백령도 등 섬들은 약간 푸른빛 꽃으로 피어 있어서 뭍보다도 더 슬픈 느낌을 주었다.

'칼라' 텔레비전들은 당장 그날 밤 뉴스에 장동수의 국화 작품이 1월 4일 있었던 대학생 박종철 군 고문 치사 사건을 연상시킨다고 떠들었다.

그날 밤 김영생은 장동수를 룸살롱으로 불렀다.

"뉴스 보았나? 내일 신문들도 지면에 도배를 할 거다. 예민한 대통령 선거 국면에 왜 시사적이고 편향적인 작품을 내놓은 게야? 언론들은 서정주 시인의 '서으로 가는 달 같이는 / 나는 아무래도 갈 수가 없다'라는 시구를 네가 '우리나라의 민주주의는 아직 멀었다'는 의미로 재해석했다며 난리다! 도대체 어쩌자고 이 시국에 그런 작품을 발표한 게야?"

그러자 장동수는 조금은 쑥스러운 듯 두 손을 비비면서,

"이번에 김영삼이나 김대중이나 민주화운동을 한 쪽에서 당선이 되지 않겠습니까? 저도 역사발전에 조금이나마 기여를 해야 않을까 싶어서…."

라고 말하였다. 김영생이 벌컥 화를 낸 얼굴을 찌푸리면서,

"뭐가 어째? 한 자리를 하고 싶단 말이군! 총장? 장관? 정신 차려! 김영삼이 하고 김대중이가 후보 단일화를 할 같아? 그 사람들이 대통령병 환자들인 줄 몰라? 노태우가 될 게 뻔한데 어

쩌면 좋나! 경을 칠 게 자명한데!"

　장동수의 얼굴이 하얗게 질린다. 확실한 대선 결과는 12월 17일이 되어 봐야 알겠지만, 스승의 예언이 적중하면 끌려가서 고문당할 일이 눈앞에 선하다. 물고문을 당하고, 전기고문을 당하고, 몽둥이로 얻어맞아 온몸이 피투성이가 되고, 뼈가 부러지고 … 생각만 해도 끔찍하다.

　"내일 개막전을 하면 기자들이 벌떼같이 달려들 것이야. 오늘밤에 미리 문서를 준비해 두었다가 기자회견문 배포 형식으로 네 입장을 밝혀라. 내가 내용을 대략 말해보마.

　　예술가는 작품으로만 말해야 한다고 믿습니다. 감상자의 자유를 침해하거나 강요할 권한이 예술가에게 부여된 바는 없습니다. 그런 철학 때문에 저는 그 동안 작품에 제목만 부여했지 직접 해설을 한 적이 없습니다. 감히 외람된 말씀을 드리자면, 언론도 감상자의 자유를 지나치게 좌지우지해서는 안 된다고 생각합니다. 작품 실물만 보도하고 가능한 한 자의석 해석은 덧붙이지 않는 보도가 바람직하다는 것이 저의 소견입니다. 본인은 당분간 은거를 하고자 합니다.

　기자들이 질문을 퍼붓겠지만 아무 답변도 하지 마라. 말이 화를 낳는다. 그 후, 개표가 끝날 때까지 조용한 곳에서 휴양을 해라. 네 말대로 김영삼이나 김대중이가 이기면 공신 대접을 받을 테고, 내 말대로 노태우가 이기면 그렇게라도 해놓아야 변명할 여지가 있을 거 아니냐? 안 그래?

틀림없이 노태우가 되고, 또 틀림없이 잡으러 올 텐데…… 아, 좋은 생각이 떠올랐다. 며칠 내로 나한테 메모를 써서 우편으로 부쳐라. 대략 다음과 같은 내용으로…….

평생 데모만 하며 살아온 대통령병 환자 김영삼이나 김대중이가 당선되면 나라가 망할 것입니다. 그래서 올해 대표 작품을 하얀 조화로 덮었습니다. 그런데 사람들은 나의 작품이 그들의 편을 든 게 아니냐고 사시로 봅니다. 이를 어쩌면 좋습니까? 나라를 걱정하는 예술가의 순수한 마음을 정치적으로 곡해하는 이 사회가 싫습니다. 다시 찾아뵐 때까지 스승님, 부디 건강하십시오!

여차 하면 그걸 내가 저들에게 증거물로 제시할 테니까.”

실제로 장동수는 노태우 36.7%·김영삼 28.0%·김대중 27.0%·김종필 8.1%로 대선 개표가 끝난 다음날, 즉 12월 17일 오전에 검정색 양복 차림의 낯선 사내들에게 끌려갔다. 즉각 소식을 접한 김영생은 자신을 교육감 자리에 앉혀준 요로에 긴급전화를 넣었다. 장동수가 사전에 부쳐놓은 편지도 팩스로 전송했다. 두 시간 만에 풀려나온 장동수가,

"선생님! 끝없는 은혜를 어찌 잊겠습니까? 평생을 선생님의 도움 덕분에 잘 먹고 잘 살고 있으니, 정말 백골이 난망이라는 말이 그저 옛말이 아니라 저에게는 생생한 교훈이라는 사실을 뼈저리게 실감합니다."
라며 울부짖었다. 그 말을 들으며 김영생도,
"내가 네 덕분에 교육감이 되었으니 그 정도야 당연한 일인데, 뭘 그러느냐!"
하였다. 김영생이 그렇게 말하는 것은 세 번째 국화 작품전을 앞두고 있던 1980년 8월 28일의 일이 생각나서였다. 그 날도 대통령 선거 바로 다음날이었다.
조간신문을 펴니, 하얀 것은 종이, 까만 것은 몽땅 전날 실시된 대통령 선거 결과, 즉 전두환의 대통령 당선 기사였다. 대통령선거 유권자인 통일주체국민회의 대의원 2540명 중 2525명이 투표하였는데, 1표가 무효이고 나머지 2524명이 한결같이 전두환 단독 후보를 지지하여 무려 99.9%로 당선되었다는 내용이었다. 아무도 궁금하게 여긴 바 없던 선거 결과였으므로 기사 내용에 별 읽을거리가 있을 리 없었다. 이 면 저 면 곳곳에 시커멓게 박혀 있는

〈전국 경축 일색〉
〈역사의 새 장, 국민들 부푼 기대〉
〈과감한 부패척결 등 새 정치 보게 될 듯〉

〈폐습 물든 정치인에겐 정치 못 맡긴다〉
〈참신한 학계 인사 거론, 새 내각 누가 중용되나〉

등등의 제목들도 흥미를 자극하기에는 역부족이었다. 그런데 확 눈길을 끄는 박스 기사가 있었다. 너무나 좋아하는 서정주 시인의 '전두환 대통령 당선 축시'였다.

김영생은 그것을 즉각 모조지 전지에 직접 옮겨 적은 후 교육장실 출입문 앞에 게시했다. '친일로도 모자라 권력의 주구노릇까지 하는 자의 시를 커다랗게도 써 붙여 놓았군!' 하고 비아냥대는 삐딱한 기자도 있었지만, 제일 친하게 지내온 지역 일간지 편집국장은 그것을 석간에 크게 보도했고, 이어서 지역 라디오에 나오고, 지역 텔레비전에도 방송되었다. 드디어 사흘 후에는 텔레비전 전국 뉴스까지 탔다.

언론들은 김영생이 작년 〈은반지〉 국화 작품의 주인공이라는 사실을 온 국민들의 기억 속에 되살려내었다. 급기야 청와대 부속실에서 '당신이 〈은반지〉의 주인공이냐? 영부인께서 만나고 싶어 하신다'라는 요지의 전화를 걸어왔다. 청와대에 다녀오니 벌써 도내 전역에 '김영생이 교육감 된다'는 소문이 번져 있었고, 실제로 그 이듬해에 교육감 임명장을 거머쥐었다.

김영생은 장동수를 도 교육청 소재지에 있는 사립대학교 농과대학 원예과에 전임강사로 취직시켜 주었다. 당시는 신흥 아파트 단지 개발붐이 한창이었던 관계로 덩달아 학교 신설도 폭

발적 추세였는데, 때가 때인 만큼 김영생은 교육감 취임 이전부터 지역 국회의원이 소개한 적벽돌 회사 회장과 자주 만나게 되었다. 김영생의 부탁을 받은 적벽돌 회장은 자신과 호형호제하는 그 사립대학 이사장에게 장동수를 잘 말해주었다.

"1981년엔 교수 시켜주었고, 1987년엔 고문당하고 대학에서 쫓겨날 위기에서 구해줬으니, 당신은 장 교수의 스승이기도 하지만 평생의 은인인 것도 사실이죠."

윤 여사가 남편을 바라보며 말한다. 옹이 고개를 끄덕인다. 윤 여사가 다시 말을 잇는다.

"장 교수가 국화 작품전 아이템을 개발해서 당신한테 도움이 되기도 하고, 그 이후로도 성심껏 잘해온 것도 사실이고요."

"그건 그렇지. 그 녀석만한 제자도 사실 드물지."

여사가 조금 전에 했던 말을 또 되풀이한다.

"오늘은 장 교수가 어떤 국화 작품을 선보이려나 …?"

하지만 남편으로부터 '그걸 내가 어떻게 알아?' 소리를 반복해서 들은 탓인지 이번에는 혼자서 중얼거리는 수준이다. 옹도 지그시 눈을 감은 채 잠깐 휴식 삼아 회상에 빠져든다.

"감님! 앞으로 이 도시선 여가생활을 즐기실 수 없습니다."

적벽돌 회장이 그렇게 말하면서 웃고 있다.

"아니, 그게 무슨 말이오?"

김영생이 반문하자 적벽돌 대신 장동수가 받아서 말했다.

"어휴, 교육감님께서도! 날마다 텔레비전에 나오시니 어디를

가도 다 알아봅니다. 교육장 때랑은 전혀 다릅니다. 이제 어쩌시렵니까? 자칫하다가는 그 다음날 신문에 어젯밤 행적이 기사화될 겁니다."

교육감 취임식 당일 저녁 식사자리에서 주고받았던 말이다. 그렇구나, 싶어서 김영생이 쓴 입맛을 다시자 적벽돌 회장이,

"곧 진짜 취임 축하연 자리를 제가 모시겠습니다. 도내는 물론이고 인근 직할시(현재의 광역시)까지 최고위직 인사들은 모두 제가 모시고 있지 않습니까? 오늘처럼 밥만 먹어서야 진정한 축하연이라 할 수 없지요."

하였다. 무슨 이야긴지 감을 못 잡은 김영생은 그냥 고개만 끄덕끄덕했었다.

사실 장동수는 스승이 차기 교육감으로 내정되었다는 사실을 알게 된 순간 '다 좋은데 한 가지가 걱정이네!' 하고 고민에 빠졌다가, 급기야 적벽돌을 찾아갔었다. 김영생의 심부름을 도맡았던 장동수는 나이가 같은 적벽돌과 급격히 친해져 있었다. 장동수가,

"룸싸롱 출입이 취미인 스승님께서 이제 사는 낙이 없을 텐데 어쩌면 좋겠나? 그 동안 나랑 함께 아가씨 붙들고 음주가무를 즐긴 것만 해도 수를 헤아릴 수 없는데!"

하자, 적벽돌은,

"그런 건 나한테 맡겨라! 내가 기업 회장이기도 하지만 도내 관변단체 협의회 회장 아니냐! 도지사, 국회의원, 시장·군수·구청장, 지방 검사장·경찰청장·법원장, 국·사립대학 총장 등등 모

두 내 술친구들이다! 얼굴 팔릴까봐 겁나고, 술값도 아깝고 … 그런 작자들이 사실은 제일 다루기가 쉽지! 그도 그렇지만, 교육감쯤 되는 양반이 동네 룸싸롱에 드나들면 안 되지!"
했었다. 적벽돌의 말은 김영생이 자신의 관리대상으로 신규 등록되었다는 의미였다. 그 말을 듣고 장동수가,
"역시 귀하는 예의를 아는 멋진 사업가야!"
하고 적벽돌에게 찬사를 보내었다.
취임식 며칠 후 토요일 오후 6시, 김영생은 적벽돌이 직접 운전하는 외제 승용차에 실려 산맥을 넘었다. 평소 멀다고만 생각해온 도청 소재지였지만 실제로는 두 시간밖에 안 걸렸다.
그래도 기업 회장이 운전하는 게 미안스럽게 느껴져 김영생이 한 마디 하였다.
"장 교수를 운전시켰으면 좋았을 텐데 …."
그러자 적벽돌이 돌아보지 않고 도로 전방만 주시하면서,
"감님! 제가 이렇게 직접 운전을 하는 것은 감님을 모시는 중이기 때문입니다. 일반 기업가들과 동행할 때는 당연히 기사가 운전을 하지요. 이제는 예전과 달리 생각하셔야 합니다. 오늘 같은 이런 여행도 장 교수는 알지 못해야 합니다. 너무 많이 아는 사람이 있으면 감님께 도움이 안 됩니다."
하였다. 대략 이해가 되는 말이다. 김영생은 고개를 끄덕이는 것으로 적벽돌의 충고에 대답을 보냈다.
적벽돌은 특별 예약을 하면 서울에서 초짜 여자 연예인들이

달려와 시중을 드는 곳으로 김영생을 안내하였다. 1인당 입장료가 교육감 월급의 1/2이었다. 학교 신설 등 대규모 예산이 소요되는 사업은 모두 도 교육청 본청이 직접 수행하는 바람에 군 단위 교육장으로서는 이런 대접을 받아본 적이 없었다.

다음날 아침, 오찬을 하면서 적벽돌은 김영생에게,

"앞으로도 한 달에 한 번씩은 이렇게 휴양지로 모시겠습니다! 약속드립니다!"

하며 싱긋 웃었다. 김영생도 약간 계면쩍게 웃으면서, 어젯밤 술잔을 주고받을 때 그가 한 부탁을 들어주겠노라 하였다. 자기 친구가 이사장인 어느 사립고등학교 건물이 6·25 직후에 지어져 너무 노후되었으니 전체를 적벽돌 건물로 산뜻하게 재건축할 수 있도록 도와주십사는 요청이었다.

두 사람은 고교 평준화가 실시된 지 40년이 넘었는데 아직도 일부 학생들이 불평등한 차별을 받고 있다고 개탄하면서, 그 학교 개축은 학생 안전과 교육환경 개선을 위해 시급히 추진되어야 한다는 데에 의견 일치를 보았다.

오후 들어 집에 오니, 윤은주가,

"요일도 없고, 출장 때문에 외박도 해야 하고, 나이도 들어가는데 건강에 좀 신경을 써야겠어요."

하고 잔소리 아닌 잔소리를 했다. 또 56세 남편을 유심히 바라보며,

"사람이 밤새 더 젊어진 것 같아?"

라는 말도 하였다. 가슴이 뜨끔해진 김영생이 마른기침을 하며,
"그게 무슨 흰소리야? 출장 다녀와서 피곤하니 좀 쉬겠어."
하고는 안방으로 사라졌다. 그는 정말 피곤했다. 60을 바라보는 늙은 남편의 뒤통수를 응시하던 41세 윤은주의 머릿속에는 문득 어젯밤 36세 장동수가,
"누님은 여전히 20대 같아!"
하고 아양을 떨던 일이 떠오른다. 그녀가 살짝 얼굴을 붉히며 남편의 양복 상의를 옷걸이에 건다.
"그런데 어째 옷도 어제보다 더 깨끗하네?"
옷에서는 아무 냄새도 나지 않았다. 여자 냄새는 물론 술 냄새도 전혀 없었다.
김영생이 아침에 일어났을 때 와이셔츠는 물론 양복까지 깔끔하게 세탁되어 걸려 있었다. 아가씨는 사라지고 없었다. 환할 때는 대면을 하지 않는 것이 '이 바닥 예의'라고 했다.
아무튼 그날 오후 김영생의 옷은 깨끗하고 깔끔했다. 오늘도 그렇다.
"우리 아버님, 역시 베스트 드레서! 짙은 바다빛깔 검푸른 양복과 연분홍 진달래 무늬 넥타이! 대한민국에서 이 정도 코딩을 소화해낼 수 있는 어르신은 우리 아버님뿐이실 걸!"
맏며느리의 목소리다. 5시 30분이 된 것이다. 예정되어 있던 시각에 떡 맞춰서 도착했다. 둘째며느리의 음성 또한 간발의 오차도 없이 정확하게 뒤를 잇는다.

"노고가 많으셨죠, 아버님, 어머님, 죄송해요!"

옹이 두 며느리를 향해 말한다.

"바쁜 너희들이 아침저녁 두 번이나 여기에 오느라 노고가 많구나! 잠시라도 앉아서 쉬어라. 이제 십 분 후면 손님들이 한꺼번에 밀어닥칠 테니."

옹이 가리키는 소파 끝에 두 며느리가 앉는다. 두 아들도 건너편에 나란히 앉는다. 옹이 96세나 되고 윤 여사도 81세나 되다 보니 아들들과 며느리들도 나이가 만만찮다. 변호사인 장남 한준은 76세인데 지금도 현직으로 뛰고 있고, 차남 재준은 68세로 대학에서는 정년을 했지만 도청 등의 여러 위원회에서 자문역을 맡아 밥 먹으러 다니느라 바쁘기는 현직 때 이상이다.

소아청소년과 의사인 맏며느리 이현경은 72세이지만, 남편처럼 여전히 현직으로 개업의 활동을 하면서 한때 시어머니 윤 여사가 이끌었던 여성단체 회장도 맡고 있다. 65세인 둘째며느리 한명희는 적벽돌의 막내 여동생인데, 3년 전까지는 사립 고등학교 교장이었고 그 이후는 준재벌급 유통 회사의 슈퍼체인 대형지점 사장이다.

아무도 눈여겨보지 않지만, 이 집에서 가장 젊은 59세 셋째 며느리 윤정희는 여전히 현관 입구에 서 있다. 어쩐지 그녀는 지금도 초조해 보인다. 남편 서준이 함께 있는데도 얼굴빛은 변함없이 불안한 기색으로 가득 차 있다. 이 집 셋째아들인 서준은 도 교육청 교육국장으로, 관선 교육감 아버지에 이어 민선

교육감 아들이 탄생한 가문을 만들어내라는 김영생의 압박에 10년째 시달리고 있는 중이다.

드디어 작가 장동수가 입장하고, 다른 제자들도 줄을 지어 들어온다. 6시 정각, 웅장한 괘종시계가 사람들의 영혼을 뒤흔드는 듯한 악음을 '웅웅' 울린다. 누군가가 감탄조로,

"성덕대왕신종 소리를 저장해 놓은 모양이야!"
하자, 아직도 귀가 밝은 김영생이 그 말을 듣고,

"시계 준 사람은 에밀레종 소리라던데 …?"
하고 혼잣말로 중얼거린다.

행사는 매년 진행되어 온 대로 클라리넷 축하 연주, 성악가의 축하 노래, 시인의 축시 낭송, 스승님의 약력 소개 순서로 펼쳐진다. 박수가 요란하게 터진 뒤, 드디어 김영생의 인사 말씀이 시작된다.

"지난 어려움을 오늘의 디딤돌로 삼아 항상 현재를 즐기면서 미래를 준비하는 긍정적 마인드, 오늘도 나는 그것을 여러분들에게 강조하는 바일세. 아모르 파티! 운명을 즐겨라! 그러한 인생관을 체화하여 뱀처럼 지혜롭게 살아가는 여러분들이 되기를 기원하는 것이지. 스스로의 성공이 곧 나 같은 앞세대가 온몸을 던지고 희생함으로써 수호하고 발전시켜온 조국의 미래를 보장하는 왕도임을 항상 가슴 깊이 명심하고 …."

연설이 계속되는 중에 윤 여사는 '또 그놈의 뱀!' 하며 남몰래 남편을 비웃는다.

이윽고 장동수가 계속 말씀 중인 김영생 옆으로 다가선다. 국화가 피어날 시각이 임박한 것이다. 김영생의 말이 끝나고 장동수가 하얀 무명천을 조심스레 벗겨낸다.

아 - !

사람들의 탄성이 공기 속으로 아찔하게 스며든다. 기자들이 앞다투어 사진을 찍는다. 한 여인이 작은 두 주먹을 불끈 쥔 채 약간 위쪽 하늘을 정면으로 응시하고 있다.

"《빈처, 그 이후》, 작품 제목입니다. 작품 아래 받침대도 《빈처, 그 이후》라는 제목의 책 쉰아홉 권입니다. 올해는 예년에 없었던 특이한 받침대가 설치되었습니다."

장동수가 그렇게 발표를 하고 자리로 돌아와 앉는다. 사람들은 예년과 달리 오늘만은 해설이 필요하다고 느낀다. 《빈처, 그 이후》 밑의 작품 받침대가 쇠도 나무도 아닌, 59권의 책이기 때문이다. 그때 윤정희의 남편 서준이 《빈처, 그 이후》 앞에 선다.

"본래 매년 오늘 발표되는 장동수 작가님의 국화 작품은 어느 해에도, 그리고 어느 누구도 사전에 그 내용을 알지 못했습니다. 그러나 올해만은 2월부터 제가 알고 있었습니다. 사상 최초로 제가 작가님께 부탁을 드렸기 때문입니다."

사람들이 서로 쳐다보며 놀란 눈빛을 주고받는다.

"올해 2020년은 현진건 선생께서 《빈처》와 《술 권하는 사회》를 발표하신 지 100년 되는 해입니다. 다들 아시는 바와 같이, 선생은 한국 현대문학 초창기의 걸출한 선구자일 뿐만 아니라,

일장기 말소 의거를 일으킨 독립유공자이기도 합니다. 하지만 대구의 생가도, 서울의 고택도, 시흥의 묘소도 남아 있지 않습니다. 그 흔한 문학관도, 물론 없습니다. 관계 기관과 문학인들의 관심이 필요합니다."

사람들이 소리를 내지는 않지만 '쯧쯧' 하고 혀를 차는 분위기가 거실을 가득 메운다.

"사람의 인생은 그때 그때의 욕망에 휘둘려 허겁지겁 살아가는 경우가 보통인 것 같습니다. 겉으로는 모두들 '사회적 인간'을 표방하지만, 실제로는 욕망을 충족시키기 위해 서슴없이 공동체에 위해를 끼치는 공범이 되기도 합니다. 지나고 나면 그저 부질없을 뿐인 욕망에 갇혀 하나밖에 없는 자신의 소중한 삶의 시간들을 소모하는 것이지요.

그에 비해 훌륭한 정치가, 과학자, 철학자, 역사가, 예술가들은 창조적이고 주체적인 삶을 영위함으로써 인간다운 생의 가치를 대중에게 보여줍니다. 〈빈처〉의 남편도 가난하지만 그런 목적의식을 가지고 살아가는 실존의 예시일 것입니다.

하지만 〈빈처〉의 아내는 비록 선량한 인물이기는 하지만 남편의 입신출세를 바라며 수동적으로 살아갑니다. 소설은 부부가 앞으로 행복하게 살아가리라는 희망을 주면서 끝나지만, 실제 현실이라면 어떨까요?

루쉰은 〈인형의 집〉의 노라가 굶어죽었거나 사창가로 갔을 거라고 말했습니다. 〈빈처〉의 아내는 집을 나가지 않았으므로 그렇게까지 극단적으로 예단할 이유는 없겠지요. 하지만 저는, 소설 속 남편의 인생은 사회적 가치 속에서 활짝 피어날 수 있겠지만, 아내의 삶은 그렇게 낙관적이지 못하다고 생각합니다. 주체적이지도 창조적이지도 못하기 때문입니다."

사람들의 눈이 서준의 얼굴에 가지런히 꽂혀 있다.

"이 집 셋째며느리이자 못난 저를 남편으로 둔 윤정희가 지난 9년 동안 각고의 절치부심 끝에 오늘 《빈처, 그 이후》라는 소설책을 발간했습니다.

그 동안 윤정희는 〈빈처〉의 아내처럼 오직 남편인 저만 바라보며 살아 왔습니다. 당사자인 저는 그 점이 매우 안타까웠고, 솔직히 부담스럽기도 했습니다. 오늘 저는 작품의 완성도를 떠나, 59세 윤정희가 소설을 써서 책으로 펴냈다는 사실 자체에 한없이 높은 가치를 부여하며, 또 더 이상 말로 표현할 수 없는 뜨거운 경의를 가집니다."

사람들의 시선이 이제는 일제히 윤정희의 얼굴에 뜨겁게 맞닿아 있다.

"올해의 국화 작품을 보십시오. 한 여인이 작은 두 주먹을 꼭 쥔 채 앞을 응시하고 있습니다. 제목이 〈빈처, 그 이후〉입니다. 여러분! 주체적이고 창조적인 가치관으로 스스로의

100년 뒤에 쓴 〈빈처〉 181

내면을 다진 당당한 여성의 모습이 훌륭하게 형상화된 걸작이지 않습니까? 윤정희의 소설도 그런 주제와 서사를 담고 있습니다. 저는 윤정희가 앞으로 더욱 힘차고 아름다운 가치를 이 세상과 자기 자신에게 선사하게 되리라 굳게 믿습니다. 저는… 윤정희의 남편이라는 사실이 너무나 자랑스럽습니다!"

박수가 쏟아진다. 본론을 마친 서준이 '사실 이 말은 윤정희 본인이 해야 마땅한데, 오늘만 저에게 대신해 달라고 부탁했습니다. 내일부터는 모든 것을 자기 스스로 맡겠다고 하면서 말이죠!'라고 부연하는 마무리 말을 덧붙인다. 또 다시 박수가 터져 나온다. 어떤 여성 참석자는 환호를 지르기도 한다.

김영생이 윤은주를 보면서,

"베스트셀러 되겠는데! 아주 기가 막히는 홍보 작전이야! 교육감 선거운동으로도 이보다 효과적인 방법은 있을 수 없을 게야. 직선제에서는 여자 표가 반이 넘어! 서준이 저 놈, 역시 머리가 좋아!"

하며 빙그레 웃음을 짓는다. 윤은주도,

"나는 막내며느리를 좀 유별난 사람으로 생각해 왔어요. 나랑 종씨인데 왜 저렇게 의기소침할까 …? 그런데 오늘 서준이 말을 들어보니 유별나고 의기소침한 게 아니라 어느 누구보다도 멋진 삶의 길을 선택했구나 싶네요."

라고 화답한다. 김영생도 덩달아,

"나도 막내며느리가 저렇게 속이 깊은 줄은 미처 몰랐어. 오늘 보니 아주 면모가 남다르구먼!"
하는 말로 맞장구를 친다. 이어 윤은주가,
"나도 글 좀 썼으니, 계속 그 길로 나아갔더라면 좋았을 텐데 … 이젠 후회해도 너무 늦어버렸어!"
하면서, 멀찍이 서 있는 윤은주에게 따뜻한 눈빛을 보낸다.
서준의 행사 마지막 안내 말씀이 이어진다.
"읽은 지 오래 되어 《빈처》의 내용이 흐릿하게 기억나시는 분들도 계실 듯합니다. 《빈처, 그 이후》에 앞서 《빈처》를 먼저 읽어보시면 좋겠습니다. 편의를 위해 《빈처, 그 이후》 권두에 《빈처》를 수록해 두었습니다. 참고로 말씀드렸습니다."
그때 윤정희는 사람들의 주목에 파묻혀 정신이 황망한 중에 《빈처》의 마지막 문장을 떠올리고 있었다.

'부부가 서로를 바싹 안았다. 그 다음 순간에는 뜨거운 두 입이 …. 그의 눈에도 나의 눈에도 그렁그렁한 눈물이 물 끓듯 넘쳐흐른다.'

윤정희가 서준을 바라본다. 눈물이 왈칵 솟아오를 것 같은 낯빛이다.
내가 사랑하고, 나를 사랑하는 남자, 좋은 사람 김서준!
그녀가 천천히 서준을 향해 나아간다. (끝)

> 김미경의 '중국 이야기' 4

기차가 발달된 중국여행 이야기 1

중국은 세계에서 네 번째로 넓은 나라이다. 남한의 94배, 한반도의 47배 정도로 크다. 그래서 그런지 비교적 교통이 발달되어 있는데, 그 중에서도 철도가 잘 발달되어 있는 편이다. 열차를 이용하면 남으로 동남아시아, 북으로 러시아, 서로 카자흐스탄과 인도에 갈 수 있다. 물론 엄청 많은 시간이 들지만 말이다. 인구가 2,200만(생활하는 인구는 3000만 이상)인 베이징에만 기차역이 11개(北京站, 北京东站, 北京南站, 北京西站, 北京北站, 北京朝阳站, 大兴机场站, 北京大兴站, 清河站, 北京城市副中心站, 北京丰台站)나 있다. 역도 대부분 규모가 큰 편으로, 내가 자주 이용하는 베이징시짠北京西站을 보면 플랫폼이 20개나 있다.

중국 기차는 가오수동처주高速动车组(고속 빠른 기차, 350km/시), 동처주动车组(빠른 기차, 300~350km/시), 청지동처주城际动车组(도시 간 전동차, 300km/시), 즈다터콰이直达特快(직행 특급, 160km/시), 터콰이特快(특행, 140km/시), 콰이수快速(쾌속, 120km/시), 푸통뤼커콰이처普通旅客快车(=普快, 보통열차, 120km/시 이하) 등이 있다. 이 구분은 기차표에 알파벳 약자로 표시되어 있다.

동처动车는 1등칸, 2등칸과 비즈니스석이 있고, 그 외의 대부분의 기차는 네 종류의 좌석이 있다. 잉쭈어硬座(딱딱한 의자)는 예전 대합실 의자처럼 플라스틱으로 된 움직이지 않는 의자이고, 루안쭈어软座(푹신한 의자)는 푹신하고 뒤로 밀어지기도 하는 한국의 기차 같은 의자이다. 잉워硬卧(딱딱한 침대)는 딱딱한 침대칸으로 문이 없는 3층으로 되어 있으며, 루안워软卧(푹신한 침대)는 푹신한 침대칸으로 2층으로 되어 있고 4명이 안전하게 잘 수 있는 칸에 문이 있어 잠글 수도 있다. 찬처차쭈어餐车茶座(식당차)는 식당칸이다.

참! 2층 기차도 있다. 저렴하게 가려면 잉쭈어硬座를 타야 하지만, 오랜 시간을 견디기가 쉽지 않다. 물론 기차에는 화장실, 세면실, 뜨거운 물이 배치되어 있다. 기차에 뜨거운 물이 준비되어 있으니 컵라면이나 커피 같은 것을 먹을 수 있으며, 식사 시간이 되면 도시락을 판매하는 카트가 다니고 간식꺼리를 판매하는 카트도 수시로 다닌다.

기차 요금의 경우, 합리적인 면이 많다. 침대칸으로 예를 들면, 3층 침대에서 상, 중, 하칸에 따라 가격이 다르고, 2층 침대의 경우도 그렇다. 실제 가격 면에서도 그렇다. 베이징에서 상하이(1463킬로이며 15시간정도 걸린다)로 가는 T109车의 잉쭈어硬座 가격은 177.5위엔, 잉워硬卧의 상(3층)은 299.5위엔, 중(2층)은 304.5위엔, 하(1층)는 309.5위엔, 루안워软卧의 상(2층)은 476.5위엔, 하(1층)는 486.5위엔, 고급 루안워软卧는 879.5위엔이다. 한국의 KTX에 해당하는 동처动车에는 좌석 칸만 있는데, 1등석, 2등석, 비즈니스석으로 구분되어 있다. 어떤 좌석으로 갈지 결정이 났을 것이다. 중국 기차표는 신분증 하나에 한 장만 구입할 수 있다. 기차표에 신분증 번호가 찍혀 있어서 암표를 유통할 수 없다.

중국의 기차역에는 짐을 좌석까지 옮겨주는 유료 서비스가 있다. 이것을 이용하면 자리까지 짐도 옮겨주고 게다가 긴 줄도 서지 않고 직원 통로로 직행할 수 있다. 하지만 유료서비스이니 생각해 보고 이용하는 것을 권한다. 약 만원 정도인데 긴 줄을 서기 싫거나 짐이 많을 때는 편리하긴 하다. 내렸을 때도 마찬가지로 택시나 차까지 유료로 짐을 옮겨주는 사람이 있다.

한 가지 유의할 점은 기차를 타려면 좀 일찍 가야 한다. 우리나라와 다른 점은 대합실에 들어갈 때 1차 신분증 검사와 가방 검사를 한다. 들어가서 기차표를 찾고 플랫폼을 확인하고 해당 플랫폼에 줄을 서 있어야 한다. 출발 시간 몇 분 전에 오픈하며 출발 시간 5분 전에는 들어갈 수 없기 때문에 일찍 서둘러야 한다. 게다가 대부분 큰 도시의 기차역은 엄청 넓은 편이라

대합실 안에서도 기차까지 한참을 걸어야 할지 모른다.

대구에서 서울까지 거리가 360킬로 정도이니, 이 점을 비교하며 중국의 거리를 가늠해보면 될 것 같다. 지도를 보면 베이징에서 광동성까지 직선거리가 1,980킬로

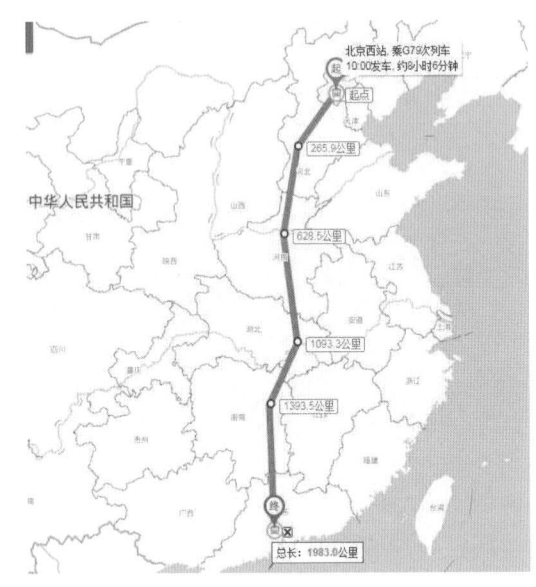

이다. 베이징에서 비교적 위쪽 끝에 위치하는 하얼빈까지의 거리가 1,300킬로라고 보면, 위에서 아래가 3,500킬로쯤 될 것으로 보인다. 물론 오른쪽에서 왼쪽은 거리가 훨씬 더 길다.

중국의 기차(침대칸의 경우)는 방송이 나오지 않는다. 그렇다면 내가 내리는 곳을 어떻게 알 수 있을까? 필자 본인이 맨 처음 침대칸을 탔을 때 당황했던 일을 하나 소개하려고 한다. 처음 침대칸을 타고 여행했을 때는 8시간 정도 타는 곳이었는데 낯설기도 하지만 '어떻게 내리지?' 하는 불안감에 걱정이 되기 시작했다. 침대칸을 타면 승무원이 차표를 바꾸러 온다. 내 종이 차표를 가져가고 플라스틱 표를 주는데, 내가 내릴 때가 되면 다시 와서 플라스틱 표를 종이 기차표와 바꾸라고 한다. 내리라

고 알려주는 것이다. 이 사실을 몰랐던 나는 첫 여행에서 걱정이 되어 8시간을 잠도 못 잤던 기억이 있다. 두 번째 여행부터는 침대칸에 타면 맘껏 잤다. 기차를 한번 타고 나서 보니 처음 했던 내 걱정이 괜한 기우였다는 생각이 들었다. 기차가 밤새 달리는 경우가 많기 때문에 밤늦게도 새벽에도 도착하고 사람들이 내리고 타는 경우가 있다. 도착 방송을 하면 자던 사람에게 방해가 되니 이런 방법을 고안한 것이다. 나름 총명한 방법이다.

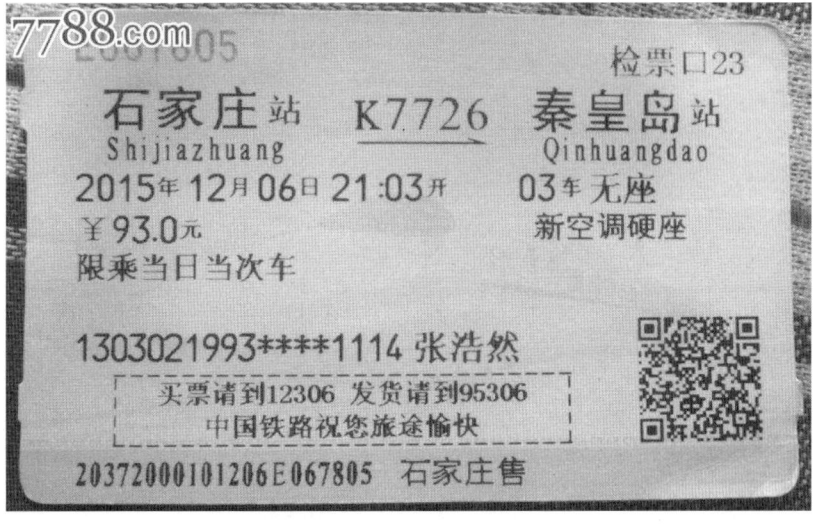

실제 기차표를 보며 공부 좀 해 보자. 석가장石家庄에서 진황도秦皇岛까지 가는 기차표인데, 열차 번호가 K7726이고 표 검사하는 입구檢票口가 23번이다. 이 기차 번호로 플랫폼을 확인해야 한다. 2015년 12월 6일 21시 3분에 출발하는 기차이고 표 가격은 93위엔이다. 3호차인데, 입석无座이다. 에어컨空調이 있는 잉쭈어硬座칸이다. 입석이라도 다른 열차에는 갈 수 없다. 특히 침대칸에는 들어갈 때 표 검사를 하기 때문에 이동도 되지 않는다. "13030……1114"는 신분증 번호이고 그 옆 "張浩然"은 이름이다. 제일 아래 번호는 표의 번호인데, 교환이나 환불을 할 때 필요하다.

이제 중국에서 기차를 탈 일이 있으면 잘 할 수 있으리라 생각된다. 중국에서 기차표는 한 사람이 한 장만 살 수 있기 때문에 만약 10명이 간다면 10장의 신분증이 필요하다. 물론 외국인도 여권으로 기차표를 구매할 수 있다. 지금은 한국처럼 인터넷으로 구매할 수 있지만 그렇더라도 한 장만 구매가 가능하다. 기차를 타면 식사 시간이 되면 도시락을 실은 카트가 밥을 팔고 중간중간 간식거리를 실은 카트가 지나가고 식당칸이 별도로 있기도 하니 거기서 먹고 싶은 것을 사먹으면 되니 배고플까봐 걱정하지 않아도 된다. 필자인 제가 탔던 가장 긴 시간의 기차 여행은 산서성 태원시에서 강서성 감주시까지 30시간이었다. 자고 일어나도 놀다가 봐도 아직도 더 가야 하다니....... 기차에서 4끼를 먹고 간식을 엄청 먹고 했던 기억이 난다. 힘들었지만 다시 가고 싶네. 그립다.

(정웅택의 '통일 이야기' 4)

통일을 위한 안보적인 교육현장, 고성

    강원도 고성군은 한반도 동해안에 있다. 1945년 8·15 해방과 동시에 38도선이 그어지면서 38도선 이북에 존재하는 관계로 전체 구역이 북한 지역으로 소련군정 영역에 편입되어 북한 지배하에 들어가게 되었다. 6·25 전쟁이 정전으로 끝나면서 한국령 황해남도와 개성시를 **빼앗기는**(점령) 대신에 장전항(금강산)을 제외하고는 고성의 상당수가 남한령으로 수복되었다.

    고성은 전쟁과 휴전으로 인한 남북분단의 영향인지 몰라도 대한민국과 조선민주주의인민공화국 양쪽 모두 같은 이름의 행정 구역으로 되어 있다. 대한민국 강원도 고성군의 군청 소재지는 간성읍이고, 조선민주주의인민공화국 강원도 고성군의 군청 소재지는 고성읍(구 장전읍)이다. 고성은 남(664.55㎢)과 북(518.56㎢)의 면적 차가 크지 않아서 남북이 거의 절반 정도를 각각 나누어 가졌다.

    기후는 태백산맥이 북서계절풍을 막고 높새바람이 기온을 상승시키며, 연안 해류의 영향으로 같은 위도의 다른 지방보다 온난하여 북한에서는 가을과 겨울에 비가 많이 오는 지역이다. 철도는 한때 원산부터 부산까지 잇는 동해선의 일부인 동해북부선이 일제강점기 말 개설되어 초구역, 제진역, 현내역, 거진역, 간성역, 공현진역, 문암역, 천진리역으로 다녔다. 철길은 한국전쟁으로 대부분 구간이 소실되었고, 현재는 모두 사라진 상황이다. 분단 이후 남은 철도는 2006년에 복원한 현내면 사천리에 있는 제진역뿐이다. 개통된다 하더라도 북쪽의 북한 방향으로만 선로가 놓여 있고 남쪽으로는 이어지는 선로가 없기 때문에 여객 영업은 할 수 없는 고립된 역이다. 남·북한 정부 사이에 해빙무드의 정치적 결단으로 철도가 연결되기를 기다려 본다.

고성의 화진포 호수 주변에는 3개의 안보적 별장이 있다. 첫째, 화진포의 성으로 알려진 일명 '김일성 별장'이다. 이 별장은 원래 외국인 선교사 '셔우드 혼'이 예배당으로 사용하던 건물이었다. 화진포의 멋진 경치가 내려다보이는 곳에 있는 이 건물은 1948년부터 1950년까지 김일성이 별장으로 사용했다. 이 화진포의 성은 지상 2층, 지하 1층의 석조 건물인데, 당시에는 화려한 건축물로 알려졌다. 6·25전쟁이 휴전으로 끝나면서 한국령으로 남아 있던 '김일성 별장'은 훼손되고 방치되다가 2005년 3월 복원, 6·25전쟁 관련 자료와 함께 안보 견학의 장으로 개관하여 많은 관람객이 찾는 고성의 통일 교육명소가 되었다.

둘째, 초대 대통령 이승만의 별장이다. 3개 별장 중에 최고의 경관이 좋은 것으로 알려져 있다. 1954년 건립하여 1961년까지 사용하다가 폐허 방치되다가 1997년에서 1999년 군부대에서 복원시켜 대통령 기념관으로 개관하였다. 건물은 작고 소박한 편으로 침실과 집무실로 쓰이던 방 두 개와 거실로 이루어져 있다. 유족들에게 당시 쓰던 물품을 기증받아 이승만 초대 대통령이 머물던 당시의 모습을 재현해놓았다. 이승만 초대 대통령이 평소에 끼던 안경과 사용하던 여권, 편지, 친필 휘호, 의복과 소품, 관련 도서 등 유품이 진열되어 많은 흥미를 불러일으킨다.

셋째, 이승만 별장과 '김일성 별장' 사이에 있는 자그마한 단층 건물 '이기붕 별장'이다. 이기붕의 처 박마리아가 개인별장으로 사용한 이 건물은 1920년대에 외국인 선교사들이 세웠다. 해방 후에는 북한 공산당 간부의 휴양소로 쓰이다가 정전협정 후 당시 부통령이었던 이기붕의 처가 사용하기 시작했다. 1999년 7월 전시관으로 개·보수하여 현재까지 일반인들에게 공개되고 있다. 집무실과 응접실이 갖춰져 있는 내부에는 당시 사용하던 주전자, 촛대, 문갑 등이 보관되어 있다.

고성은 6·25전쟁이 정전으로 휴전될 때까지 북쪽으로 계속 국군이 전진한 지역이다. 통일부가 1984년 통일전망대를 개관한 이래 매년 150만 이상의 관람객이 방문한다. 이곳엔 북녘에 두고 온 산하와 가족을 그리는 실향민과 통일을 염원하는 이들을 위한 성모상, 미륵불상, 전진철탑 등 종교적인 부대시설과 비행기, 탱크 등 안보 교육 시설이 있다. 전 국민과 실향민들의 소원인 통일이 빨리 되기를 기다려 본다.

정만진의 '우현서루 이야기' 4

정만진 대하소설

우현서루 友弦書樓 제4회

사라졌다 나타나는 '우현서루'를 아시나요?

'뜻있는 선비들이 모여 나라를 걱정하고 의기를 기른 곳' 우현서루. (중략) 애국지사들을 양성한 민족교육기관 우현서루가 있던 자리에 지금은 은행 건물이 있습니다. 〈빼앗긴 들에도 봄은 오는가〉로 일제에 저항했던 이상화 시인의 할아버지 이동진 선생이 을사늑약 한 해 전인 1904년에 우현서루를 지었고, 큰아버지인 이일우 선생이 운영했습니다.

기존 건물 외벽에 설치된 조형물은 보는 각도에 따라 우현서루와 이일우 선생의 모습이 보였다가 사라졌다 합니다. 보는 위치에 따라 시야에서 사라졌다 나타났다 사라졌다 나타나는 그림을 보면서 떠올리게 되는 말 한마디. 삼일절이라 더 사무치게 다가옵니다.

"역사를 잊은 민족에게는 미래가 없다."

오마이뉴스 2017.03.01.

제1부
북성로 · 4회

지금까지의 줄거리 : 고등학교 졸업 후 단 한 번도 대면한 적 없는 김동훈이 대구역에서 만나 북성로 끝 지점인 우현서루 터까지 함께 걷자며 전화를 해왔다. 오는 토요일 오후 2시에 만나자는 것이다. 그가 왜 그런 제안을 해왔는지 나는 너무나 궁금하다.

김동훈의 전화를 받자 대략 1년 전 어느 토요일, 도서관 답사여행 프로그램 참가자들을 안내해 북성로를 걸었던 기억이 떠올랐다. 대구역 건너편, 동성로와 북성로가 마주치는 지점인 동장대 터가 출발점이었다. 친일파 대구군수 박중양의 대구읍성 파괴와, 일본 세력의 대구역 역사 건립 장소 확정을 둘러싼 농간에 휘말려 대구의 중심 상업 지역이 뒤바뀐 이야기가 해설의 중심 내용이 되었다. 그 외 걸어가면서 1950년 한국전쟁 당시 이중섭이 그림을 그렸던 여관 터, 대구 최초로 양주와 양식을 팔았던 식당, 최초로 엘리베이터가 설치되었던 당시 최고층 건물 백화점 터, 최초의 대중목욕탕 터, 대구읍성 중 북문이었던 공북문 터, 그리고 순종이 이토 히로부미에 강제로 이끌려 걸었던 어행길을 답사자들에게 해설했다. 그러는 사이에 우현서루 터 맞은편 횡단보도에 닿았다.

우현서루 터, 즉 대구은행 북성로지점 건물 앞 왼쪽에 소남 이일우를 소개하는 작은 안내판, 오른쪽에 우현서루를 해설하는 큰 안내판이 세워져 있다. 역사여행 답사자들을 이끌고 해설하는 '나'는 장남 이일우의 호가 소남, 차남 이시우의 호가 우남인 것을 비롯해 여러 손자들의 호 또한 '-남'인 것은 아버지 또는 할아버지 이동진의 호 긍남을 본뜬 결과이며, 이는 그만큼 긍남 이동진에 대한 존경심이 가문 안에 깊게 배어 있음을 말해주는 증거라고 설명한다.

　　그 후 일행은 은행 건물 안으로 들어가고, 중국 춘추시대 정나라 상인 현고가 진나라의 공격을 앞두고 지혜를 발휘해 조국을 망국 위기에서 벗어나게 한 우국충정을 본받자는 뜻에서 우현서루라는 이름이 작명되었다는 나의 해설이 이어졌다. 현고가 국가의 큰 포상을 받지 않고, 정치가의 길을 걷지도 않은 사실은 이동진과 이일우가 어떤 삶을 지향하는지 짐작하게 해준다는 보충 설명도 덧붙여졌다.

　　이윽고 은행 내부 벽면의 전시물들에 대한 해설이 진행되었다. 30대의 이일우와 10대의 이상화 사진이 걸려 있다. 이일우는 이상화의 큰아버지이다. 이동진의 사진은 보이지 않는다. 답사 일행 중 가장 생각이 깊고 왕성한 호기심을 보여준 결과 '우등생' 별명을 얻은 사람이 묻는다.

> "대구 최초의 구국 계몽 교육기관인 우현서루는 1904년 이동진이 계획하고 그 아들 이일우가 완성하여 운영에 들어갔는데, 어째서 이곳에는 아들 이일우의 사진만 있고 이동진의 사진은 없느냐?"
>
> 그 바람에 해설이 우리나라 초기 사진의 역사를 말하는 쪽으로 나아갔다. 결론은, 이동진이 타계하는 1904년까지 대구에 사진관이 없었으므로 그가 사진을 남기는 일은 거의 불가능했을 터이고, 아들 이일우는 그해에 국내외 정세 분석차 상경한 바 있으므로 서울 갔을 때 사진을 찍었을 것이라는 데로 흘러갔다. 그러자 "사진은 없더라도 이동진 선생부터 알아보아야 우현서루를 진정으로 이해할 수 있지 않겠느냐?"는 추가 질문이 이어졌다. 나는 그 질문에 수긍했다.

나는 고개를 끄덕여 그에게 칭찬을 보냈다. 그러면서 꼬리를 달았다.

"하지만… 이동진 선생에 대한 해설은 다음 기회에 진행하겠습니다."

내가 그렇게 말하자, 모두들 '왜요?' 하는 눈빛으로 쳐다본다.

"여러분! 헬스 기구 중에 거꾸리라는 것 있죠?"

"예!"

"운동 효과가 어떻다고 보십니까?"

"……?"

눈치를 보며 서로 대답을 미룬다. 내가 웃으면서,

"우등생이 한번 대답해 보시지요."

하니, 마지못해 그가 기웃기웃 말을 꺼낸다.

"매달렸다가 내려오면 시원하기는 했습니다만…"

내가 다그치듯이 묻는다.

"강변이나 동사무소 앞 등지에 주민들을 위해 운동기구들이 설치되어 있는데, 거기에서 거꾸리를 본 적이 있나요?"

이번에는 이구동성으로 반응한다.

"못 봤습니다아~!"

내가 다시 웃으면서 말을 이어간다,

"그렇습니까? 물론 있는 곳도 없지는 않겠지요. 다만 별로 없는 것이 사실일 듯도 하고요. 왜 그럴까요? 한 자리에 모든 운동기구들을 빠짐없이 설치해 둘 수는 없습니다. 면적에 한계가 있으니까요. 거꾸리가 별로 눈에 띄지 않는 것을 보면 아마도 전문가들이 볼 때 상대적으로 운동효과가 낮다고 판단되지 않았을까 여겨집니다.

지금 이곳 대구은행 북성로지점 내부에 이동진 선생에 대한 게시물이 없습니다. 왜 없을까요? 역사 전문가들은 해설을 맡은 사람에게 이렇게 조언하고 있는 듯합니다. '이동진 선생에 대한 해설은 이곳보다 더 적절한 곳이 있으니 거기 가서 진행하라!'고 말입니다."

그러자 도저히 참을 수 없다는 표정을 노골적으로 드러내며 답사반 대표 학생이 항의성 목소리를 터뜨린다.

"교수님! 아, 아니, 작가님! 우리나라 의사들 오진율이 50% 넘는다고 들었습니다. 신문도 읽어보면 사실과 거리가 멀거나, 또는 기자들이 아예 작정하고 가짜뉴스를 만들어서 퍼뜨리는 경우도 비일비재합니다. 충실한 준비 없이 임의대로 학생들에게 자기 생각이나 지식을 가르치는 교육자도 한둘이 아닙니다. 이곳 게시물도 거의 완벽하다고 평가할 만큼 정성들여 만들어진 것이 아닐 수 있지 않겠습니까?"

내가 고개를 끄덕이면서 대답한다.

"옳은 지적입니다. 대표님처럼 진지한 마음으로 역사탐방을 다녀야 옳습니다. 참으로 학구적인 태도이지요. 말씀에 전적으로 동의한다는 것부터 밝히고요…

조금 전에 드렸던 이야기를 잠시 반복하겠습니다. 도시철도 1호선 대구역 칠성시장 방향 출구 바로앞에 갔을 때, 고인돌에 대해 아주 세세히 말씀드릴 수 없다고 했습니다. 이동진 선생과 이일우 선생 부자가 관계로 진출하지 않은 까닭도 다음 기회에 말하겠다고 했습니다. 백결선생과 강수 이야기도 오늘은 대략 언급하고 넘어가겠다고 했습니다.

무엇보다도 시간 제한 때문입니다. 마찬가지입니다. 이동진 선생에 대한 해설은 그의 묘소 앞에 가서 진행하겠다고 안내드립니다. 그곳이 선생의 생애를 말씀드리기에 가장 적절한 지점이라고 믿습니다. 한 자리에서 모든 것을 말할 수는 없으니 그 점 양해하시기 바랍니다."

사람들이 눈빛을 반짝이면서 묻는다.

"그의 묘소가 어디에 있습니까?"

"대구 달서구 명천로 47에 있습니다. 그와 아들 이일우, 그리고 이상악, 이상화 등 손자들 묘소도 함께 있습니다. 경주이씨 문중에서 대대로 묘소를 설치해온 산이지요. 입구에 '월성이씨 세장지世葬地'라는 빗돌이 세워져 있습니다. 그 집안을 이장가李庄家라 부르는데, 문중 묘지 들머리에 '이장가 문화관'과 '상화 기념관'도 건립되어 있습니다."

누군가가 말한다.

"미처 몰랐습니다. 꼭 가보아야 할 필수 답사지라고 생각합니다."

그러자 다른 사람이 연이어 발언한다.

"세상에! 그것도 알지 못하면서 역사와 향토에 관심이 있는 양, 제법 아는 척 처신해 왔으니… 돌이켜보면 부끄럽습니다."

내가 웃으면서,

"허허, 그렇게 고해성사까지 하실 일은 아닙니다. 여러분들은 대구시민 250만 가운데서 인문학과 향토사에 가장 진득한 애정을 가지신 분들입니다. 제가 인정합니다."

라고 위로 아닌 위로를 하자, 대뜸 화답이 돌아온다.

"고맙습니다, 작가님! 다음 답사 때 상장을 만들어 오십시오!"

"허허허, 예에~! 알겠습니다. 꼭 그렇게 하겠습니다. 저에게 오늘 중으로 성함과 출생연도를 문자로 보내시기 바랍니다. 상장에 기입해야 하니까요!"

그러는데, 벌써 휴대 전화기에 도착음 소리가 요란하다. 상장 만들 때 절대 자기를 잊고 빼놓아서는 안 된다는 엄중한 경고음(?)들이다.

"잘 알겠습니다! 이제 본 해설로 돌아가겠습니다. '우현서루 1904, 강의원, 애국부인회 1911' 다음의 '교남학원 1921' 부분을 보겠습니다."

내 말에 이어 우등생이 해당 게시물을 읽는다.

"1911년 일제의 우현서루 강제 폐쇄 이후 그 정신을 이어받아 이일우는 강의원과 애국부인회를 만들어 무료 교육기관으로 사용하였으나, 다시 일제에 의해 폐쇄되고, 1921년 홍주일·김영서·정운기 등이 우현서루에 교남학원을 설립해 우현서루의 정신을 계승하였다. 당시 교사로 재직 중이던 이상화와, 당시 학생이었으며 시인·독립운동가인 이육사를 배출하였다."

우등생의 읽기가 끝난 후 내가,

"우등생님, 고맙습니다!"

라고 인사를 하고, 이어서,

"일제가 1911년 우현서루를 폐쇄한 것은 단순히 우현서루 한 곳에 대한 제국주의적 조치가 아닙니다. 본래 일제는 한국인을 동화하기 위해 교육 부문에 큰 역점을 두었습니다. 그래서 조선을 강제로 병합한 직후인 1911년 8월 '제1차 조선교육령'을 발표했죠. 한국에서의 교육목표를 '충량한 제국 신민 육성'에 둔다는 것을 노골적으로 표방한 조치였습니다. 식민통치에 저항 없이 순응하는 한국인을 만들겠다는 야욕을 내놓고 드러낸 것이죠. 따라서 일제가 대구 최초의 구국 계몽 교육기관 우현서루가 당장 폐쇄해야 할 긴급조치 대상으로 지목된 것은 너무나 당연한 일이었습니다. 그만큼 우현서루는 일제의 눈으로 볼 때 요주의 문제 교육시설이자 단체였던 것입니다."
라고 말하고, 우등생이,

"조선교육령을 발표하자마자 우현서루를 폐쇄하였군요. 단순히 대구경찰서 차원의 조치가 아니라 일본제국주의 본령의 식민통치 정책에 따라 우현서루가 강제로 문을 닫고 말았다는 사실을 알게 되었습니다."
하며 맞장구를 치고, 다시 내가,

"그렇습니다. 대구는 1601년 이래 300년 이상 경상도 전역을 대표하는 도시였습니다. 지금의 부산, 대구, 울산, 경남, 경북 전체를 통치하는 경상감사가 대구에 상주했고, 감영도 물론 대구에 있었습니다. 임진왜란과 경술국치를 일으킨 일본이 그것을 모를 리 없습니다. 그런 대구에 최초로 설립된 구국 계몽운동 목적의 사립 교육기관 우현서루가 1910년 이후에도 엄연히 존재했으니 그야말로 눈엣가시로 여겨지지 않았겠습니까?"
라면서 해설에 박차를 가하려는 순간, 다시 대표가 커다란 목소리로 묻는다.

"작가님! 답사반은 언제 월성이씨 세장지를 방문합니까?"

내가 무심코,

"글쎄요. 역사탐방 교육과정은 도서관이 정하는 일이라… 저야 뭐 요청 들어오는 데 따라 움직이니까…."

하자, 그가 발끈(?)한다.

"아니, 월성이씨 세장지에 우리 답사반이 언제 갈지 기약이 없고, 아니면 아주 안 갈 수도 있다는 말씀 같은데… 그렇다면 이동진 선생에 대한 해설을 작가님으로부터 들을 기회가 영영 없을 수도 있다는 그런 이야기로 들리는데요?"

순간적으로 당황한 내가 말을 잇지 못하고 머뭇거린다. 어색한 공기가 은행 안을 휩싸고 돈다. 어질어질한 머릿속이지만 그래도 현문현답이 떠오른다. '믿을 것은 내 머리뿐이다' 싶은 엉뚱한 생각으로 문득 몸을 부르르 떤다.

"아, 아니, 그게 아니라… 저 뒤에 있는 게시물을 보면 여러분들도 제가 왜 그렇게 말하고 있는지 짐작할 수 있을 겁니다."

모두들 시선을 내가 가리키는 쪽으로 돌린다. '뭐가 있는데요' 하는 눈빛들이다. 역시 우등생이 잽싸다. 내가 지목한 게시물 앞에 서서 그가 말한다.

"여기 말씀이시죠?"

대구은행 북성로지점이 '1969년 4월 3일 대구시 중구 북성로 2가 35-3번지에서 본점 영업부 북성로 예금취급소로 개점'했고,

'1917년 7월 19일 북성로 지점으로 승격과 동시에 우현서루 옛 터인 이곳 대구시 중구 수창동 101-11번지로 이전'했으며, '1994년 11월 28일 신축하여 현재에 이르고 있다'는 사실을 설명해주는 게시물 앞에서 우등생이 눈을 반짝인다. 내가 묻는다.

"그렇습니다. 어떤 내용들이 적혀 있습니까?"

"건물에 '대구은행 북성로 지점' 간판이 붙어 있고, '돈은 대구은행으로!'와 '목돈 되는 새살림 적금!' 현수막이 건물 벽에 세로로 걸려 있는 게 보이고, '10월유신 받들어 평화통일 이룩하자!' 현수막이 은행 앞 전봇대 사이에 가로로 걸쳐져 있습니다."

갑자기 진지해진 표정으로 내가 말한다.

"조금 전에 말씀드린 저의 10대 시절 친구 김동훈이 10월유신과 관련이 있습니다. 그런데 그 연관성을 소개하려면 우현서루가 대구사회에 끼친 영향의 역사성부터 설명해야 합니다. 무슨 말인가 하면, 여러분들이 보다시피 이곳에는 10월유신 정치 홍보 현수막이 게시물 작성자의 본의와 무관하게 포함되어 있는 까닭에, 물론 작성자가 은밀하게 그것을 노출시켰을 가능성도 희박하기는 하겠지만 전혀 없다고 장담할 일은 아닙니다만, 그 현수막을 보면서 우리는 우리나라 독재정치와 민주화 운동의 역사를 살펴볼 수밖에 없는 것입니다.

물론 10월유신이 우현서루와 무슨 관계가 있느냐고 반문하는 분도 계시겠지요. 하지만 그런 인식은 역사를 건성으로 살핀 결과입니다. 역사는 정성껏 살필수록 인류와 지역의 미래를 밝힐 수 있는 밝은 빛이 가득 담겨 있는 보물창고입니다. 답사현장 안내판 또는 게시물 속의 사진이나 그림, 심지어 글에 깃들어 있는 희로애락의 세월을 못 보고, 또는 보지 않고 지나쳐서는 진정한 역사탐방이 못 됩니다. 역사는 불에 탄 쌀알을 발견함으로써 바뀌고, 깨어진 도편 하나를 발굴함으로써 새롭게 창조된다는 사실, 여러분들께서도 잘 알고 계시지 않습니까?

그런 뜻에서, 이곳에 이동진 선생 관련 게시물은 없지만 10월유신 현수막은 있고, 현수막이 저의 10대 시절 절친했던 벗과도 인연이 있으므로 그와 연결되는 해설부터 저는 먼저 하고 싶고, 또 그것이 게시물 작성자에 대한 일종의 예의라고 생각합니다. 이동진 선생 소개는 더 적합한 답사지에 갔을 때로 미루겠다는 이야기입니다. 널리 헤아려 주십시오."

변명 같지 않은 변명을 장황하게 했는데도 학생대표는 물러서지 않는다.

"그럼, 작가님! 우현서루 창설에서부터 10월유신까지 이어지는 우리나라 정치사를 먼저 짚어보신 뒤에 이동진 선생에 대한 해설을 하면 되지 않습니까? 언제 가게 될는지 알 수 없는 이장가 문중 묘소 방문일보다 전에, 즉 오늘 말입니다."

그 항변을 듣자 나는 불현듯 숨통이 트이는 기분이다. 그래서 웃음기를 얼굴에 띤 채 말한다.

"이곳에서 해가 빠져도 좋다는 말씀이죠? 좋습니다. 그렇게 하겠습니다."

그러자 모두들 고개를 끄덕인다. 내가 말을 이어간다.

"조금 전에 말씀드린 것처럼, 대구는 1601년 이래 1910년 경술국치에 이르기까지 300년 이상 경상감영이 존재했던 국가 핵심 도시였습니다. 지금의 부산광역시, 대구광역시, 울산광역시, 경상북도, 경상남도 전역을 통치하는 경삼감사가 대구에 상주했고, 경상감사는 현재의 2군사령관도 겸직했습니다. 게다가, 정치적·군사적만이 아니라 세종 시대에 나라 최초로 사창社倉이 설치된 데서 짐작할 수 있듯이 대구는 경제적으로도 나라의 중추가 되는 지역이었습니다. 당연히 대구사람들의 가슴속은 서울에 이어 두 번째로 국가적 중심인 곳에 거주한다는 자긍심으로 가득 차 있었지요."

우등생이 말한다.

"어떤 강연에서, 부산에 고등법원이 설치된 때는 1987년이지만 대구는 고등법원에 해당되는 복심법원이 그보다 70년 이상 빠른 1912년부터 존재했고, 명칭이 고등법원으로 바뀐 시기로 쳐도 40년 앞선 1948년이라 들었습니다. 부산대학교 사범대학이 1969년 개교한 데 비해 대구의 경북대학교 사범대학은 그보다 20년 이상 앞선 1946년 문을 열었다고 했습니다. 그만큼 대구의 위상이 대단했다는 사실을 증언해주는 단적인 사례가 아니겠습니까?"

내가,

"아니, 어떻게 연도까지 하나하나 기억을 하십니까?"

하고 묻자, 그가 손사래를 치며 웃는다.

"아, 아닙니다. 그럴 리가요? 스마트폰으로 제 블로그를 들여다보며 읽은 겁니다."

내가 다시 그를 상찬한다.

"그래도 대단하십니다. 거의 연구자 수준이십니다."

답사반 학생들도 이구동성으로 그를 칭찬한다.

"맞습니다, 맞고요!"

내가 계속 말을 이어간다.

"대구사람들의 그같은 자부심은 때로는 보수적이고 권위주의적으로 흘렀지만, 때로는 부정부패한 권력에 적극적으로 대항하는 의협으로 나타났습니다. 덥고 추운 분지에 오랫동안 살면서 유전자로 자리잡은 화끈한 성품은 대구사람들을 탐관오리와 무능한 벼슬아치들에게 허리를 굽히지 않는 인간형으로 가꾸어냈던 것입니다. 그 점은 역사적으로도 증명이 됩니다.

문무왕의 아들 신문왕이 천도를 고려하고 신라인들이 팔공산을 중악中岳 또는 부악父岳이라 부를 만큼 대구가 널리 숭앙받는 지역이었다는 사실은 많이 알려져 있지요. 신문왕은 어째서 삼한통일로 말미암아 종전과 비교할 수 없을 만큼 강역이 넓어졌는데도 결코 국토의 중심부가 못 되는 대구를 새로운 서울로 선택했을까요? 참으로 궁금한 대목 아닙니까?

삼국사기에 기록되어 있는 신문왕의 대구 천도 계획 좌절 기사는 신라 권력층의 주축을 형성하고 있던 경주 기득권 세력과 당시 대구사람들이 서로를 좋아하지 않았다는 사실의 증거입니다. 신문왕이 까닭도 없이 대구를 천도 대상지로 선택하고, 신라 기득권층 또한 까닭도 없이 대구를 싫어했을 리는 없습니다. 뒤집어 생각해보면, 그때에도 이미 대구에는 기득권층에 저항하는 심리와 자세를 갖춘 사람들이 거주하고 있었던 것입니다. 신문왕은 달구벌 사람들로 자신의 지지 기반을 확충하기 위해 대구를 새 도읍지로 골랐고, 경주 기득권 세력은 자신들과 적대적 성향의 대구가 신문왕의 왕권을 강화시켜주는 본거지 역할을 하게 될 것이 자명하기 때문에 천도를 끝까지 반대했던 것입니다.

고려 왕건과 후백제 견훤이 927년 팔공산 아래에서 동수대전을 벌일 때에도 대구사람들은 견훤을 편들어 왕건을 구사일생의 궁지로 몰았습니다. 오늘날의 대구광역시가 '왕건 길' 등 관광상품을 만들어 운영하는 것을 보면 후삼국시대 대구사람들이 왕건 편을 들었을 것으로 여겨지지만, 그 반대입니다. 대구사람들은 후삼국을 통일하는 왕건이 아니라 전라도를 기반으로 하는 견훤을 지지했습니다. 동화사 승려들과 신도들 등 대구사람들은 왕건의 군대가 어디에 매복해 있는지, 군량미는 어느 곳에 저장해두었는지, 이동경로는 어떠한지 미주알고주알 견훤에게 제보했습니다. 견훤군이 어찌 이기지 않을 수 있겠으며, 왕건이 어찌 대패하고 목을 어루만지며 도망치지 않을 수 있었겠습니까?

그뿐이 아닙니다. 무신정권 때에도 대구사람들은 팔공산 일대를 무대로 활동하는 반군을 도와 정권에 저항했습니다. '우리는 신라 천년을 이어온 사람들이다. 어디서 개뼈다귀 같은 것들이 나라의 권력을 휘두른다는 것이냐? 네놈들을 몰아내고 우리가 신라의 정통을 이어받아 나라의 근본을 다시 일으켜 세우겠노라!'

게다가 대구 일원에는 고려를 무너뜨린 이성계에 순응하지 않은 인물들 역시 유난히 많았습니다. 고려말 4은隱으로 추앙받은 이색·정몽주·이숭인·길재가 한결같이 오늘날의 경상북도에서 태어났습니다. 이색은 영덕, 정몽주는 영천, 이숭인은 성주, 길재는 구미가 낳은 인물입니다. 그들을 탄압했지만 이방원과 대결을 펼치며 신권臣權 강화를 도모한 정도전 역시 경상북도 영주 출신입니다. '우리가 역사의 주역이다!'

임진왜란 때 가장 먼저 의병을 일으켜 왜적과 치열하게 싸운 홍의장군 곽재우도 대구 사람이었고, 구한말 동학을 창시한 최제우는 경주에서 태어나 대구에서 처형당했습니다. 흔히 동학혁명이라면 전라도 사람들이 주로 활동한 역사의 사건으로 알지만, 제2차 봉기 때 가장 큰 피해를 입은 곳은 경상도 지역이었습니다.

명성황후가 일인들에게 살해된 국가적 치욕 을미사변 이후 최초로 의병을 일으킨 문석봉 지사도 대구 현풍사람입니다. 국가보훈처 공훈록은 '일제의 명성황후 시해 사건 이후 최초로 거의한 그의 봉기는 의병 활동을 전국적으로 확산시키는 데 기폭제의 역할을 한 것으로서 의병사에 큰 의의를 갖는다.'라고 기술하고 있습니다.

1904년 우현서루가 경상도 지역 최초의 구국 계몽 교육기관 기치를 세운 것도 그러한 전통이 낳은 결실이었습니다.3) 이일우는 조카 이상정과 이상화를 일본식 교육이 실시되는 신식 학교에 보내지 않고 자신이 설립한 우현서루에서 교육시켰습니다. 일제에 의해 우현서루가 강제로 폐쇄를 당한 이후 이일우와 함께 야학을 꾸렸던 현경운도 자신의 아들 현정건과 현진건을 학교가 아니라 서당에 보냈습니다.

1907년 국채보상운동을 일으켜 온 나라가 붉게 꽃피어나게 만든 곳도 대구였지요. 우현서루에 본부를 둔 이일우 중심의 대구광학회는 김광제 등이 주도한 대구광문사 등과 힘을 합쳐 역사상 최초의 경제 독립 목적 국채보상운동을 이끌었습니다. 무수한 시민들이 비녀를 팔고 담배를 끊어 성금을 내는 등 대구사람들이 국채보상운동에 동참했던 경험은 뒷날 독립운동과 민주화운동에 몸을 던지는 밑거름이 되었습니다. 그렇게 보면, 1919년 3월 기미독립만세운동이 경상도 전역 중 대구에서 가장 먼저 일어난 것 또한 너무나 당연한 귀결이라 할 것입니다.

1905년 을사늑약부터 1945년 독립 회복까지 40년 독립운동시

---

3) 네이버 지식백과 〈애국계몽운동〉(한국민족문화대백과, 한국학중앙연구원) 일부 : 일반적 개념으로서의 계몽운동은 1905년 이전에도 있었고, 1910년 이후에도 있었다. 그러나 그러한 계몽운동들은 여기서 말하는 애국계몽운동에는 포함되지 않고, 1905~10년 사이의 국권회복운동의 일환으로서 개화자강파가 전개한 운동만이 여기에 포함된다.

기 전체를 살펴볼 때 독립유공자가 가장 많은 곳 역시 대구입니다. 1925년 인구를 기준으로, 서울은 34만2626명 중 427명(즉 802명당 1명)이 독립운동에 헌신했습니다. 부산은 10만6642명 중 73명(즉 1461명당 1명), 인천은 5만6295명 중 22명(즉 2556명당 1명)이 독립유공자로 인정되고 있습니다. 그에 견줘 대구는 7만6534명 중 159명(즉 481명당 1명)이 독립유공자입니다. 대구는 서울의 1.6배, 부산의 3배, 인천의 5배 독립유공자가 많습니다.[4] 그래서 대구는 전공자들 사이에 '독립운동의 성지'로 추앙을 받고 있습니다."

우등생이 묻는다.

"1904년 우현서루에서 시작된 대구 청년들의 독립운동은 1945년 독립을 되찾을 때까지 끊임없이, 줄기차게 지속적으로 전개되지 않았습니까? 다른 지역은 대체로 1회성이 강했지만 대구 청년들은 우현서루에서 국채보상운동으로, 다시 광복회로 계승된 자주독립정신을 이어받아 끝까지 일제에 맞섰다고 들었습니다."

"그렇습니다. 1911년 일제에 의해 강제로 폐쇄되었지만 우현서루는 그 이후 강의원講義院으로 유지되었습니다. 학생들에게 숙식을 제공하는 기숙학교형 운영이 금지되었으므로 강의만 진행했던 것입니다. 또 이일우는 일찍 세상을 떠난 동생 이시우의 아내, 즉 이상화의 어머니 김화수를 지원해 애국부인회·달서여

---

4) 2020년 7월 10일을 기준으로 국가보훈처 공훈록의 도시별 독립유공자 수를 1925년 인구에 견줘 비교한 자료임.

학교·부인야학교가 설립·유지되도록 했습니다.

　그로부터 4년 지난 1915년 8월 25일, 전국 주요 도시와 만주에까지 지부를 설치하고 일제에 무장투쟁으로 맞선 1910년대 최고의 독립운동단체 광복회가 대구 달성토성에서 창립됩니다. 우현서루에서 배운 많은 청년들은 민족운동의 길로 들어섰고, 그 결과 대구사람들은 본래부터 태산교악泰山喬嶽 같은 성정을 지닌 것으로 평가받아 온 경상도 인심을 대표하게 되었던 것입니다. 제5차 교육과정 고등학교 국정 국사 교과서는 '1910년대에 가장 활발하게 독립운동을 펼친 단체는 광복회'라고 기술했습니다. 1918년까지 힘차게 이어진 광복회가 '몇 년 동안 조선을 시끄럽게 한 것이 (1919년) 3월 1일 이후 반도 전체에 대규모 시위가 일어나는 데 결정적 계기로 작용'5)했습니다. 광복회는 망국 직후 상실감에 빠져, 그리고 일제의 극악한 무단정치에 짓눌려 아무도 무장 항일투쟁을 벌일 엄두를 내지 못하던 절망의 시기를 극복하고 나라 전체에 독립운동의 들불을 일으키는 데 결정적으로 기여했습니다. 바로 대구에서 말입니다."

　"광복회가 의열단으로 이어졌다고 들었습니다만 …?"

　"광복회가 조직이 노출되어 일제에 의해 해체당할 때 아직 20대 후반으로 젊은 조직원이었던 황상규, 김대지 등이 검거를 피해 만주로 망명합니다. 두 사람은 경남 밀양에서 함께 교육운

---

　5) 조선헌병대사령부가 조선총독에게 보고한 문서(정만진《소설 광복회》304쪽 미주 157 참조)

동을 했던 동지로, 특히 황상규는 김원봉의 고모부이기도 했지요. 그런데 마침 그때 대구은행 출납계 주임이던 이종암이 현재 시세로 10억 안팎의 공금을 들고 압록강을 건너 망명합니다. 그 돈이 뒷받침이 되어 1919년 11월 10일 의열단이 창단됩니다. 그런 과정을 거친 결과 의열단 단원의 약 40%는 밀양 일대 사람, 약 30%는 대구 일대 사람, 나머지 약 30%는 그 외 타지 사람들로 구성됩니다. 그만큼 광복회에 이어 의열단 활동에도 대구사람들이 큰몫을 했다는 사실을 알 수 있죠.

이종암의 집은 이일우 고택에서 남쪽으로 100미터가량 옆, 이상화 생가와 서성로를 사이에 두고 대략 나란히 있었습니다. 1896년생으로 나이가 같은 이종암과 이상정은 1900년생 현진건과 1901년생 이상화보다 각각 4, 5세 많았고, 1892년생 현정건보다는 4살 연하였습니다. 그런데 모두들 집이 서로 인근에 있었고, 독립운동 당시 상해·북경·만주 등지에 같이 머무를 때도 많았으므로 어릴 적부터 줄곧 잘 아는 사이였다는 사실은 충분히 짐작할 수 있지요. 현경운은 막내 진건을 이상화의 큰아버지 이일우와 같은 월성이씨 문중 이길우의 사위로 장가들입니다."

모두들 귀를 쫑긋 기울인 채 성심껏 듣고 있다. 나의 말은 계속된다.

"1919년 6월에 일제 경찰이 작성한 '증인 이일우 신문조서'에도 그 무렵 대구 인물들 사이의 교유를 알 수 있는 내용이 나옵니다. 오늘 답사자료집에 그 부분을 실어놓았는데, 잠시들 보시지요. 이일우가 경찰에 끌려가 조사를 받으면서 답변한 내용 중 일부입니다.

"서병룡·남형우·김진만·정운일·서창규·신상태·김응섭·이수목·안확은 알고 있다. 그 밖의 사람들은 모른다. 그리고 박상진·이시영·배상연·편동현은 이름만 알고 있다. 안확은 이전에 대구 서소문 밖 우현서루에서 함께 공부한 일이 있어 알게 되었고, 작년 공진회 때 마산에서 와서 새끼를 꼬는 기계를 구입하는 자금으로 돈 100원을 대여해 달라고 해서 빌려 주었는데, 아직도 갚지 않고 있다. 김응섭은 도청의 참여관 집에서 만나 알게 되었고, 신상태는 대구은행원이었던 관계로 알게 되었으며, 서병룡도 마찬가지이다. 남형우도 전년에 안동에서 학교의 교원이 폭도에 의해 학살되었는데, 그 피해자와 동창이었기 때문에 그 시체를 가지고 대구에 왔을 때 알게 되었다. 서창규·김진만·정운일은 대구사람이므로 알게 되었던 것이다. 이수목은 약목서당에서 공부할 당시 내가 그 서당에 들른 일이 있는데, 그 후부터 알게 되어 왕래하게 되었던 것이다."6) (다음 호에 계속)

---

6) 증인 이일우 신문조서, 한민족독립운동사자료집 7, 국사편찬위원회, 1998.

> 현진건학교의 '책 읽는 시간' 4

"향토 인물사 학습으로 오늘의 우리를 추스르자"
대구문인협회 〈대구에서 살아온 사람들〉

'삼국유사 일연' 비슬산(권영시), '충절의 표상 성삼문과 박제상' 육신사(손수여), '효자 서시립 선생' 전귀당(심후섭), '선비 한훤당 김굉필' 도동서원(우남희), '두사충 장군' 모명재(김윤숙)… 제목만으로도 대구 지역 역사탐방을 위한 훌륭한 글들일 것이라는 기대가 일어난다.

고려시대와 조선시대의 대구 인물들은 '고려 개국공신 신숭겸 장군'(신영애), '대구판관 유명악 공과 관찰사 유척기 공'(유병기), '의병장 홍의장군 곽재우'(곽선희), '임진왜란 의병장 우배선

'(김영근) 등으로 더 다뤄진다.

　대구가 낳은 독립운동가들도 당연히 소개된다. '독립·계몽운동가 배동환'(이근자), '이육사의 삶의 체험과 저항정신'(김종근), '현진건의 생애와 작품세계'(송일호), '여성의 힘으로, 임봉선'(고경숙), '광복회 지휘장 우재룡 독립지사'(정만진) 등이 소개된다.

　반면교사의 교훈을 주는 인물이라는 뜻에서 '친일파 박중양'(정재용)도 얼굴을 내민다. '대구에 선교의 씨를 뿌린 윌리엄 베어드'(김혜숙)이라는 제목의 서양인에 대한 소개도 실려 있다. '봄은 고양이로다'의 시인 이장희를 기리는 글도 김동원, 이주영 두 필자가 집필하고 있어 그의 이름이 아직도 사람들에게 깊은 추억을 준다는 사실을 깨닫게 해준다.

　그런가 하면, '그리운 모산 선생님'은 시조 연구로 한국문학사에 저명한 이름을 남긴 심재완을 제자 신승원이 추모한 글이고, '창주 이응창 선생님'은 1957년 대구아동문학회를 창립한 이응창 전 원화여고 교장을 전정남 필자가 기억 속으로 되살려낸 글이다. 김성태는 고교 선배인 소설가 이태원을 '소설가 이태원의 생애와 문학'이라는 제목으로 추억한다.

　'냉면장수 방수영'(김종욱), '얼굴 없는 사내, 박재성'(이수남), '대구의 협객 주먹 화가 박용주'(구활), '대구 출신 최초 가수 장옥조'(이동순), '전설이 된 빨간 마후라'(서정길), '한국의 서양화 개척자 금경연 화백'(방종현), "따따따 따따따 주먹손으로"의 국민동요를 남긴 김성도 선생을 회상한 '메타버스 세계를 넘어'(배

정향) 등은 좀처럼 읽기 어려운 이야기들을 독자에게 말해준다.

2월 21일에서 2월 28일까지 이어지는 '대구시민주간'과 관련되는 글이 없을 리 없다. 이기창은 '국채보상운동 서상돈'을 써서 2월 21일을, 유가형은 '2·28 민주화운동의 횃불'을 써서 2월 28일을 다시 한번 상기하게 해준다. 2월 28일은 "대구지역 8개 고등학교 학생들이 중심이 되어 일으킨, 대한민국 정부수립 후 발생한 최초의 민주화 운동(2·28민주운동기념사업회 누리집 소개문)"으로, 2018년 2월 6일 국가기념일로 지정되었다.

이 모든 내용들은 〈대구의 인물과 역사 : 대구에서 살아온 사람들〉에 실려 있다. 이 책은 대구문인협회가 "대구 알리기 문학 페스티벌 사업의 일환으로 대구를 살아온 인물들을 돌아본" 결과물로 발간되었다. 심후섭 회장은 "대구에서 삶을 이어왔고 꿈을 펼쳐온 분들을 돌아봄으로써 우리의 자세를 추스르는 기회를 가지고자" 책을 펴냈다고 발간 취지를 밝혔다.

'바다 섬 길 고향 추억 그리고 사람들 이야기'
김창수 〈바다왈츠, 그리움 블루스〉

　〈바다왈츠, 그리움 블루스〉를 읽는다. 저자는 김창수, 홍영사에서 2023년 2월 10일 펴냈고, 320쪽이다.

　저자는 2010년 이래 많은 글을 발표했는데, 이번 책은 그 결실로서 첫 산문집이다. 저자는 중학교를 마친 뒤 농촌에서 도시로 유학, 자취 생활로 청춘의 문을 열었다. 그리고 대학 졸업 후 취업한 직장에서 반평생을 보냈다. 어떤 의미에서 보면 저자는 현재의 우리 사회에서 만날 수 있는 보편적인 시민이라 할 수 있다. 따라서 그의 체험과 추억뿐만 아니라 생각까지도 충분히 공유할 가치가 있을 것이다. 저자는 자신이 살고 사랑하며 느끼고 표현한 바를 같은 시대를 살아가는 독자들에게 솔직하고 정겹게 보여준다.

　당연히, 저자는 근엄하고 딱딱한 이야기가 아니라 익살과 재미가 곁들여져 소박하고 따뜻한 정이 흐르는 글을 추구해 왔다.

저자는 이 책에 지난 20여 년 동안 느꼈던 삶의 단상들을 한자리에 모아놓았다. 실린 글들은 개인 홈페이지에 발표한 400여 편의 산문 가운데 82편을 엄선한 것이다.

 기행과 산행을 통한 자연 예찬, 그리고 추억과 향수를 통한 휴머니즘이 책의 주를 이룬다. 2012~5년 동해안~남해안 도보 일주 때의 체험, 고교 시절의 자취 생활과 이후 사회에서의 경험들이 생생히 기록되어 있다. 또 점점 상실되어가는 고향에 관한 단상, 오늘을 있게 한 부모 세대에 대한 감회도 곁들여 있어 읽는 이의 마음을 감동시킨다. 또한 2003년 대구유니버시아드, 2011년 세계육상선수권대회에 자원봉사자로 참여했던 회상도 기록되어 있다.

 저자는 36년간 근무한 평생직장 퇴직을 앞두고 있다. 그 또한 누구 못지않게 직장 생활에 충실하면서 개인적으로 보람되고 즐거운 경험뿐만 아니라 슬픔도 많이 겪었다. 책 성격을 설명하기 위해 목차 일부를 소개하면 아래와 같다.

 1 - 바다 왈츠 [바다, 섬, 길 이야기]
 놀래기 / 대게 좋은 날 / 용치놀래기의 꿈
 못생긴 쥐치가 바다를 지킨다 / 감포 가는 길
 고독한 바다에 별이 쏟아진다 / 겨울 바다의 끼룩끼룩 갈매기
 그해의 붉은 바다 / 울어라, 동해야!
 바다는 그리움이다 / 깊고 푸른 태종대의 고등어 떼(하략)

현진건학교의 '세계사 시간' 4

트로이 전쟁 이후 잠깐의 번성기와 대화재 이후 (기원전 1000~800년) 암흑기를 거쳤던 그리스는 기원전 8세기 중반 이후 다시 일어섰다. 그리스인들은 왕의 지배를 받지 않는 "폴리스"[1]라는 이름의 도시국가들이 성립되기 시작했는데, 사람들이 증가하면서 기원전 7세기 무렵 이탈리아 나폴리·프랑스 마르세이유부터 에스파냐와 흑해에 이르기까지 약 3200km에 걸쳐 수백 개의 '식민지 도시국가'를 세웠다. 증가한 사람들의 식량 문제를 해결하려면 농토가 필요했고, 도시국가끼리의 전쟁으로 발생한 피난민을 관리할 땅도 필요했기 때문이다. 뿐만 아니라 '폴리스의 연합체'인 그리스 본국인들이 돈을 벌기 위해 스스로 식민지를 개척하기도 했다.

기원전 776년 이래 그리스인들은 4년마다 제우스를 모시는 올림피아 제전을 시작했다. 그리스인들은 스스로를 "헬레네스"라 칭하면서 본국인 아닌 사람들을 열등한 민족으로 차별했다. 헬

---

[1] 플라톤은 5040명 정도가 폴리스의 적정 인구라 했고, 아리스토텔레스는 한 곳에 모여 웅변가의 말이 닿는 범위인 2000명이 적당하다고 했다. 폴리스는 교역의 중심이자 그 일대 농민들의 공동 방위 거점이었다. 폴리스의 중심은 성채인 아크로폴리스와 광장인 아고라였다.

레네스는 제우스의 아내인 헬라 여신의 후손이라는 뜻이다. 따라서 그리스 본국인 아닌 외국인에게는 올림피아 제전 참여권을 주지 않았다. 여성과 노예도 마찬가지였다.2)

그리스의 주도권을 쥔 폴리스는 스파르타와 아테네였다. 스파르타는 군인들이 통치하는 군국주의 국가였는데, 모든 아이들은 예외없이 30세까지 집단생활로 군사훈련을 받았고, 허약한 아이는 산속에 버려졌다. 여자들도 마찬가지였다. 스파르타는 해외 식민지를 개척하지 않았다. 그들은 주변의 폴리스를 정복해 펠레폰네소스의 지배자가 되었다.

그리스의 땅은 산악지대 바로 아래 바닷가에 붙어 아주 비좁았던 탓에 농사에 적합하지 않았다. 그래서 스파르타를 제외한 나머지 폴리스들은 바다로 나아가 무역에 열성을 다했다. 자연히 부유한 상인 계층이 발생하고 늘어나게 되었다. 신흥 상공업자인 데모스들은 참정권을 요구했다. 기원전 8세기 무렵 그리스가 군주제에서 귀족정치로 나아간 것은 자연스러운 귀결이었

---

2) '헬레니즘'도 '헬라' 여신에서 유래된 용어이다. 헬레니즘은 기원전 323년 알렉산드로스 3세 사망부터 기원전 30년 로마 제국이 이집트를 합병하는 때까지의 고대 그리스 및 '그리스화'한 당대의 세계문명을 뜻한다. 헬레니즘 문명은 고대 그리스 문화와 오리엔트 문명의 융합으로 이루어졌는데, 인간을 중심하는 인본주의에 바탕을 둔 까닭에 세계 시민주의와 개인주의 경향이 강했다. 그에 비하면 헤브라이즘 은 고대 이스라엘 인의 종교와 구약 성서에 바탕을 둔 문명으로서 기독교적 세계관에 바탕을 둔 신본주의 문명이었다. 헬레니즘과 헤브라이즘은 유럽 문명의 2대 줄기를 이룬다.

다.3)

그 무렵 페르시아가 사상 초유의 세계 제국을 건설하여 천하를 호령하고 있었다. 인더스 강 유역부터 서아시아 전역은 물론 이집트까지 페르시아 영토였다. 이제 남은 것은 그리스 일대뿐이었다. 세계 패권 페르시아와 민주정치 구현으로 공동체에 막강한 힘을 구축한 그리스 사이의 일전이 박두했다.

세계 제국 성립, 헬레니즘 문명 탄생

아시리아 멸망 뒤 메소포타미아, 시리아, 이집트 일대를 페르시아인(아리아인+메디아인)들이 다시 통합해 아케메네스 왕조를 세웠다. 페르시아 제국을 건국한 카루스 대왕이 539년 신바빌로니아 정복에 이어 오리엔트 전체를 통일했고, 다음 왕 캄비세스 2세는 이집트를 넘어 북동 아프리카까지 점령했으며, 그 다음 다리우스 대왕은 인더스 강에서 러시아 남부와 흑해 주변까지 정복했다. 페르시아는 인더스 강 유역에서 지중해 동부와 이집트까지 아우르는 명실상부한 최초의 세계 제국이었다. (페르시아는 동양과 서양의 중간 지점에 위치했으므로 동서양의 문화를

---

3) 데모스는 뒷날 민주정치를 의미하는 데모크라티아의 어원이 되었다. 그런가 하면, 클레이스테네스가 혈연 중심의 4개 부족을 해체하고 지역에 따라 10개의 시민공동체(데모스)를 만들었는데, 이 데모스가 아테네 정치의 기본 단위가 되었고 뒷날 데모크라시의 어원이 되었다는 견해도 있다.

교류시켰다는 세계사적 의의를 지닌다. 페르시아에 이어 세계제국을 세운 알렉산드리아 또한 그렇다.)

다리우스 대왕(기원전 522~486년)은 전국을 20여 속주로 나누어 총독을 파견했고, 주요 도시를 잇는 '왕의 길'을 개통했다. 터키 반도 동쪽 끝부분 사르데스에서 행정 중심지 수사에 이르는 '왕의 길'은 2400km에 이르렀는데, 100곳에 숙소가 있었다. 왕의 전령은 이 원거리를 1주일 만에 달렸다. '왕의 길'은 효율적 통치, 교류, 상업 발달을 가능하게 해주었다.

페르시아는 각 민족의 종교를 인정하고 풍습도 존중했다. 언어도 제 말을 사용하게 했다. 포용 정책은 페르시아의 문화를 풍요롭게 만들었다. 수표가 사용되었을 정도로 상업이 발달했던 페르시아 왕궁 페르세폴리스는 아시리아 궁전 건축, 바빌로니아 계단 양식, 이집트의 거대 기둥과 연꽃 등을 다양하게 보여준다. 극단적 폭압으로 피지배 민족을 통치했던 아시리아와는 아주 상반되는 통치였다.4)

---

4) 노자는 지배와 군림의 이미지와 상반되는 곡신穀神, 천하모天下母, 식모食母 등의 어휘로 도를 나타내기도 했다. "도를 본받는 삶을 실천하는 상징으로서 물, 여성, 어린이" 등을 든 것도 같은 인식에서였다. 모두 다 "부드럽고 생명력이 충일한 삶을 나타내는 표현들이었다. 《도덕경》에는 노자가 자신의 친구 상종常從에게서 큰 깨달음을 얻었다고 기술되어 있다. 상종이 큰소리로 "자네, 혓바닥이 아직 있나?"라고 물었다. 노자는 "있지."라고 대답했다. 다시 상종이 "그럼 이빨은 어떤가? 있는가?"라고 물었다. 노자는 "없지." 하고 대답하는 순간, 약자가 살아남고 강자가 멸망하는 이치를 깨달았다.

페르시아의 자체 종교는 조로아스터교였다. 기원전 6세기에 조로아스터가 만든 이 종교는 세상을 선과 빛의 신 아후라 바즈다와 악과 어둠의 신 아흐리만의 대결로 보았다. 조로아스터교는 예전 종교보다 인간의 자유의지와 도덕성을 높이 샀다. 선과 악의 대결, 최후의 심판, 천국과 지옥, 구세주 등 조로아스터교의 보편성은 유대교, 크리스트교, 이슬람교, 인도 대승불교 등 세계종교에 영향을 끼쳤다.

기원전 8세기까지 임금이 다스리던 그리스에 전설의 제왕 '테세우스'가 출현해 아테네 전체를 통일한 뒤 왕정을 없앴다. 권력은 "아르콘"(행정관)이라 불린 귀족들에게 넘어갔다. 행정관 직책에서 퇴임한 귀족들은 "아레오파고스"(귀족회의) 구성원이 되었다. 평민들로 구성된 민회도 있었지만 권력을 행사하지는 못했다.

아테네를 비롯한 폴리스들은 해외무역으로 경제적 부를 쌓았고, 평민들 중에도 많은 부자가 탄생했다. 기원전 632년 킬론이라는 귀족이 아크로폴리스를 무력으로 점령했다가 시민들에게 제압되었다. 귀족들은 아테네 역사상 최초의 법이자 상당히 공정한 '드라콘 법'을 제정해 일반 시민들의 위상을 높임으로써 불만을 달랬다. 하지만 아직도 귀족과 평민 사이에는 차이와 차별이 많았다.

기원전 594년 행정관이 된 솔론이 개혁을 단행했다. 농민의 빚을 면제해주고, 빚 때문에 노예로 전락해 있는 농민은 본래대로 농민 신분을 되찾아주었다. 그리고 돈이 있으면 고위 직책을 차지할 수 있는 자격을 주어 금권정치가 실현되었다.

솔론 사후 약간의 혼란기를 거쳐 기원전 510년 다시 클레이스테네스가 민주주의 시대를 열었다. 클레이스테네스는 혈연 중심의 부족을 해체하고 지역에 따라 "데모스Demos"라는 이름의 시민공동체를 10개 만들었다. 데모스는 아테네 정치의 기본단위가 되었고, 나아가 데모크라시Democracy(민주주의)의 어원이 되었다. 그리고 국가정책을 최종 결정하는 민회에 의견을 제출하는 500인협의회 제도를 만들었는데, 협의회 구성원을 추첨으로 선출했다. 또 클레이스테네스가 독재를 할 가능성이 있는 인물을 골라내는 시민 투표(오스트라키스모스 제도)를 기원전 487년부터 시행했다. 시민들이 도편陶片에 적어 넣은 이름이 과반 이상 나온 자는 10년 동안 폴리스에서 추방되었다. 특히 기원전 461년~430년 페리클레스 집권 시기에 아테네 민주주의는 전성기를 맞았는데, 앞에서 언급했듯이 군사와 재정 담당자를 제외한 공직자를 추첨으로 뽑았다. 지형특성상 중앙집권제 실시가 어려워 연방제를 채택했던 그리스에서 시민이 권리와 의무를 다하는 민주정치(데모크라시)가 실현되었던 것이다.

클레이스테네스 집권 시기인 기원전 499년 그리스 식민도시들이 페르시아를 선제 공격했다. 얼떨결에 피해를 입은 페르시아가 가만히 있을 리 없었다. 페르시아는 492년 보복 전쟁을 개시했지만 폭풍우 탓에 전투가 벌어지지는 않았다. 이어 기원전 490년 마라톤 전투가 벌어졌다. 명장 밀티아데스를 중심으로 한 그리스 연합군이 의외로 페르시아를 물리쳤다. 이어 (한때 페르시아 군에게 아테네를 점령당하기도 했지만) 480년 살라미스 해전에서 대승을 거둠으로써 세계제국을 물리치는 기염을 토했다. 이때 아테네의 영웅 테미스토클레스는 페르시아 해군을 폭이 좁은 살라미스 해안으로 유인하는 지혜를 발휘했다. 479년에도 페르시아 군은 아테네 북동쪽 평원에서 그리스 군에 패했다.

그리스는 세계 최강국 페르시아를 물리쳤다는 자부심을 바탕으로 경제적 번영을 누렸다. 페르시아 전쟁이 끝난 479년 이래 펠로폰네소스 전쟁이 시작되는 431년까지 약 50년은 아테의 전성기였다. 페리클레스는 "우리의 정치는 모든 시민이 권력을 가진 민주정치이며, 모든 폴리스가 배워야 할 모범"이라고 뽐냈다. 하지만 4만 시민에 노예 10만, (페르시아에 공동 대응하기 위해 폴리스들이 체결한 델로스 동맹 이후) 폴리스들이 아테네에 공납을 바치게 되면서 가지게 된 불만, 아테네를 시기한 스파르타와의 긴장 제고 등 문제는 심해졌고, 결국 아테네 진영과 스파르타 진영 사이에 약 30년 동안(기원전 431~404년) 파괴적 전쟁이 계속되었다. 페르시아 전쟁 종료 후부터 전개된 이 펠로폰네소스 전쟁은 말이 전쟁이지 사실상 내전이었다.

아테네에는 설상가상의 악재가 터졌다. 전쟁 중 페리클레스를 비롯한 수많은 아테네인들이 전염병에 감염되어 생명을 잃었다. 일단 421년 두 도시국가는 평화협정을 체결했지만, 기원전 411년 제2차 펠로폰네소스 전쟁이 일어났다. 이때 페르시아는 스파르타를 지원했고, 스파르타는 전쟁 승리 후 그리스 식민지들을 주겠다고 페르시아에 약속했다.

기원전 404년 아테네가 백기를 들었고, 스파르타의 폭압 정치가 시작되었다. 이때부터 이른바 중우衆愚정치가 펼쳐졌고, 아테네 등 다른 폴리스들의 저항이 심해진 차에 스파르타의 강성을 원할 리 없는 페르시아가 이번에는 아테네와 테베 등을 지원했다. 기원전 371년 스파르타 군이 무너졌다. 그 과정을 거치면서, 긴 전쟁 와중에 차분히 힘을 쌓아가던 발칸반도 북쪽의 마케도니아로 그리스 역사의 주도권이 넘어갔다.

기원전 338년 마케도니아 필립포스 왕은 그리스를 통일했고, 이어서 기원전 334년 20세 청년 국왕 알렉산드로스가 폴리스 세계를 정복한 뒤 페르시아 정벌에 나섰다. 아버지 필립포스 왕이 336년 암살되어 마케도니아가 어수선해진 틈을 타 도시국가들이 반란을 일으키자 알렉산더 대왕은 군대를 동원해 무자비하게 제압한 후 가장 극심히 반발했던 테베의 생존 시민들은 모두 노예로 강등시켜 팔아버렸다. 그리고 334년 6만 대군을 이끌고 동방 원정에 올랐다.

알렉산더 군은 단 10일 분의 식량만 가지고 출군했지만, 적수가 없었다. 알렉산더는 가는 곳마다 알렉산드리아라는 이름의 도시를 세웠고, 페르시아 수도 페르세폴리스의 궁전도 불태웠다. 기원전 327년 이란 전역을 정복했고, 1년 뒤에는 인더스 강을 건넜다. 하지만 전쟁 기간이 너무 길어지면서 군대의 기강이 흐려져 전투를 계속할 수 없었다. 게다가 323년 회군 중 알렉산더 대왕이 병으로 죽고 말았다.

알렉산더 대왕은 세계 문화를 통일할 원대한 꿈을 꾸었다. 본인은 페르시아 공주와 결혼했고, 귀족을 포함 1만여 군인들을 페르시아 여인들과 결혼시켰고, 그리스 사람들을 대거 오리엔트로 이주시켰다. 알렉산더 대왕의 동방 원정기는 10여 년에 불과했지만, 결과는 영토만 넓어진 것이 아니라 동양과 서양의 문화가 어우러진, 3세기 무렵 발생한 간다라 미술과 같은 새로운 문화를 낳았다. 기원전 330년부터 기원전 30년까지 그리스 문화와 오리엔트 문화가 결합해5) 융성한 헬레니즘 문화가 바로 그것이었다. 100여 곳 알렉산드리아를 중심으로 그리스어 사용 범위가 크게 넓어졌고, 그리스풍 문화와 학문이 널리 전파되었으며, 무역과 공업 발달이 촉진되었다6).

알렉산더 사후 제국은 그리스(마케도니아), 이집트, 서아시아 세 영토로 분열되었다. 서아시아에서는 기원전 3세기 중엽부터 기원후 3세기 초엽까지 파르티아 제국이 메소포타미아 일원을

---

5) 서양 시각으로는 '그리스화化'되었다고 표현한다.
6) 물론 이는 상류층에 해당되는 이야기일 뿐 하층민은 세금 등으로 고통스러워졌다

지배했다. 동서양 중간 지점에서 실크로드를 장악한 그들은 태양신 미르타를 숭배했는데, 미르타교는 기독교에 버금갈 만큼 번창했고 뒷날 동양으로 넘어와 미륵불이 되었다.7)

파르티아를 무너뜨린 사산조가 기원후 7세기 중엽까지 서아시아를 지배했다. 아케메니스 왕조(페르시아) 복원을 외치며 로마와 대적했다. 종교도 페르시아와 마찬가지로 조르아스터교가 주류였는데, 조르아스터교에 기독교와 불교가 융합되어 동양에서는 마니8)교로 널리 전파되었다. 사산조는 이슬람의 공격을 받아 기원후 7세기 중엽 멸망했다.

고대 그리스 철학哲學philosophy

그리스 일대는 기원전 1000~800년 암흑기에 빠졌다. 장기간 진행된 대규모 산불과 북쪽에서 쳐내려온 도리아인Dorians의 무자비한 침탈로 아카이오스 왕국은 도무지 사람이 살 수 없는 폐허가 되었다. 아카이오스 인들은 에게 해를 건너 소아시아의 이

---

7) 불상 뒷면 원광圓光도 미르타 교에서 전래되었다.

8) 메소포타미아 출신 마니Mani(216~274?)가 기독교와 조로아스터교를 융합해 '전쟁과 살육을 부정하는 평화의 종교' 마니교를 창교했다. 마니는 자신을 "나는 아담과 노아, 아브라함과 부처, 조로아스터와 예수의 뒤를 잇는 최후의 예언자"로 규정했고, 조로아스터교 신자인 페르시아 황제에게 죽임을 당했다. 창시자의 순교 이후 마니교는 한때 세계 4대 종교에 들었다. 영적인 지식靈知gnosis을 통해 구원에 이른다는 이원론적 종교에 속하는 마니교의 핵심은 힘들고 고통스럽고 악한 이 세상에서 구원 받는 길은 오직 지혜 또는 영을 통해서 가능하다는 것이다.

오니아 지역으로 옮겨가서 살았다. "그리스 철학은 기원전 6세기에 (터키 서남부 바닷가) 이오니아 지방에서 유행한 자연철학에서 시작되었다. 자연철학자들은 자연계의 기원과 현상을 신화적으로 설명하던 종전의 방식을 버리고 추론을 통해 만물의 생성 근원arche을 밝히고자 했다."9) 합리적 세계관을 제창한 자연철학의 출현은 서양철학의 출발점이자 자연과학 발달의 선구적 역할을 수행했을 뿐더러, 당대 그리스 시민들에게 인본주의人本主義 사상을 심어주는 계기가 되었다.

기원전 800년 무렵 아테네 등 도시국가들이 재생하던 시기에 왕정이 아니라 민주정 체제가 채택된 점도 고대 그리스 철학이 융성할 수 있었던 근본 요인으로 작동했다. 시민권을 가진 성인 남자들로 구성된 민회民會는 도시국가10)의 주요 사안들을 다수결多數決로 결정했다. 민회는 직접 민주정치 실현의 토대이자, 시민들이 자신의 생각을 논리적으로 펼칠 수 있는 활발한 토론

---

9) 박윤덕 외, 《서양사 강좌》, 아카넷, 2016, 35쪽.

10) 미야자키 마사카츠 지음, 이영주 옮김, 하룻밤에 읽는 세계사 (랜덤하우스중앙, 2004), 56쪽 : "그리스인들은 발칸 반도와 소아시아 연안의 분지와 협소한 평야에서 올리브 재배를 확대하여 기원전 약 8세기경부터 인구 수백에서 수천에 이르는 소규모 도시(폴리스)를 (1,000개 이상) 구축했다. 폴리스의 이상적인 시민의 수를 플라톤이 5,040명이라 하고 아리스토텔레스가 '한 곳에 모아서 웅변가의 소리가 닿는' 범위인 2,000명이라고 한 것처럼 일반적으로 폴리스의 규모는 작았다. 폴리스는 교역의 중심이자 농민들의 공동 바위 거점이다. 폴리스의 중심은 아크로폴리스(성채)와 아고라(광장)이다."

의 장이었다. 아테네 시민들에게 이성적이고 합리적인 사고와 논변에 관해 관심을 가지는 일은 일상이 되었다. 이는 철학 philosophy이라는 말이 그리스어 필로소피아philosophia에서 유래했음을 짐작하게 해준다. 필로philo는 '사랑하다, 좋아하다'라는 뜻의 접두사이고 소피아sophia는 '지혜'를 의미한다.11)

기원전 594년 솔론, 기원전 508년 클레이스테네스의 개혁을 거쳐 민주주의가 정착되어가고 있을 시기에 '지혜를 가진 사람' 소피스트Sophist가 등장했다. 정치적 성공을 중시한 소피스트들은 실용적 교양과 학예를 가르치는 일을 직업으로 삼았는데, 민회에 참석해 능력을 발휘하려는 시민들이 많았으므로 특히 수사학修辭學을 중점적으로 교수했다. 도덕규범이 시대, 사회, 개인에 따라 변한다고 인식한 소피스트들은 보편적 도덕규범은 없다면서 윤리적 상대주의를 주장했다

프로타고라스12)는 "인간은 만물의 척도"라면서 보편타당한

---

11) 필로소피아는 지知를 사랑하는 것, 즉 '애지愛知의 학문'이라는 뜻이다. 철학哲學의 '哲'도 '賢' 또는 '知'와 뜻이 같다. 이처럼 자의字義만으로는 철학이 무엇을 연구하는 학문인지 알 수 없다. 예를 들어, 국문학은 그 나라의 문학에 대해 연구하는 학문이고, 경제학은 경제현상에 관해 연구하는 학문이다. 이름만 들어도 무엇을 연구하는 학문인지 짐작할 수 있다. "철학은 전체적이고 포괄적일 뿐 아니라, 또 종합적인 학문"으로, "학문이 점차 발달하여 복잡해짐에 따라 그것의 분화현상이 나타나고, 이에 따라 철학과 과학이 분리된 것"이다(김길락 등, 《고등학교 철학》, 대한교과서주식회사, 1981, 9~14쪽).

12) 탈레스 : 기원전 624~546 / 아낙시만드로스 : 610~546
    아낙시메네스 : 585~528 / 피타고라스 : 569~475

절대 진리와 도덕규범은 존재하지 않는다고 가르쳤고, 트라시마코스는 "정의는 강자의 이익"이라면서 강자들이 법률을 제정하는 것은 자신들의 이익을 추구하기 위한 행위라고 말했다. 고르기아스는 "아무 것도 존재하지 않는다. 비록 존재하더라도 그것을 인식하지 못한다. 인식한다 하더라도 전달할 수 없다"면서 바람직한 삶의 태도는 사람마다 다르다고 허무주의를 설파했다.

플라톤은 진리를 구하기보다는 진리에서 생기는 이득에 더 관심을 가진 그들을 '정신양육의 무역상인이나 소매업자'라고 비난했다. 하지만 가치관 혼란과 회의주의를 유발할 우려 때문에 흔히 궤변詭辯을 일삼은 부정적 이미지로 폄훼되지만, 소피스트들의 상대주의적 인식 · 경험주의적 탐구 · 실용주의적 가치관은 이후 서양철학이 개인과 사회의 다양성을 인정하고 포용하는 방향으로 나아가는 데 큰 영향을 끼쳤다.

바꿔 말하면, 소크라테스에서 출발한 윤리적 보편주의는 다원화된 사회가 가치관의 혼란 때문에 흔들리는 사태를 막는 데 도움이 되지만, 인간의 개성을 억압하고 사회를 전체주의로 몰

헤라클레이토스 : 544~484 / 파르메니데스 : 515~460
아낙사고라스 : 500~428 / 엠페도클레스 : 493~433
프로타고라스 : 480~411 / 고르기아스 : 485~380
트라시마코스 : 459~400 / 데모크리토스 : 460~370
페르시아 전쟁 : 492~480 / 소크라테스 : 469~399
페리클레스 시대 : 443~429 / 플라톤 : 427~347
펠로폰네소스 전쟁 : 431~404 / 아리스토텔레스 : 384~322
에피쿠로스 : 341~271 / 제논 : 334~262

고 갈 단점을 내재하고 있다. 현실적 성공에 집착하는 소피스트에 맞서 소크라테스는 지행합일知行合一의 도덕적 삶을 강조했다. 그는 시대, 사회, 개인을 관통하는 보편타당한 도덕규범이 있고, 사람은 그에 대한 올바른 이해를 바탕으로 선하고 참되게 살아야 옳다고 주장했다. 참된 앎을 가진 사람은 덕을 쌓게 되고, 덕이 있는 사람은 행복한 삶을 누리게 된다는 지덕복합일설知德福合一說에 근원을 둔 소크라테스의 철학은 무지無知를 악행의 원인으로 보는 주지주의主知主義적 인식으로, 무지를 자각하라는 명언 "너 자신을 알라"도 거기에서 유래했다. 그 방법으로 소크라테스는 깊은 진리를 깨닫기 위해 논리적이고 이성적인 대화를 끝없이 주고받는 문답법, 일명 소파술을 제창했다.

스승의 주지주의 철학을 계승한 플라톤은 개인과 국가가 모두 정의正義의 덕을 실현하여 모두가 행복해질 수 있는 방안 탐구에 큰 관심을 기울였다. 플라톤은 감각으로 파악되는 가시계可視界인 현실세계는 동굴 안에 비친 그림자처럼 불완전한 세계에 지나지 않으므로 동굴 밖 밝은 해가 비치는 선善의 이데아 idea 세계로 나아가 참된 지혜를 갖추어야 한다고 보았다. 여기서 이데아는 감각이 아니라 이성을 통해 파악되는 가지계可知界의, 참된 실재가 존재하는 완전하고 이상적인 세계를 뜻한다.

플라톤에 따르면, 이상적 인간이 되려면 이성, 기개, 욕구로 이루어진 영혼의 각 부분이 제 역할을 잘 수행할 수 있어야 한다. 이때 욕구는 절제로 다스려지고, 기개는 용기로 다스려지고,

이성은 지혜의 덕으로 다스려진다. 플라톤은 《국가》에서 "이성, 기개, 욕망이라는 영혼의 세 부분 모두가 다른 부분의 역할에 간섭하지 않고 각자의 일을 충실히 수행하여 전체적으로 음계의 세 음정처럼 조화를 이루면 정의로운 인간이 되는 것"이라고 규정했다. 마찬가지로, 한 국가가 정의롭게 되는 것도 "성향이 다른 세 계층의 사람들 모두가 남의 일에 간섭하지 않고 자기 일을 충실히 수행했을 때이며, 지혜와 용기와 절제가 조화를 이루었을 때"라고 했다. 국가의 세 계층은 통치자, 군인이나 관료 등으로 엄격한 훈련을 거쳐 통치자가 될 수 있는 수호자, 생산자이다. 플라톤은 통치자가 지혜의 덕을 발휘하고, 수호자(방위자)가 용기의 덕을 발휘하고, 생산자가 절제의 덕을 발휘하면 비로소 정의로운 국가가 실현된다고 했다. 플라톤은 동굴 밖 선의 이데아를 본 사람이 철학자이고, 철학자가 통치할 때 정의로운 국가가 완성된다는 '철인 통치론'을 펼쳤다.

아리스토텔레스는 '기하학을 모르는 자는 이 문을 들어올 수 없다'라는 글귀가 입구에 적혀 있는 플라톤의 아카데미아에서 배웠다. 그는 스승의 철학을 계승하면서도 독자적 사상을 탐구했다. 아리스토텔레스는 플라톤의 이상주의적 이데아론에 견줘 현실주의적이고 목적론적인 세계관을 드러내었다. 그는 세계를 개별적 실체로 이루어진 하나의 세계로 보았고, 이데아의 세계가 아니라 현실세계에 선이 존재한다고 믿었다.[13] 아리스토텔레스에 따르면, 세상 모든 것에 목적이 있듯이 인간 또한 선을 목적으로 행위하는 존재인 만큼 그 선이 또 다른 높은 선을 계속 추구하면 언젠가는 더 이상 올라갈 수 없는 '최고선' 행복에 도달하게 된다. 아리스토텔레스는 《니코마코스[14] 윤리학》에서 "행복은 모든 것 가운데 가장 바람직한 것이며, 여러 선들 중에서 최고의 선이다. 따라서 행복은 모든 행동의 궁극적 목적이며, 행복은 덕에 따르는 영혼의 활동"이라고 말했다.

여기서 행복은 부유, 명예, 쾌락 등이 아니다. 아리스토텔레스는 그것들은 일시적이고 불완전하므로 진정한 행복이 되지 못한다고 했다. 그는 행복을 '지적인 덕德'에 따르는 영혼의 활동으로 보았다. 지적인 덕은 실천적 지혜, 철학적 지혜, 논리적 추론, 수학, 신학, 자연학 등 영혼의 이성적 기능이 탁월하게 작용할 때 비로소 얻을 수 있는 덕으로, 주로 교육을 통해 길러진다. 실천적 지혜는 '품성적인(도덕적인) 덕'의 형성에 직접적으로 영향을 끼치고, 그 외는 간접적으로 영향을 끼친다.

---

13) 아리스토텔레스는 같은 종류의 여러 사물 속에 하나의 공통개념(이데아)이 있다는 플라톤의 인식에 동의했다. 그러나 그 공통개념이 사물에서 독립되지는 않는다고 여겨 '질료·형상설'을 주장했다. 사물을 떠난 본질은 없으므로 이데아形相와 감각적 재질質料이 결합한다고 보았다. 플라톤은 감각세계를 떠나 에로스eros를 목표로 이데아의 이상세계를 향해 올라가는 존재로 보았고, 아리스토텔레스는 이성에 의한 영혼의 활동이 인간의 행복이므로 위로 향해 올라가는 사랑이 아니라 시민의 상호협조, 즉 필리아philia(우정)를 강조했다.

14) 아리스토텔레스의 아들 이름이다. 책 이름은 아리스토텔레스가 아들에게 읽힐 수 있는 교육용으로 집필했다는 사실을 말해준다.

지적인 덕과 달리 품성적인 덕은 주로 습관에 의해 길러진다. 감각과 욕구가 이성의 명령을 잘 따를 때 얻을 수 있는 도덕적인 덕은 중용中庸15)을 따르는 품성인데, 어떤 행동이 중용인지 알고 있다 하더라도 '선 의지'가 없으면 실천하지 못한다. 덕의 실천을 통해 행복을 얻을 수 있다고 본 아리스토텔레스는 공동체 구성원인 '정치적 동물' 인간은 사회적 책무를 다할 때 덕을 쌓을 수 있다고 했다. 덕은 도덕적 선을 습관적으로 행할 수 있는 훈련된 행동인 것이다.

이성이 욕구를 잘 통제할 때 덕을 쌓을 수 있고, 덕 있는 삶이 행복을 안겨 준다고 본 플라톤과 아리스토텔레스의 사상은 그리스도교 윤리를 정립하고 교리를 체계화하는 데 활용되었다. 참된 진리는 이데아의 세계에 있다는 플라톤의 사상은 데카르트와 칸트 등 이성을 중시하는 철학자들에 영향을 주었고, 진리가 현실세계에 있다는 아리스토텔레스의 사상은 행위자의 도덕적 품성을 중시하는 현대 윤리에 영향을 주었다.

알렉산드로스 대왕이 죽는 기원전 323년부터 로마가 이집트를 지배하게 되는 기원전 30년까지 약 300년을 헬레니즘 시대라

---

15) 넘침과 모자람 사이에 중용이 있다. 방종과 무감각 사이의 절제가 중용이다. 오만과 비굴 사이의 긍지가 중용이다. 성급함과 무기력 사이의 온화가 중용이다. 허풍과 거짓 겸손 사이의 진정성이 중용이다. 가벼움과 무뚝뚝함 사이의 재치가 중용이다. 아첨과 심술 사이의 친절이 중용이다.

한다. 이때는 그리스 도시국가들이 붕괴되고 세계제국이 들어선 시기였다. 작은 공동체의 일원으로 살아가는 소속감은 옅어진 반면 '세계 시민'으로서 개인주의가 고취된 때이기도 했다. 사상적으로는 쾌락을 추구하는 에피쿠로스Epikouros학파와 금욕을 추구하는 스토아Stoa학파가 대두했다.

에피쿠로스는 "우리가 '쾌락이 목적'이라고 말할 때의 쾌락은 방탕한 자들의 쾌락이나 육체적 쾌락이 아니다. 몸의 고통과 마음의 불안으로부터 자유를 뜻한다. 넘치는 음식이 쾌락한 삶을 만들어주는 것이 아니다. 영혼을 회오리바람처럼 뒤흔드는 광기를 몰아내는 명료한 사고만이 쾌락적인 삶을 만들어준다"라고 했다. 쾌락을 누리는 삶이야말로 행복한 삶이며, 고통과 불안이 없는 상태의 지속, 즉 아타락시아가 쾌락이다. 에피쿠로스는 소박한 삶을 살아야 아타락시아의 평정심에 도달할 수 있다고 했다.[16] 공적인 인간관계는 고통과 불안을 야기할 수 있으므로 사

---

16) 키레네Cyrene학파도 쾌락주의를 추구했다. 그들은 지금 당장의 감각적이고 육체적인 쾌락을 중시했는데, 에피쿠로스학파와 근본적으로 달랐다. 에피쿠로스는 키레네학파를 '쾌락의 역설'에 빠져 있다고 비판했다. 계속 쾌락을 추구하면 고통에 빠진다는 것이다. 에피쿠로스학파는 순간적이고 감각적인 쾌락이 아니라 지속적이고 정신적인 쾌락을 찾았다. 또 에피쿠로스는 신을 추방해야 미신으로부터 야기되는 불안을 없앨 수 있다고 했다. 최고로 행복한 존재인 신이 인간의 일에 관심을 가질 리 없다는 뜻이다. 그는 산 자와도 무관하고 죽은 자와도 무관한 죽음을 두려워할 이유가 없다고도 했다. "우리가 존재하는 한 죽음은 존재하지 않고, 죽음이 찾아오면 우리는 이미 존재하지 않는다."

적 공간에서 정의롭게 살 것을 촉구했다.

서양에는 로마, 동양에는 한

지금의 터키 일원에 거주하던 히타이트 족이 기원전 1530년 무렵 세계 최초로 사용한 철제 무기를 휘두르며 마차 전차를 앞세워 바빌로니아 왕국을 무너뜨렸다. 그러나 히타이트 족은 기원전 1200년경 '알지 못하는 세력'에게 멸망했다.

기원전 7세기경 메소포타미아 북쪽에 살던 아시리아 인이 이집트까지 아울러 오리엔트를 통일했다. 그러나 이들은 잔혹한 정치(세금 중과, 타종교 탄압 등)를 펼친 끝에 기원전 612년 피식민지 사람들의 저항으로 몰락했다.

기원전 525년 페르시아인[17]이 오리엔트를 재통일했다. 아케메네스 왕조 페르시아는 최초 세계제국[18]은 피지배민족의 종교

---

17) 중앙아시아에서 현재의 이란 일원으로 옮겨가 살던 아리아 인의 일부가 선주민先住民 메디아 인과 종족 통합을 이루어 탄생했다.

18) 서로마가 멸망한 476년부터 동로마가 멸망하는 1453년까지를 서양의 봉건시대로 본다. 기원전 1066년 주 무왕은 천자天子를 자칭하며 공신과 친인척을 제후에 임명한 후 봉건제도를 실시했다. 기원전 6세기 말에 이르러 페르시아가 중앙정부가 총독을 파견해(제후가 아니라) 지방을 다스린 데 견주어도 주의 봉건은 엄청나게 앞선 제도였다. 그래도 주를 세계제국이라 하지는 않는다. 주가 다스린 민족은 모두가 동일한 한漢민족이었기 때문이다. 페르시아는 28개 민족을 통치했다. 기원전 221년 중국을 처음으로 통일한 진도 같은 뜻에서 세계제국은 아니다.

와 문화를 인정하는 등 관용 정책을 펼쳤고, 지리적으로 서양과 아시아 중간에 위치한 점을 잘 활용하여 동서 문화 교류와 융합이라는 새로운 역사를 창조했다. '현대종교의 기원' 조로아스터교의 보편성[19]이 각 민족에 미친 영향도 지대했다.

도시국가 연합 그리스가 기원전 492년부터 기원전 480년까지 계속된 페르시아의 공격을 막아낸 뒤 아테네와 스파르타 두 세력으로 분열되어 30년 동안(기원전 431년~404년) 펠로폰네소스 전쟁이라는 이름의 내전을 치른 끝에 자멸하고 마케도니아가 그리스 지역을 통일했다. 기원전 330년 페르시아를 멸망시키고 새로운 세계제국을 건설한 마케도니아도 역시 관용 정책을 펼쳤다. 청년 알렉산드로스는 기원전 336년부터 기원전 323년까지 불과 12년여밖에 재위하지 않았고, 그의 사후 제국은 바로 분열되었지만 대왕이 일으킨 '헬레니즘(세계의 그리스화, 또는 동서양 문화의 융합)'은 로마에 의해 다시 세계제국이 건설되는 기원전 30년에 이르기까지 300년 동안 서양과 오리엔트 지역을 이끌었다.[20]

---

[19] 로마 콘스탄티누스 황제는 313년 크리스트교를 '민족을 초월한 보편성을 가진 종교'라는 이유로 공인하고, 그로부터 80년 뒤 크리스트교는 로마의 국교가 된다. 조로아스터교의 보편성을 가진 교리 '선과 악의 대결, 최후의 심판, 구세주, 천국과 지옥' 등은 유대교, 크리스트교, 이슬람교, 인도의 대승불교 등 세계 종교에 영향을 끼쳤다.

[20] 아케메네스 왕조 페르시아는 기원전 525년~기원전 300년에 존재했지만 알렉산드리아 제국이 3개국으로 분열된 후 이란 일원의 옛 페르시아 지역에 "페르시아 계승"을 기치로 파르티아(기원전 247년~기원후 227년)와 그 뒤를 이어 사산왕조 페르시아(기원전 227년~기

오랫동안 그리스와 그 동쪽 지역21) 정세와 관계없이 홀로 실력을 길러온 곳이 있었으니 바로 로마였다. 기원전 7세기 무렵 '도시 로마'로 출발한 로마는 기원전 3세기쯤 귀족과 평민이 법률상 평등한 '공공의 것res publica(공화22)국 Republic의 어원)'을

원후 642년)가 건국되었다. 파르티아와 사산왕조 페르시아는 시기적으로 보아(기원전 264년~기원전 146년 로마와 카르타고 포에니 전쟁, 기원전 27년 로마 제정 성립, 기원후 313년 로마 콘스탄티누스 황제 크리스트교 공인, 기원후 395년 동로마·서로마 분국, 기원전 476년 서로마 멸망, 1453년 비잔티움 제국 멸망) 상당 기간 로마와 세계패권을 다툰 강대국이었다. 그만큼 페르시아(아케메네스 왕조, 파르티아, 사산왕조 페르시아)는 기원전 525년부터 기원후 642년까지 약 1200년에 걸쳐 세계문화에 지대한 영향을 끼쳤던 것이다. / "◇◇의 메카"라는 말을 많이 쓰는데 이 역시 사산왕조 페르시아와 관련이 있다. 사산왕조 페르시아와 동로마(비잔티움 제국)가 100년에 걸친 평화를 마감하고 6세기 들어 전쟁에 돌입하자 아라비아 사람들은 위험한 육로보다 지중해에서 홍해를 거쳐 인도양으로 가거나, 홍해 중심부 메카에서 아라비아 사막을 횡단하여 나아갔다. 그 결과 메카가 급속도로 발전하였고, 메카 인근 북부 야스리브도 팽창하였다. 마호메트도 메카 출신이다.

21) 그리스는 '그리스의 동쪽'이라는 이유로 '오리엔트'라 불렸다. 그 후 유럽에서는 '가까운 동쪽'이라 하여 '근동近東'이라 불렸다. 미국은 유럽과 아시아 사이의 동쪽이라 하여 '중동中東'이라 부른다.

22) 군주제君主制와 상대되는 공화제共和制는 시민권자들이 협의하여 국가를 공동으로 소유하는 체제를 말한다. [두산백과 '민주공화국 democratic republic'] 공화국은 군주국이 아닌 국가, 즉 주권이 국민에게 있고 국민이 선출한 대표자가 국민의 권리와 이익을 위하여 국정을 운영하며, 국가의 원수가 그 명칭 여하를 막론하고 국민의 직접 또는 간접 선거에 의하여 선출되며 일정한 임기에 의해 교체되는 국가를 말한다. 공화국은 주권의 담당자가 누구냐에 따라 과두적寡頭的 공화국, 귀족적 공화국, 계급적 공화국, 민주적 공화국 등으로 나눌 수 있

이루었다. 이때 로마는 이탈리아 반도를 통일했고(기원전 372년

다. 또한 권력형성의 사회적·정치적 조건에 따라 의회공화국·소비에트공화국(인민공화국)으로 나눌 수 있고, 정치적 이데올로기에 따라 민주적 공화국, 전제적 공화국으로 분류할 수 있다. 민주공화국은 주권이 귀족에 있는 귀족공화국, 주권이 한 계급에 있는 계급공화국 등과 다르다. 민주공화국이 최초로 등장한 것은 1776년 미국 독립선언에서이고, 그 후 1789년 프랑스혁명, 1793년과 1848년 프랑스헌법 등에 의하여 확고한 것이 되었다. [두산백과 '민주주의democracy'] 민주주의는 귀족제나 군주제 또는 독재체제에 대응하는 뜻으로 그리스어 'demokratia'에 근원을 두고 있는데, 'demo(국민)'와 'kratos(지배)'의 두 낱말이 합친 것으로서 '국민의 지배'를 의미한다. '국민의 지배'라는 민주주의는 여러 갈래로 해석되어 왔다. 초기 그리스에서는 시민권을 가진 남자들의 다수결원칙 아래 정치적 결정에 직접 권한을 행사하는 정부형태를 의미하였다. 이 제도를 '직접민주주의'라 한다. 한편, 국민 개개인이 직접 정치결정과정에 참여하지는 않고 다만 국민이 선출한 대표들을 통하여 정치결정 권한을 대리하게 하는 방식도 있다. 이것을 '대의代議민주주의'라 한다. 또 정부의 형태가 민주주의든 아니든 간에 사회적·경제적 평등에만 관심을 기울이는 민주주의도 있다. 불평등한 개인의 소유재산을 평등하게 조정한다는 것으로서 '사회적 민주주의' 또는 '경제적 민주주의'라고도 한다. 이와 같이 민주주의의 해석에는 여러 갈래가 있을 수 있으나 기본원칙에는 변화가 없다. 민주주의의 필수요건은 대략 여섯 가지로 나눌 수 있다. 첫째, 국민은 1인 1표의 보통선거권을 통하여 절대권한을 행사할 수 있어야 한다. 둘째, 적어도 2개 이상의 정당들이 선거에서 정치강령과 후보들을 내세울 수 있어야 한다. 셋째, 국가는 모든 구성원의 민권民權을 보장하여야 하는데, 이 민권에는 출판·결사·언론의 자유가 포함되며 적법절차 없이 국민을 체포·구금할 수 없다. 넷째, 정부의 시책은 국민의 복리증진을 위한 것이어야 한다. 다섯째, 국가는 효율적인 지도력과 책임 있는 비판을 보장하여야 한다. 정부의 관리들은 계속적으로 의회와 언론에서 반대의견을 들을 수 있어야 하고, 모든 시민은 독립된 사법제도의 보호를 받아야 한다. 여섯째, 정권교체는 평화적 방법으로 이루어져야 한다.

경), 자치권과 의무를 동시에 부여하는 분할정책을 써서 기타 도시들을 통치함으로써 세계제국으로 발돋움할 기반을 구축했다. 이윽고 로마는 기원전 264년부터 기원전 146년까지 이어진 카르타고와의 포에니23) 전쟁을 승리로 이끈 후 여세를 몰아 알렉산드리아제국이 세 왕국으로 분열해 있던 지역을 모두 정복24), 지중해 세계를 통일했다.

하지만 로마는 개혁을 추진하던 티베리우스 그라쿠스, 가이우스 그라쿠스 형제가 기원전 132년과 기원전 121년에 귀족들로부터 살해당하면서 혼란기를 맞이했다. 귀족과 평민의 대립이 극심해지면서 공화정은 파국으로 치달았고, 장군들이 무력을 동원해 권력을 잡으면서 100년에 걸쳐 내전 상태가 되었다. 결과적으로 식민정치가 잔혹해졌다. 기원전 42년 아시아 지역 총독으로 부임한 브루투스25)는 10년치 세금을 한꺼번에 거두었고,

---

23) 포에니는 페니키아인을 의미한다. 페니키아는 기원전 1200년 무렵 정체불명의 공격을 당해 히타이트가 멸망할 때 동시에 큰 피해를 입었지만, 히타이트처럼 흔적도 없이 사라진 것이 아니라 무역에 종사해 부를 축적했고 아프리카 서북부 해안과 스페인 남부에 카르타고라는 식민국가를 건설했다. 카르타고가 점점 강성해져서 기원전 264년부터 기원전 146년까지 로마와 지중해 전역을 놓고 쟁패를 다투었다. (카르타고의 지휘관은 한니발, 로마의 지휘관은 스키피오였다. 한니발의 공격과 임진왜란 때 조선정부의 일본군에 대한 오판, 스키피오의 공격과 조선정부의 부산 공격 미이행)

24) (기원전) 146년 마케도니아, 64년 시리아, 30년 이집트

25) 카이사르를 암살한 인물. 본래 폼페이우스의 편이었으나 시저의 방면으로 총독 등을 지냈다. 브루투스는 황제가 되려는 시저의 야

그 이듬해 후임 총독으로 부임한 안토니우스26)는 또 다시 9년치 세금을 징수했다. 이곳 식민지 사람들은 2년 동안 19년치 세금을 납부해야 했던 것이다. 하지만 풍요는 유력자들만 누렸고, 그 동안 귀족과 동등하게 대우를 받아오던 로마의 상인과 농민들은 졸지에 무산계급으로 전락했다. 권력층은 '빵과 서커스'로 민심을 달랬는데 그 와중에 목숨을 내건 결투에 동원되었던 노예들이 반란을 일으키기도 했다.

기원전 60년 카이사르(기원전 100~기원전 44), 크라수스, (스파르타쿠스의 반란을 진압한) 폼페이우스 3명이 민심 수습 차원에서 '삼두정치'를 실시했다. 카이사르는 현재의 프랑스 일대를 정복하는 것으로 사람들을 달래려 했다. 카이사르의 인기가 치솟자 폼페이우스는 원로원과 짜고 그에게 로마로 귀환하라는 지시를 내렸다. 당시 로마 법률은 이탈리아 북부의 루비콘 강을 건너

심에 저항하여 그를 죽였는데, 그래서 시저는 죽으면서 "브루투스여! 너마저?" 라고 외쳤다고 한다. 시저의 죽음은 로마 시민들을 충격에 빠뜨렸는데, 시저의 주검 앞에서 브루투스가 안토니우스가 시민들에게 각각 연설을 했다. 브루투스는 "시저는 내가 존경해 마지않는 위대한 인물이지만, 로마의 공화정을 지키기 위해 어쩔 수 없이 내가 시해를 했습니다"라고 말해 시민들의 박수를 받았다. 이어서 안토니우스가 "시저는 자기 재산을 로마 시민들에게 나누어주라고 유언장을 써놓을 만큼 로마를 사랑한 분입니다" 하고 뒤를 이었다. 시민들이 더 크게 환호했다. 달아났던 브루투스는 그 이후 안토니우스와 전투를 벌였지만 패전하고 자결했다.

26) 카이사르 사후 클레오파트라와 합세해 이집트를 통치하다가 옥타비아누스의 공격을 받아 처형된다.

로마 시내로 입성하려면 누구나 무장을 해제하게 되어 있었다. 카이사르는 무기 없이 로마로 입성하는 것은 죽음을 받아들이는 것과 마찬가지였으므로 기원전 47년 자기 군대에 무장을 시킨 채 "주사위는 던져졌다"면서 "루비콘 강을 건넜다". 즉 반란을 일으킨 것이었다.

카이사르는 권력을 잡지만 기원전 44년 브루투스 등 반대파에 암살당하고, 다시 카이사르의 복심 안토니우스와 카이사르의 양자 옥타비아누스가 지중해를 양분해 쟁패했다. 안토니우스는 시저의 지지를 받았던 이집트 클레오파트라[27]와 연합해 로마 제국의 동쪽을 지배하려 했지만 기원전 31년 옥타비아누스의 공격을 이겨내지 못하고 처형되었다. 옥타비아누스는 기원전 29년 원로원으로부터 '존엄자'라는 의미의 "아우구스투스" 칭호를 받고 프린캡스[28]가 되어 실질적 제정을 실시했다.

실제로 황제 자리에 즉위한 사람은 아우구스투스의 뒤를 이은 티베리우스였다. 그 다음 황제 칼리굴라는 폭정을 일삼다가 근위대에 살해되었다. 클라우디우스가 뒤를 이었는데, 재혼한 여인 아그리피나에게 독살되었다. 황제의 조카인 아그리피나는 자

---

[27] 기원전 48년 카이사르는 클레오파트라가 보낸 선물을 받았다. 상자를 열어본 카이사르는 뒤로 자빠졌다. 상자 안에서 나온 선물은 클레오파트라 본인이었다. 이렇게 극적인 방법으로 클레오파트라는 카이사르의 지지를 얻었다. 뒷날 로마는 클레오파트라를 "나일강의 마녀"라 불렀다.

[28] 제1의 시민, 프린스의 어원

기 아들을 황제자리에 앉히려고 계획적으로 황후가 되었던 것이다. 그러나 서기 54년에 즉위한 아그리피나의 아들 네로는 권력 행사에 개입하려 든다는 이유로 어머니인 그녀를 독살했다. 네로는 68년 반란군이 밀려오자 스스로 목숨을 끊었다.29)

그 이후 96년부터 180년까지 다섯 황제에 걸쳐 '로마의 평화 Pax Romana' 시대가 펼쳐졌다. 이때는 황제 자리가 세습되지 않고 '선양'되었다. 가장 현명한 사람을 황제의 양자로 삼은 후 그에게 왕자를 물려주었다. 폭압 정치는 없었고, 일정한 자치가 허용되어 파리·런던·빈 등의 도시들이 만들어졌다. 법·생활양식·화폐·도량형 등이 로마식으로 통일되었고, 대도로가 개설되었으며30), 중국·인도·아라비아 등지와 무역이 활발해졌다. 이 무렵 약 100년이 로마의 전성기였다.

기원후 100년경 로마시市의 인구가 120만이나 되었다. 그 중 40만이 노예였다. 로마 역사가 타키투스는 "로마인은 폐허를 만들고 그것을 평화라 불렀다"고 힐난했다. '로마의 평화'는 피식민지 사람들에 대한 가혹한 탄압을 토대로 구축된 것이었다. 전성기 직후 퇴역군인들이 지방도시에 정착하는 사례가 늘어나면서 235년부터 284년에 이르는 '군인 황제 시대'가 열렸다. 약 50

---

29) 64년 로마에 큰불이 났다. 네로는 그리스도교 신자들이 불만을 품고 방화를 했다면서 학살을 했다. 60년쯤 로마로 와서 선교를 하고 있던 바울과, 예수의 수제자 베드로도 66년 순교했다.

30) 페르시아도 '왕의 길' 2400km를 건설했다.

년간 26명의 황제가 즉위했으니 혼란상은 이루 말할 수 없었다.31)

3세기 말 군인황제 중 한 명이었던 디오클레티아누스 황제32)가 혼란을 수습해 제국을 재정비한 후 313년 콘스탄티누스 황제가 '민족을 초월한 보편성을 갖는 종교'라는 이유를 내세운 밀라노 칙령으로 그리스도교를 공인했다. 그리스도교33)를 제국 통치

---

31) 기원전 247년 아케메네스 왕조 페르시아 고토에 건국된 파르티아는 기원후 227년까지 여러 차례 로마와 대립할 만큼 강성했다. 파르티아를 무너뜨린 사람은 그 나라 장군 아르사시르였다. 반란을 일으킨 아르사시르는 '사산 왕조 페르시아'를 국호로 페르시아 계승을 부르짖었다. 사산왕조 페르시아는 기원후 642년까지 이어지며 아케메니스 페르시아의 영광과 동서 연결 역할을 훌륭하게 수행했다. 260년에는 로마 황제가 사산왕조 페르시아와 전쟁 중 포로로 잡혀 처형되기도 했다.

32) 이때 황제 숭배를 거부하는 그리스도교도들에 대한 대대적 박해가 이루어졌다. 육신의 부활을 믿는 까닭에 매장 장례를 선호했던 교도들은 카타콤베라는 지하 묘지를 만들었고, 때로는 그곳에서 예배도 보았다. 카타콤베는 560km나 이어졌다.

33) 기원전 2000년경 셈계의 헤브라이인이 팔레스타인에 정착하고, 일부는 이집트로 가서 노예가 되었다. 노예들은 모세의 지도 아래 이집트를 탈출할 때 '십계명(나 이외의 다른 신을 섬기지 말라 등)'을 지키기로 맹세하고 야훼(여호와, 그 지역의 자연신)의 도움을 받았는데 이로부터 야훼를 민족신으로 모시게 되었다. 이들은 기원전 11세기 예루살렘을 수도로 하여 왕국을 세웠다. 기원전 586년 신바빌로니아에 망국을 당한 헤브라이인들은 바빌론으로 끌려가 높이 43미터 7층짜리 지구라트(바벨탑) 건설에 동원되는 등 신바빌로니아가 멸망하는 기원전 525년까지 고난의 세월을 보냈다. 이 무렵 예언자들이 나타나 메시아(구세주를 의미하는 '크리스트'. 조로아스터교의 영향)가 나타나 구원

에 활용한 것이었다.

황제는 325년 니케아 종교회의를 소집해 교의의 통일을 도모했다. 니케아 종교회의는 신과 예수를 동일시하는 아타나시우스파가 '정통'이 되고, 예수를 신에 가장 가까운 인간으로 보는 아리우스파를 '이단'으로 규정했다. 392년 이래 국교國敎가 되었고, 431년 에페소스 종교회의에서 마리아를 '신의 어머니'로 인정하는 데 반대한 네스토리우스파와, 예수에게는 인성이 사라지고 신성만 남았다고 보는 단성론單性論이 다시 이단으로, 신·예수·성령의 3자가 일체라는 삼위일체설이 정통으로 규정되었다.

395년 테오도시우스 황제는 너무 큰 제국을 효율적으로 통치하기 위해 동쪽의 그리스적인 동로마와 서쪽의 라틴적인 서로마로 양분했다. 서로마는 '게르만 민족의 대이동'으로 476년 멸망했다. 라인강과 도나우강 유역에 살던 게르만족은 3세기경 중앙아시아 훈족(서흉노족)의 공격이 심해지자 용병 또는 농민으로

해줄 것이라고 했다. 헤브라이인들의 신앙심이 깊어졌고, 야훼가 천지와 인간을 창조한 유일신이라는 유대교의 교리 체계가 갖춰졌다. (유일신을 믿는 보기드문 종교 유대교에서는 헤브라이인만 선민選民으로서 구원을 받는다.) 그 후 유대교에서는 예수와 마호메트가 스스로 메시아를 자칭했다. 예수는 "가난한 자만이 신의 나라에 갈 수 있다"고 설교하다가 유대교 사제들의 미움을 사 포교 3년 만에 골고다 언덕에서 십자가에 매달려 처형되었다(30년경). 예수의 언행을 기록한 4복음서와 사도 바울의 서간을 정리한 그리스어 신약성서가 1~2세기에 완성되었다. 여기서 신新약約은 신과 '새로운 약속'을 했다는 뜻이다. 즉 유대인과 신이 나눈 오래 된 약속은 없어졌다는 의미이다.

로마제국에 많이 이주했다.

로마 황제는 375년 서고트 족의 로마제국 경역 침입과 378년 폴리스 전투 패전 이후 그들에게 군사 의무를 부과하는 한편 로마 정주권과 자치권을 주었다. 게르만 인의 왕은 그 이후 로마의 고위관리 노릇을 했는데, 476년 게르만 용병대장 오도아케르가 서로마 제국의 두 살배기 황제를 폐하여 제국의 문을 닫게 만들었다. 이제 로마는 동로마34)만 남았고, 고트족이 도나우 강 남쪽 땅을 차지하는 것을 본 게르만족의 다른 일파들도 제각각 자치권을 획득하는 데 성공했다. 결국 5세기 중반 파리 일원에 프랑크 왕국, 영국에 앵글로색슨 왕국, 에스파냐에 서고트 왕국, 마케도니아 지역에 동고트 왕국 등이 건국되었다.

"만민평등"을 설교한 예수는 기원전35) 4년경 베들레헴에서

---

34) 동로마제국을 '비잔티움 제국'으로 부르기도 하는데, 당시에는 그런 이름이 사용되지 않았다. 비잔티움 제국이라는 명칭은 프랑스 등 서로마 영토에서 일어나 성장한 나라들이 동로마를 얕잡아보기 위해 만들었다. 비잔티움은 동로마 수도 콘스탄티노플의 본 이름으로, 흑해 출구 보스포루스 해협 입구에 있다. 게르만족의 침입으로 로마가 위협을 받자 콘스탄티누스1세는 330년 비잔티움을 제2의 수도로 삼고 이름을 콘스탄티노플이라 했다. 콘스탄티노플은 그 이후 1453년 오스만 제국의 수도 이스탄불이 되어 터키가 1923년 수도를 앙카라로 옮길 때까지 이슬람 세계 최대의 도시로 영예를 누렸다.

35) 영어 B.C.는 Before Christ(예수 출생 이전), 라틴어 A.D.는 Anno Domin(예수의 해)의 약자이다. 전지구에 이 용어가 쓰이는 것은 세계가 서양 중심이라는 사실을 말해준다. 연호年號는 한 무제(재위 기원전 141~87)가 처음 사용했다(건원建元).

태어났다. 기원전 약 529년경 석가모니(석가족의 깨달은 자)도 불교를 창시할 때 사람에게는 계급이 없다며 "유아독존"을 외쳤다.

　알렉산드로스 대왕의 군대가 물러간 기원전 321년경 전쟁에 대비해 큰 군대를 조직했던 찬드라 굽타가 인도에 제국을 건설했다. 마우리아 왕조는 인더스 강과 갠지스 강 유역 전부를 지배했다. 도로를 내고 무역을 진흥시켰다. 제3대 임금 아소카왕은 남쪽 드라비다[36] 지역까지 정복했다. 정복 전쟁에서 수많은 살상을 한 아소카 왕[37]은 스스로 불교에 귀의했고, 정치적으로는 불교 이데올로기로 인도를 통합하려 했다. 아소카왕 사후 약 50년 지난 기원전 180년에 마우리아 왕조는 멸망했지만 "모든 인간에게는 불성佛性이 있다!"는 가르침의 불교는 많은 사람들의 호응을 얻어[38] 인도 전역으로 퍼져나갔다.[39] 이 때의 불교는 소

---

　36) 중앙아시아에서 내려온 아리아 인이 기원전 1500년경 인더스 문명을 파괴했다. 본래 인더스강 유역에 살던 원주민 드라비다인은 인도 남반부로 도망가 그곳에서 살았다.
　37) 아소카 왕은 인도 반도 남쪽의 카링가 왕국을 정벌할 때에만도 10만 명을 죽이고 15만 명을 잡아가두었다. 아소카 왕은 임금자리를 차지하기 위해 99명이나 되는 왕자를 죽인 인물이다.
　38) 특이한 것은 최하급 수드라 계층의 호응은 별로였고, 크샤트리아와 바이샤 계층 출신 불교도가 대부분이었다는 사실이다.
　39) 기원전 317년부터 기원전 180년까지 이어진 마우리아 왕조 이후 인도는 줄곧 여러 소국들이 패권을 다투었다. 기원후 50년경에야 아프가니스탄 쪽에 온 사람들이 쿠샨왕조를 세웠고, 쿠샨왕조는 226년 사산왕조 페르시아에 멸망할 때까지 대승불교를 장려하고, 인도문화와 헬레니즘문화가 융합된 간다라미술을 발전시켰다.

승불교였다.40)

중국에서는 진이 멸망한 후41) 항우와 유방이 패권을 다투었고, '사면초가四面楚歌'라는 사자성어를 남긴 기원전 202년 해하전투에서 패한 항우가 자결함으로써 한漢의 시대가 열렸다. 한은 진과 같은(아라시아와 같은) 잔혹 정치를 하지 않았으므로 400년 이상 수명을 누렸다. 한자, 한민족 등 중국을 상징하는 어휘에 한漢을 사용하는 것은 한나라 문화가 중국문화의 토대가 되었음을 말해준다. 즉 중국 영토를 통일한 나라는 진이었고, 중국 문화를 통일한 나라는 한이었다.

전한 전성기는 무제(재위 기원전 141년~87년) 때였다. 무제는 흉노가 지배하던 서역까지 다스리면서 서방 문화를 적극 수입했다. 국립대학인 태학을 세워 유교를 국가 이념으로 삼았고, 법제도를 공정하게 운영하여 통치의 안정을 꾀했다. 실크로드를 안

---

40) 불교는 뒷날 석가의 가르침을 받아 개인의 깨달음을 중시하는 상좌부 불교(소승불교, 남방불교, 동남아시아)와, 그리스·페르시아 문화를 수용해 다신교로서 보살에 의한 중생 구제를 교의로 받아들인 대중부 불교(대승불교, 북방불교, 중국·한국·일본)로 나뉘어졌다. 대승불교는 기원후 50년부터 226년까지 존속한 쿠샨 왕조 때 번창했다.
41) 석가가 태어났을 무렵 중국은 춘추시대였다. 혼란한 사회상을 해결할 방책을 제시하는 제자백가諸子百家가 출현했다. 포에니 전쟁이 한창이던 기원전 221년 진이 전국시대를 끝냈다. 중국을 최초로 통일한 진의 왕 정政은 스스로를 "시황제始皇帝"라 칭했다. 진은 20세기까지 이어지는 중화제국의 토대를 닦았다. 하지만 민중의 희생에 바탕을 둔 진은 통일천하 불과 15년 만에 문을 닫았다.

정적으로 운영하기 위해 황하 상류에 4군을 설치했고, 기원전 108년 5만 대군을 보내어 1년에 걸친 전투를 벌인 끝에 고조선을 멸망시키고 한반도 북부에도 4군을 설치했다. 기원전 11년에는 남월국을 정벌하여 그때 이후 1000년 동안 베트남 인은 중국의 식민지 백성으로 살았다.

무제의 많은 전쟁[42]은 백성들을 힘들게 만들었고, 결국 왕망이 제위를 찬탈하는 사태가 빚어졌다.[43] 그러나 왕망의 서투른 정치로 신은 곧 멸망하고 광무제가 후한을 다시 일으켜 세웠다.

1세기 후반의 역사적 인물로는 105년에 종이를 발명한 채륜, 그리고 반초가 으뜸이다. 1세기 후반 후한은 흉노가 분열하여 약해진 틈을 활용하여 실크로드[44]를 다시 열었는데 31년간 황

---

[42] 기원전 99년 청년 장군 이릉이 흉노의 대군과 싸우다가 포로가 되는 사건이 일어났다. 이 전투에서 다른 장군들은 본분을 다하지 않았다. 조정 중신들은 이릉의 일족을 멸해야 한다고 주장했다. 사마천은 사실을 기록해야 한다고 믿은 역사가였으므로 이릉을 칭송하고 변호했다. 무제는 사마천에게 궁형宮刑을 내렸다. 그래도 사마천은 중국을 대표하는 역사서 사기史記를 남겼다.

[43] 전한 : 기원전 202년~기원후 8년, 왕망의 신新 : 기원후 8년~25년, 후한 : 기원후 25년~220년. / 후한 말기 황건적의 난을 거쳐 이른바 삼국시대가 열렸다. 280년 서진이 중국을 재통일했지만 316년 무너지고 그 이후 북쪽 '오랑캐'들이 중국으로 진입해 많은 라를 세운 5호16국 시대가 펼쳐졌다. 서양에서 벌어진 게르만민족의 이동과 흡사한 일이었다. 5호16국 시대는 439년 북위 건국과 송의 '남북조 시대'가 열릴 시기까지 계속되었다.

[44] 독일인 리히트호펜이 만든 용어로, 중국산 비단이 이 루트의 주용 상품으로 거래된 데 착안한 작명이다. 실크로드는 서쪽에서 동쪽

제를 대신해 서역을 통치했던 반초가 서역 일원 50여 국가를 중국에 귀속시켰다. 그는 북흉노의 사자가 방문해 있던 누란에서는 그 사자를 살해하고 누란을 복속시키기도 했다. 이때 반초는 "호랑이 굴에 들어가지 않고는 호랑이 새끼를 잡을 수 없다"라는 명언을 남겼다. 당시 반초는 부하 감영을 로마에 파견했는데 감영은 대해(지중해 또는 페르시아만)에 도착했으나 로마제국에 입성하지는 못했다. 166년에는 로마제국 사자가 바닷길로 한의 지배하에 있던 베트남 중부에 오기도 했다. 한과 로마가 교류를 했다는 말이다.

반초가 한창 활동할 즈음인 서기 100년 전후 인도에서는 쿠샨 왕조가 전성기를 구가하고 있었다. 아소카 왕으로 대표되는 마우리아 왕조가 무너진 뒤 중앙아시아에서 온 쿠샨 족이 인도 북부 대부분을 차지했다. 쿠샨 왕조 때는 대승불교가 유행했다.

으로 이어진 것으로, 파미르 고원에서 서쪽으로 흘러가는 제라프샨(황금을 뿌린다는 뜻)강 유역 소그드 지방이 중심이 되었다. 이란계 주민이 옛날에 개발한 이 대大 오아시스 지역은 인구도 많고 도시도 발달해서 유라시아 각지를 연결하는 교역로가 되었다. 중앙아시아와 사막지대 대 오아시스를 연결한 교역로(실크로드)는 파미르고원지대를 중심으로 서역남도와 서역북도 두 길로 나뉘었고, 서역북도는 다시 텐산산맥을 중심으로 텐산북로와 텐산남로로 나뉘었다. 실크로드의 중심 상인들은 소그드 사람들이었고, 7~8세기 중반 한 제국과 당 제국 시대 한때는 중국이 실크로드를 지배했다. 그 이후 실크로드는 이슬람세계로 편입되었다.

쿠샨 왕조는 사산왕조 페르시아에 무너졌고, 그 이후 4세기에는 굽타 왕조가 영토와 문화면에서 오늘날의 인도를 형성하는 데 밑거름이 되었다. 카스트 제도는 더욱 엄격해졌지만,45) 예술이 발달하였고, 수학·천문학·역법이 특히 발달했으며, 숫자 0의 개념을 창조해 온 세계에 큰 영향을 주었다. 천문학자 아리아바타는 지구가 둥글다는 사실을 알아내었다.

힌두교도 이때 탄생하였다. 불교가 "욕망을 버리면 행복과 평화가 찾아온다"면서 계급을 인정하지 않고 수양을 강조하여 크샤트리아·바이샤 계급의 환호를 받자46) 브라만교에 '종교개혁' 바람이 불었다. 제사의식 중심이던 브라만교는 320년경 불교의 윤회사상을 흡수해 우주의 순환을 감독하는 창조의 신 브라마, 우주를 지탱하는 태양신 비슈누, 파괴와 재생의 신 사바의 세 신을 주축으로 하고, 거기에 무수한 토착신까지 체계화하여 힌두교를 탄생시켰다. 창시자 없는 민족종교로 우뚝 선 힌두교는 석가를 비슈누 신의 아홉 번째 화신으로 삼았고, 왕들도 나라를 다스리는 데에는 불교보다 힌두교가 낫다고 판단하여 힌두교를 지원했다. 결국 불교신자 대부분이 힌두교로 귀의했다.

---

45) 인도는 계급에 따라 주택의 색깔이 다르다. 뿐만 아니라 인도인의 25%는 현재도 '불가촉천민'으로 분류된다. 4등급인 수드라에도 들어가지 못하는 이들은 태어나면서부터 마을의 오물 청소를 담당해야 하는데, 만약 거부하면 죽여도 죄가 되지 않는다.

46) 브라만 계급보다 낮은 대우를 받고 있지만 불교 교리에 따르면 장차 최고 권력자가 될 수도 있다는 논리

힌두교의 카르마業 교리를 살펴보지 않을 수 없다. 카스트 제도는 기원전 1500년경 중앙아시아 아리아 인들이 인더스문명을 파괴하면서 만든 것인데 변함없이 존속되고 있는 점이 이해 난망이다. 카르마 교리는 현생의 삶은 전생의 업보이기 때문에 고칠 수 없고, 반면 현생에 충실하면 다음 세상에서 잘 살게 된다고 가르친다. 따라서 현재의 계급에 주어진 권한과 제한대로 살아야 다음 생이 좋아진다?

'참작가' 현진건현창회·현진건학교 이력

* 2017년~2019년

대구 지역 독립운동 유적을 일목요연하게 정리한 저서가 없는 문제점을 해결하기 위해 《대구 독립운동유적 100곳 답사여행》 저술 시작. 이 원고가 2018년 대구출판산업지원센터 '지역 우수출판콘텐츠'에 뽑히고, 출간 후 대구시 선정 '2019년 올해의 책'에 다시 뽑힘. 이에 자신감을 얻어 대구가 낳은 불세출의 민족문학가이자 일장기말소의거의 독립운동가인 빙허 현진건 선생 현창이 너무나 미미한 현실을 타개하는 일에 헌신하기로 결심, 현진건을 주인공으로 하는 장편소설과 평전 집필 시작. (정만진)

2020년 9월 2일 칼럼 '현진건의 흔적을 찾아서'(정만진) / 오마이뉴스
2021년 3월 15일 칼럼 '현진건과 이상화를 생각하며'(추연창) / 매일신문
* 4월 25일 이상화 현진건 78주기 합동 추념식(사상 처음) / 상화생가
* 8월 13일 일장기말소의거 85주년 기념식(발표 정만진) / 역사진흥원
* 8월 13일 문학칼럼 '사건과 의거는 다르다'(정만진) / 영남일보
* 9월 02일 칼럼기사 '빈처는 자전적 소설이 아니다'(정만진) / 오마이뉴스
* 9월 30일 "대구가 낳은 '참작가' 현진건" 강연(정만진) / 모산학술재단
* 12월 1일
현진건 주인공 장편소설 《일장기를 지워라 1, 2》 발간 (정만진)
현진건 소설 21C버전 연작 《조선의 얼골 한국의 얼굴 1, 2》 발간 (정만진)
현진건 평전 겸 문학세계 해설서 《현진건, 100년의 오해》 발간 (정만진)
* 12월 02일 현창회 창립발기인대회 겸 "현진건" 강연(정만진) / 용학도서관
* 12월 06일 칼럼 "'참작가' 현진건 현창회"(차우미) / 영남일보
* 12월 09일 단편 <운수 좋은 날 2> '올해의 작품상'(정만진) / 대구문인협회
* 12월 30일 현정건 독립지사 89주기 추념식 / 이상정 고택
2022년 * 4월 25일 이상화 현진건 79주기 추념식 / 이상화기념관
* 4월 29일 Radio칼럼 "현진건과 이상화"(정만진) / 대구KBS-FM1라디오

* 7월 1~10월 31일 현진건 초상화, 현판, 현창비 제작(정연지 화가)
* 8월 12일 칼럼 "일장기말소의거와 현진건"(정만진) / 대구KBS라디오
* 8월 24일 일장기말소의거 86주년 기념식 / 북해반점
* 9월 01일 시 〈뫼비우스의 띠〉 발표(박지극) 계간 사람의문학
* 9월 02일 현진건현창회 창립 대회 / 현진건 학교
* 9월 02일 문학칼럼 '현진건 탄생 122주년' 발표(정만진) / 영남일보
* 9월 22일 Daum카페 '현진건 학교' 개설
* 9월 26일 직인 제작 (엄덕수 서예가) / 수성로68길 52 덕인당
* 10월 11일, 18일 현진건 중심 소설창작론 강연(정만진) / 이육사문학관
* 11월 01일 현창비 제막1), 제1회 현진건문학의 밤 / 현진건학교

1) 현창비 내용

앞면 〈빈처〉〈운수 좋은 날〉〈고향〉〈신문지와 철창〉〈적도〉〈무영탑〉 등 뛰어난 사실주의 경향 작품을 써서 '한국 근대소설의 개척자'로 추앙받는 결출한 민족문학가이자, 1936년 '일장기 말소 의거'로 일본제국주의에 맞섰던 독립유공자 현진건을 기려 여기 비를 세운다.

뒷면 시간과 장소를 떠나서는 아무것도 존재치 못하는 것이다. 조선문학인 다음에야 조선의 땅을 든든히 디디고 서야 될 줄 안다. 현대문학인 다음에야 현대의 정신을 힘있게 호흡해야 될 줄 안다.

오직 조선혼魂과 현대정신의 파악! 이것이야말로 다른 아무의 것도 아닌 우리 문학의 생명이요 특색일 것이다. 달뜬 기염에서, 고지식한 개념에서, 수고로운 모방에서, 한 걸음 뛰어나와 차근차근하게 제 주위를 관조하고 고요하게 제 심장의 고동하는 소리를 들을 제 이것이야말로 우리 문학의 운명인 줄 깨달을 수 있을 것이다. 〈조선혼과 현대정신의 파악〉 1926년

옆면1 현진건은 독립운동 시대를 살았고, 우리는 분단시대를 살아가고 있다.

옆면2 "한국 단편소설의 아버지"(김윤식·김현) "한국의 모파상"(장덕순) "기교의 천재"(김동인) "현진건은 '참 작가'였다. 한국 근대소설의 틀을 나름의 소설미학으로 자리매기는 데 기여했을 뿐만 아니라, 피압박 민족의 지식인으로서 민족적 양심을 끝까지 지켜나간 몇 안 되는 문인 중의 한 사람이었다."(현길언)

* 11월 08일, 15일 현진건문학의 밤 / 현진건학교
* 11월 10일 일장기말소의거 단편 <1936년 8월 25일> 발표(정만진) 대구문학
* 11월 23일 <시인의 저녁> 출연 '현진건 대담'(정만진) / 대구MBC라디오
* 11월 24일 <문학이란 무엇인가 - 현진건> 문학 강연(정만진) 모산학술재단
* 11월 30일 대구 독립운동 현창 사업 계획 회의 / 현진건학교
* 12월 03일, 10일 현진건문학의 밤, <빼앗긴 고향> 논의 / 현진건학교
* 12월 08일 제1회 대구여행 : 답사 / 북성로
* 12월 14일 현진건문학의 밤, <빼앗긴 고향> 1호 편집회의 / 밀바
* 12월 16일 <빼앗긴 고향> 1호 최종 편집회의 / 산웅
* 12월 23일 제1회 대구여행 : 이론적 복습 / 용학도서관
* 12월 30일 현정건 독립지사 90주기 추념식(18-19:30) / 더 차이나
* 12월 30일 현진건현창회 송년회(19:30-21) / 더 차이나
2023년 1월 * 1일 <빼앗긴 고향> 제1호 발간
* 05일 단편 <B사감과 러브레터 2> 발표(정만진) / 계성문학
* 07일 <빼앗긴 고향> 1호 발간 기념식, 현진건문학의 밤 / 현진건학교
* 14일 제2회 대구여행 : 답사 / 이장가문화관
* 21일, 28일 현진건문학의 밤 / 현진건학교
2월 * 01일 <빼앗긴 고향> 제2호 발간
* 03일 <빼앗긴 고향> 제3호 편집회의 / 현진건학교
* 05일 (20~22시) '창간호 실종 사건' 대책 회의 / 중동교 인근 식당
2월 * 10일 (17~21시) '창간호 실종 사건' 대책 회의 / 남산면
* 15일 (14~16시) <'이상화 문학관', 그리고 우현서루와 현진건> 학술세미나 주제

　　* 현창비가 쇠사슬로 감겨 있는 것은 현진건이 살았던 때가 일제강점기(독립운동기)였다는 사실을 상징합니다. 그래서 반쯤 지워진 일장기를 게시해 1936년 현진건의 일장기말소의거를 상기시켰습니다. 비 기단에 한반도의 절반가량 지도가 부착되어 있는 것은 옆면 '현진건은 독립운동 시대를 살았고, 우리는 분단시대를 살아가고 있다'라는 명문의 형상화입니다.

발표(정만진) / 달서구청 대강당 // (16~20시) <빼앗긴 고향> 제2호 발간 기념 '현진건문학의 밤' / 이창준 명가
* 21일 (12~17시) 4월 25일 행사 준비회의 / 김미경, 오규찬, 정응택, 김준화
* 22일 (12~16시) 제3회 대구여행 사전답사 / 정만진, 김준화
* 23일 (10~13시) TBC 독립운동특집 촬영 / 정만진, 김미경, 배정옥, 서강민
* 24일 (15~17시) 아프리카TV '현진건학교를 아시나요' 녹화(정만진) / 현진건학교
* 24일 (19~22시) 아프리카TV '2.28민주운동' 녹화(정만진, 추연창) / 현진건학교
* 25일 (10~17시) 제3회 대구여행 / 녹동서원, 한일우호관, 남지장사
* 26일 MBC 일제 잔재 특집 촬영(정만진) / 동구 봉무동 군사동굴
3월 * 1일 <빼앗긴 고향> 제3호 발간
* 1일 MBC 일제 잔재 특집 방영(정만진) / 동구 봉무동 군사동굴
* 2일 TBC 독립운동특집 방영(김미경, 배정옥, 정만진 등, 2월 23일 촬영분) / 계성학교, 청라언덕 90계단, 신명학교, 남산교회, 보현사, 대구형무소 터

* 4일 태전도서관 독립운동유적답사 안내(정만진) / 달성, 우현서루, 침산 등
* 4일 제3호 발간 기념 '현진건문학의 밤' / 현진건학교

《빼앗긴 고향》 필자·독자 모심

필자·정기독자 모심   매달 1일 원고 마감, 발간
　　　　　　　　　　　원고파일 보낼 곳: clean053@naver.com
　　　　　　　　　　　운문 2편 이내, 산문과 서사시는 1편

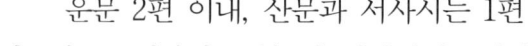

　　　　　주제 무관. 제호 《빼앗긴 고향》이 이상화의 〈빼앗
　　　　　긴 들에도 봄은 오는가〉와 현진건의 〈고향〉에서
　　　　　따왔다는 점과, 두 분의 민족문학정신을 계승하려
는 발간 취지에 어울리는 글을 특히 환영합니다. 물론 현진건·이상화 및 독립운동 관련 글은 더욱 환영합니다. 다만 사실과 다른 내용을 담고 있는 글은 게재하지 않으며, 원고가 넘치면 《빼앗긴 고향》 발간 취지와 연관성이 먼 글부터 수록하지 않습니다.

　《빼앗긴 고향》은 회원 회비로 출간합니다. 따라서 모든 회원에게 공평한 기회를 드리기 위해 내·외 원고 청탁을 하지 않으며, 필자 약력도 기재하지 않습니다. 회원은 언제든지 투고하실 수 있습니다. (물론 투고하지 않으셔도 됩니다.)

　회비는 12만원 연납 또는 월 1만원 정기 자동이체로 납입하시면 됩니다. 농협 3026781753221(김미경 편집위원장)이나 대구은행 508129749764(김미경)에 송금 후 성명, 주소, 전화번호를 문자(01067817532 김미경)로 알려주십시오. 회원과 필자에게는 매달 책을 보내 드립니다. 책이 더 필요하시면 권당 5천 원씩만 추가로 납입하시면 됩니다.

비회원 개인투고   원고 끝에 성명, 주소, 전화번호를 밝혀주십시오(필자와 입금자 명의가 다르면 그 점도 명기). clean053@naver.com에 한글파일로! 3만원을 농협 3026781753221(김미경)이나 대구은행 508129749764에 송금하시면, 글이 게재된 책 2부를 보내드립니다. 책이 더 필요하면 투고시 권당 1만원씩 추가 송금하면 됩니다.

글쓰기 개인지도   개인지도를 받은 후 발표하기를 원하는 경우에는 의사를 원고 끝에 밝혀주십시오. 송고 때 농협 01051519696-08(정만진)에 4만원을 입금하면 됩니다. (성명, 주소, 전화번호를 원고 끝에 명기. 필자와 입금자 명의가 다르면 그 사실도 명기). 개인지도를 받은 후 퇴고해서 재투고하면 그때 책에 게재해 드립니다(수록시 필명 가능). 책이 더 필요하면 권당 1만원씩 추가 입금하면 됩니다. 개인지도는 clean053@naver.com을 통해 진행하며, 대면 개인지도를 원하면 대구시 중구 관덕정길28(2층) '현진건학교'에 오시면 됩니다. 01051519696 정만진[1]

---

[1] 전 대구외고 교사·대구한의대학교 문화콘텐츠학부 외래교수, 현 영남일보 '문학향기' 연재·대구KBS라디오 '다시 읽는 역사' 대담 중. 저서는 262쪽, 상세 약력은 다음 카페 '**현진건학교**' 참조

정만진 저서

대구 독립운동유적 100곳 답사여행
- 2019년 대구시 선정 '올해의 책'

예술 소재로서의 대구 역사문화자연유산
- 대구문화재단 학술조사연구 지원도서

대구의 3·1운동과 대한민국임시정부(절판)
- 독립운동정신계승사업회 발간지원도서

신암 선열 공원
- 독립운동정신계승사업회 발간지원도서

전국 임진왜란유적 답사여행(전 10권) : 이이화 선생 추천도서

소설 한인애국단 : 대구문화재단 창작지원도서

소설 의열단 : 역사진흥원 발간지원도서

소설 광복회 : 광복회 박상진 총사령 증손 박중훈 선생 추천도서

장편소설 잣과 꿀, 그리고 오동나무 : 해주정씨대종회 발간지원

장편소설 기적의 배 열두 척(절판) : 성주배씨대종회 발간지원

장편소설 딸아, 울지 마라 : 국제문화교류예술협회 소설 본상

현진건 주인공 장편소설
<일장기를 지워라> 1, 2

현진건 소설 21세기 버전 연작장편
<조선의 얼골 한국의 얼굴>

현진건 평전 겸 문학세계 연구서
<현진건, 100년의 오해>

현대사회의 과제(절판) : 매일신문 연재도서

명문장으로 떠나는 철학여행(절판) : 영남일보 연재도서

논술, 이렇게 쓴다(절판) : 영남일보 연재도서 등 50여 권

빈처

빼앗긴 고향 4

발행일 2023년 4월 1일

출판사 국토

전송 053.526.3144

　[빼앗긴 고향]
　　지은이 : 현진건학교 (사단법인 역사진흥원 '창작가' 현진건현창회)
　　발행인 : 정만진
　　편집위원회 : 김미경(위원장) 배정옥 오규찬 정응택 차우미
　　연락처 : clean053@naver.com
　　주소 : 41966 대구광역시 중구 관덕정길 28(2층) 현진건학교

ISBN 979-11-88701-36-0

2만 원